Helene Hübener

Olga und ihre Schwestern

FRANCKE
Verlag der Francke-Buchhandlung GmbH

Die Deutsche Bibliothek – CIP-Einheitsaufnahme

Hübener, Helene:
Olga und ihre Schwestern / Helene Hübener. -
Marburg an der Lahn : Francke, 2001
(Heimatlicht „Präsent")
ISBN 3-86122-953-6

35037 Marburg an der Lahn
Foto: Privat
Umschlaggestaltung: Reproservice Jung, Wetzlar
Satz: Verlag der Francke-Buchhandlung GmbH
Druck: Wiener Verlag, Himberg, Österreich

Heimatlicht „Präsent"

Inhaltsverzeichnis

1. Die Familie Stark

„Das war aber schön heute!", rief eine frische, wohlklingende Stimme. „Erquickend, erfrischend nach den dunklen, trüben Tagen. Ein klarer Frosttag ist doch Goldes wert. Wie schön war es auf dem See! Ihr seid töricht, Elvira und Rika, dass ihr nicht mitkommt, dass ihr die dumpfe Stube der reinen Winterluft vorzieht."

„Dumpfe Stube, Olga?", fragte Elviras sanfte Stimme. „Du weißt, ich muss die allzu kalte Luft meiden, zumal ich heute Mittag schon einige Krankenbesuche im Dorf machte. Nennst du unsere schöne Weihnachtsstube dumpf, die Stube mit dem würzigen Duft des Christbaumes, der lieblichen Weihnachtskrippe mit dem schönen Transparent und dem Tisch mit den Weihnachtsgaben, die von der Liebe unserer Eltern zeugen? Ich finde es nirgends schöner als in der Weihnachtsstube, es werden unsere Gedanken von den irdischen Gaben auf die große himmlische Gabe gerichtet, die Gott uns in seinem Sohn gegeben hat." Elviras Augen leuchteten, als sie dies sagte. Sie hob den feinen Kopf von ihrer Arbeit, mit der sie beschäftigt war, und sah freundlich zu Olga, der jüngsten Schwester, hin, die sich ihrer Pelzjacke entledigte und das runde Filzhütchen abnahm. Sie stand da in lieblicher Jugendfrische, mit geröteten Wangen; sie hatte einen blonden Krauskopf und lebhafte, kluge Augen. Energisch ging sie auf die ältere Schwester zu, die, mit einer Näharbeit beschäftigt, ernst am Tisch saß.

„Rika, sage doch auch etwas. Du bist immer so stumm, freust du dich eigentlich über gar nichts?"

Rika hob die ernsten braunen Augen zu der jungen Schwester auf und sagte langsam: „Freilich freue ich mich auch, ich kann's nur nicht so äußern; die Menschen sind eben verschieden." Nach diesen Worten beugte sie das melancholische Gesicht wieder über ihre Arbeit, während Olga sich zu Elvira setzte und ihr vorplauderte. Sie erzählte von dem Eisvergnügen, von bekannten Mädchen aus dem großen Dorf, die sie getroffen, besonders von ihrer Freundin, Oberförsters Mariechen, die sie begrüßt hatte. Plötzlich warf sie sich in ihrer Lebhaftigkeit auf Elvira und rief: „Nun aber muss ich dir etwas erzähl–"

Elvira stieß einen kurzen Schmerzensschrei aus, während Rika warnend den Finger erhob und in vorwurfsvollem Ton sagte: „Aber Olga, wie kannst du so ungestüm sein, du weißt doch –"

Olga fuhr erschrocken zurück und rief in verändertem, klagenden Ton: „Vira, habe ich dir weh getan? Sei mir nicht böse."

„Nein, Schwesterchen, niemals. Ich kann ja nichts dafür, dass ich so gebrechlich bin."

„Aber ich, dass ich's immer vergesse", rief Olga, während Rikas Wangen sich höher färbten und sie in fast strengem Ton sagte: „Du musst daran denken, Olga, du bist siebzehn Jahre, es wird Zeit, dass du dein ungestümes Wesen ablegst." Olga sah beschämt zu Boden. Es trat eine augenblickliche Stille ein. Wir benutzen sie, um uns die drei Mädchen ein wenig näher anzusehen. Rika, die stille, ernste Jungfrau, schien hoch in den zwanziger Jahren zu sein, während Elvira mit dem lieblichen, blassen Gesicht, den tiefblauen Augen und dem üppigen, blonden Haarwuchs eben das neunzehnte

Jahr vollendet hatte. Wenn sie saß, merkte man weniger, dass sie verwachsen war; ihr Gesicht hatte etwas so Anziehendes, ihre Stimme besaß einen so melodischen Klang, ihr ganzes Wesen war so harmonisch, dass man fast die gebrechliche Gestalt darüber vergaß. Jedenfalls sah der, welcher sie näher kannte, darüber hinweg, um ihrer anderen Vorzüge willen. Und sie selbst? Man merkte nicht, dass sie darunter litt, sie war es gewohnt, dass sie schwächlich war und dass von jeher besondere Rücksicht auf sie genommen wurde.

Olga, der Krauskopf, war ein frisches, gesundes Mädchen, voller Kraft und Arbeitslust. Ihrer Mutter in der Wirtschaft helfen war ihr größtes Vergnügen; sie schämte sich keiner Arbeit, sondern griff überall zu, wo es fehlte. Und es mangelte oft an Arbeitskräften. Die Eltern hatten ein Gut zu eigen und litten unter der Leutenot. Es war hier wie überall: Alles strebte in die Stadt, auf dem Lande wollte niemand bleiben, das war nicht mehr Mode. So musste man sich viel mit fremden Leuten, die nicht im Dorf ansässig waren, begnügen. Das gab Ärger und Aufregung. Mit den weiblichen Dienstboten war es auch so. Sie verlangten großen Lohn und leisteten wenig dafür, und wenn sie eine Zeit lang ausgehalten hatten, ging es fort in die Stadt.

„Was wolltest du mir eigentlich erzählen, Olga“, begann Elvira nach einer Weile, „ich möchte es gern wissen.“

„Es ist nichts Schönes. Denkt euch nur, Sophie, Marie und Kathinka wollen nach Neujahr in die Stadt. Sie wollen in Läden gehen, sagen sie, dann würden sie feine Damen.“

Jetzt verzog sich auch Rikas Gesicht zu einem Lachen. „Diese drei!“, rief sie, „die passen doch am allerwenigsten dazu.“

„Ja“, fiel Olga ein, „die eine hat immer Feldarbeit getan, die andere das Vieh versorgt, und Marie war stets zum Melken gut zu gebrauchen. Ich denke, sie werden sich noch besinnen; es ist zu schwer für die Eltern, wenn die Leute alle weggehen und Mutter gar keine Hilfe behält. Die Wirtschafterin ist krank und bevor eine neue gefunden –“

„Vater geht's auch nicht besser“, seufzte Rika. „Übrigens sprach gestern die Mutter davon, dass sie Frau Jürß getroffen hat, und dass sie willens ist, uns ihre Lina als Stubenmädchen zu geben. Sie ist kräftig und geschickt, ich denke, es wird mit ihr gehen.“

„Ich freue mich“, sagte Elvira, „dass die Eltern heute eine kleine Ausfahrt unternommen haben, es wird sie erfrischen und aufmuntern. Wie wär's, wenn wir jetzt ein paar Weihnachtslieder singen? Später, wenn die Milch kommt, müsst ihr beide hinaus. Ach, könnte ich doch auch tapfer mit eingreifen, wie glücklich wäre ich!“

Ein feines Rot stieg in Rikas Wangen. Leise sang sie mit zarter, zu Herzen gehender Stimme, während Elvira mit einem leisen Seufzer zum offenen Klavier schritt und, nachdem sie sich gefasst hatte, einige Akkorde griff. Dann ertönte die Melodie: „Es ist ein Ros' entsprungen“. Sie sang es mit zarter, zu Herzen gehender Stimme, während die beiden andern kräftig einstimmten. Als sie geendigt hatten, verließen Rika und Olga das Zimmer, um wirtschaftlichen Pflichten nachzukommen, während Elvira am Klavier blieb und eine schöne Weihnachtsmelodie nach der andern erklingen ließ, die sie mit ihrer lieblichen Stimme begleitete. Sie hörte nicht das Rollen eines Wagens, sie hörte nicht die Stimmen der heimkehrenden Eltern; erst als sich der Mutter Hand auf ihre Schultern legte und eine freundliche Stimme sagte: „Guten Abend, mein Töchterchen“, fuhr sie zusammen, und mit den Worten: „Schon wieder da? Und ich glaubte, ihr bliebt bis zum Abend in Buschtal“, stand sie auf und begrüßte die Mutter, die sich zu ihr herabbeugte und sie zärtlich küsste.

„Die alten Pfarrersleute waren beide erkältet, so mochten wir heute nicht lange stören“, erzählte Frau Stark. „Dann sind wir ins Herrenhaus zu Walslebens gegangen. Auch dort trafen wir es traurig. Edgars Befinden macht den Eltern große Sorge. Er ist entschieden lungenkrank, seines Bleibens auf Erden wird nicht mehr lange sein.“

„Wie traurig“, rief Elvira. „Der gute Edgar, mein ehemaliger Spielgefährte und Freund, ich möchte ihn einmal besuchen.“

„Das nächste Mal nehmen wir dich mit. Heute mochten wir auch dort nicht lange verweilen, nun bleiben wir diesen Abend gern daheim bei unsern lieben Töchtern. Doch spiele weiter, mein Kind, ich höre gern die köstlichen Weihnachtsmelodien.“

Frau Stark, eine stattliche Erscheinung, ließ sich aufs Sofa nieder, während Elvira ein Lieblingslied der Mutter anstimmte.

Eine Stunde später finden wir den weiblichen Teil der Familie im Esszimmer des geräumigen Hauses zusammen auf den Hausherrn wartend.

„Ich möchte wissen, wo der Vater bleibt“, sagte unruhig die Gattin, „er wollte noch einmal in die Gesindestube gehen, um die Arbeiten des morgenden Tages auszugeben; wenn er nur nicht wieder Ärger hat." Stimmen wurden laut, dann wurde eine Tür zugeschlagen und mit dröhnenden Schritten kam jemand auf die Essstube zu. Ein großer, breitschultriger Mann mit gerötetem Gesicht trat in die Tür. „Zum Totärgern ist es mit der Gesellschaft; keinem Menschen wollen sie mehr gehorchen, alle Ordnung hört auf, es ist wahrlich kein Vergnügen mehr, Landwirt zu sein."

Leise war Elvira zum Vater getreten und hatte ihre zarte weiße Hand in die seine gelegt. Bittend sagte sie: „Väterchen, du hast mir noch gar nicht guten Abend gesagt." Augenblicklich verschwanden die Zornesfalten von der Stirn des Mannes, dies Kind hatte es ihm angetan. Ihre Stimme hatte etwas Beruhigendes, Beschwichtigendes, er konnte ihr nicht widerstehen.

„Schmeichelkatze", sagte er und legte seine große Hand auf ihren blonden Scheitel, „komm, setz' dich neben mich, erzähle mir, wie du den heutigen Nachmittag verbracht hast. Hat Rudolf geschrieben?"

„Noch nicht, aber wir wissen ja, dass es ihm viel besser geht und dass er, sobald er kann, kommen will."

Während Elvira den Vater weiter unterhielt mit ihrem sanften Geplauder, sprachen die übrigen Damen über ihre Angelegenheiten. Rika lief viel hin und her, um dieses und jenes zu holen. Das Stubenmädchen, das sonst zu bedienen pflegte, war abgegangen, und eine Stellvertreterin war noch nicht da.

„Ich hoffe bestimmt, Schneider Jürß gibt uns seine Lina, die Mutter hat es mir halb und halb versprochen, sie meinte, sie könne vielleicht, wenn der Vater es wolle, schon vom zweiten Januar den Dienst antreten."

Frau Stark hatte kaum den Satz vollendet, da klopfte

es. „Immer beim Essen“, brummte der Hausherr ungeduldig, „sieh doch nach, Riekchen, wer uns in so später Abendstunde stört.“

Rika kam wieder mit dem Bescheid, Meister Jürß sei draußen und wünsche die Herrschaften zu sprechen; sie habe ihn gebeten, im Vorzimmer zu warten, bis das Abendbrot vorüber sei.

„So, nun ist's gut“, rief Herr Stark nach einer Weile, „ich bin fertig, lass den Mann kommen.“

„Es wird wegen der Tochter sein; wir wollen nicht mit dem Lohn kargen, damit wir sie sicher haben“, flüsterte die Gattin ihrem Mann zu, als die Tür sich öffnete und ein kleines Männchen mit vielen Bücklingen ins Zimmer trat. Er tänzelte durch den Raum, reichte jedem Glied der Familie seine dürre knöcherne Hand und setzte sich endlich nach langen Entschuldigungen, dass er beim Essen gestört, auf den dargebotenen Stuhl.

„Nun, Meister, was führt Sie her?“, begann Herr Stark.

Das Schneiderlein drehte verlegen die Mütze in den Händen hin und her und sagte endlich: „Die Frauenzimmer schicken mich, es ist wegen der Lina.“

„Ich freue mich, wenn sie zu uns kommen will“, ergriff Frau Stark das Wort.

„Es kommt eben anders, Frau Stark, ganz anders. Die dummen Mädels haben ihr etwas vorgeredet, sie will auch in die Stadt und will etwas werden.“

„Was will sie denn werden?“, rief Frau Stark, „ich will sie zu einem tüchtigen Stubenmädchen heranbilden, ist denn das nicht annehmbar?“

Er drehte wieder die Mütze in den Händen und sagte: „Sie will höher hinaus; sie will Buchhalterin werden, da soll sie viel Geld verdienen.“

„Aber, lieber Mann, dazu gehören Kenntnisse.“ – “Kenntnisse hat sie viele. Ins Deutsche hat sie noch Nachhilfe.“

„Bei wem denn?“, fragte Herr Stark verwundert. „Bei mich!“, war die treuherzige Antwort. Olga kicherte leise, während es den andern um die Mundwinkel zuckte.

Herr Stark versuchte dem Mann die Sache auszureden; er bedeutete ihm, dass zu solchem Beruf Fähigkeiten und Kenntnisse gehörten, die sich nicht in kurzer Zeit aneignen ließen, die Tochter müsse einen längeren Kursus in verschiedenen Fächern durchmachen, er solle nicht die weite Reise in die Hauptstadt unternehmen, es würde dem Mädchen nichts nützen. Er blieb dabei, das Mädchen habe seinen eigenen Kopf, und wenn die Kinder etwas wollten, dürfe man sie nicht stören.

„Wie Sie denken, Meister Jürß, ich will Ihrer Tochter nicht hinderlich sein zu ihrem vermeintlichen Glück, aber denken Sie an mich, wenn es nicht geht.“

„O, sie ist ein kluges Mädchen, sie findet sich in alles“, war die Antwort, damit verabschiedete sich Meister Jürß.

„Welcher Unsinn!“, rief Olga entrüstet. „Dieses Mädchen, das kaum die Dorfschule durchmachen konnte, will Buchhalterin werden! Es muss doch zu jedem Beruf die nötige Begabung da sein.“

„Man richtet nichts aus mit dem Abreden“, sagte Frau Stark. „Wir werden schließlich alles selber machen müssen. Wie gut, dass ich so fleißige Töchter habe, die keine Arbeit scheuen. Wenn wir keine Hilfe finden, müsst ihr Mädchen euch die Arbeit teilen.“

Olga versicherte mit lebhaften Worten, dass sie tüchtig zugreifen wolle, sie spiele gern einmal Dienstmädchen, während Rika ein kaum hörbares „selbstverständlich“ murmelte. Elvira drückte ihres Vaters Hand, sah ihn traurig an und flüsterte: „Ich kann wieder nichts tun als zusehen“, worauf der Vater sie an sich zog und sagte: „Du bist unser Sonnenschein, und wo die Sonne scheint, ist es nicht düster, sondern hell und freundlich.“

„Ja, liebe Kinder“, setzte die Mutter hinzu, „wir wollen uns nicht niederwerfen lassen durch alle Missstände, die die Landwirtschaft mit sich bringt. Wir wollen selber tüchtig arbeiten und auf Gottes Hilfe bauen, dann wird der Segen nicht fehlen, und es werden wieder bessere Zeiten kommen.“

2. Der Brief der Tante

„Olga, du sollst zu den Eltern kommen, sie möchten mit dir sprechen."

„Das klingt ja ganz geheimnisvoll. Und wenn man dein feierliches Gesicht dazu sieht, Rika, da kann's einem beinahe unheimlich werden. Ist denn etwas passiert?"

„Passiert ist nichts, aber es soll sich etwas ereignen", war Rikas ernste Antwort.

Olga, die mit aufgestreiften Ärmeln am Herd stand, bat Riekchen, für sie einzutreten und schickte sich an, dem Rufe Folge zu leisten.

Sie fand beide Eltern im Wohnzimmer auf dem Sofa sitzend, etwas Seltenes zu dieser Tageszeit. Der Vater pflegte draußen zu sein, um nach dem Rechten zu sehen, auch die Mutter war sonst in den Morgenstunden in den Wirtschaftsräumen beschäftigt. Vor ihnen lag ein Brief, der etwas Wichtiges enthalten mochte, nach dem Aussehen der Eltern zu urteilen.

„Komm her, Olga, setz dich. Hier ist ein langer Brief von Tante Susanne, die wir, außer Vater, dessen Schwester sie ist, alle wenig kennen, von der wir aber viel Gutes wissen. Die Tante ist nach Onkels Tod aus England zurückgekommen und wohnt jetzt in M. Sie schreibt, sie habe sich wieder nach Deutschland gewandt, um allen ihren Verwandten nahe zu sein."

„Will sie uns besuchen?", fragte Olga.

„Das nicht. Sie bittet uns, ihr eine unserer Töchter eine Zeit lang zu überlassen."

„Da muss Rika gehen, sie ist die Älteste."

„Rika hat mit Bestimmtheit erklärt, dass sie nicht geht. Du weißt, wenn Riekchen etwas nicht will, so ist alles Zureden vergebens."

„Und Elvira?"

„Elvira lassen wir nicht gern von uns, liebes Kind. Nun ist die Wahl auf dich gefallen. Was sagst du, wenn du nun auch, wie viele Dorfmädchen, in die Stadt gehst?"

Olga war sprachlos. Aber an dem Aufleuchten ihrer Augen konnte man wohl merken, dass ein glänzendes Bild der Zukunft sich vor ihr entrollte. Gern wäre sie zwar bei den Eltern geblieben, aber konnte sie sich wohl etwas Schöneres wünschen, als eine Zeit lang in der fernen Residenz zu leben? Sie war wohl hin und wieder einmal mit in eine größere Stadt gekommen, wenn die Eltern Einkäufe machten, aber längere Zeit war sie nie von der Heimat fern gewesen. Tüchtige Erzieherinnen hatten sie und Elvira unterrichtet; man hatte nicht daran gedacht, die Mädchen in Pension zu geben. So waren sie fröhlich und harmlos, fern von dem Weltverkehr, aufgewachsen, vieles war ihnen fremd geblieben, was zur modernen Erziehung für nötig erachtet wird. Olga mit ihrem praktischen Sinn und ihrem Tätigkeitstrieb schien ganz für die Wirtschaft geschaffen. Die Eltern fürchteten oft, sie möchte mit der Zeit ganz darin aufgehen und den Sinn für geistige Interessen verlieren. Darum kam dieser Brief wie gerufen; sie sahen darin eine Fügung Gottes und fanden das Anerbieten gerade für Olga ganz passend.

„Nun, Olga", sagte die Mutter lächelnd, „du bleibst ganz stumm? Sollen wir der Tante abschreiben?"

„Nein, nein", rief sie erregt. „Und doch", fuhr sie nach

einigem Nachdenken fort, „ich kann dich nicht verlassen. Lina Jürß kommt nicht, da muss ich im Hause helfen –“

„Ist nicht mehr nötig, mein Kind. Mutter Behrens war hier und hat mir ihre Martha angeboten. Ich denke, ich werde mit ihr zurechtkommen, zumal Rika mir in allem eine treue Stütze ist.“

„Ich weiß so wenig von der Tante“, sagte Olga zögernd.

„Tante Susanne hatte sich jung verheiratet mit einem Chemiker, einem Dr. Norden. Sie lebten in beschränkten Verhältnissen und der Onkel beschloss, nach England zu gehen, weil er dort auf Verbesserung seiner Lage hoffte. Wir haben nur selten von ihnen gehört. Du weißt, Vater schreibt nicht gern, hat auch wenig Zeit, und ich habe Tante Susanne persönlich wenig kennen gelernt. Ich weiß aber, dass sie eine prächtige Frau ist, und Vater –“

„Vater sagt, dass es die vollkommenste Schwester ist, die es auf der Welt gibt“, fügte Herr Stark mit kräftiger Stimme hinzu, nachdem er bis jetzt die Mutter hatte reden lassen und sich selbst beobachtend verhalten hatte. „Also, komm her, Maus“, er nahm sie in seinen Arm und fuhr fort: „Mutter oder ich, wir werden schreiben, dass wir das Anerbieten für dich annehmen und dass du baldigst einrücken wirst.“

„So bald schon?“, fragte Olga beklommen.

Es war, als ob es sich jetzt mit einem Male wie ein Gewicht auf sie legte, dass sie Vater, Mutter, Schwestern, die teure Heimat mit allem was drum und dran hing, verlassen sollte. „Und Vira, was macht sie ohne mich?“

„Du weißt, Rika sorgt treu für sie, hütet sie wie ihren Augapfel."

„Das wohl", sagte Olga gedehnt – „aber – sie ist nicht lustig mit ihr, sie ist so ernst, so schweigsam."

„Unter Rikas zu ernstem, fast melancholischem Wesen haben wir mehr oder weniger alle zu leiden", seufzte die Mutter. „Aber sie ist so treu, so zuverlässig und fleißig –"

„An ihr hast du jedenfalls eine größere Hilfe als an mir, Mutter. Und ich möchte gern einmal in die Stadt."

„Also Punktum, abgemacht." Mit diesen Worten stand Herr Stark auf, nahm Mütze und Stock und begab sich hinaus.

„Wo kommst du denn her, Liebling?", fragte er verwundert, als ihm in der Haustür Elvira begegnete, wohl eingepackt in warmer Sammetkapuze und Pelzjacke. Das rosige Gesichtchen strahlte und die Augen leuchteten, als sie sagte:

„Vater, Jürgen will bleiben, er hat's mir versprochen."

„Was hast du mit dem frechen Burschen zu reden! Mag er doch gehen, wenn's ihm beliebt. Solche Knechte bekomme ich immer wieder."

„Weißt du, Vater, er ist hier im Dorf aufgewachsen; wir haben als Kinder miteinander gespielt. Wäre es einer von den fremden Arbeitern gewesen, hätte ich mich nicht eingemischt. Behalte ihn nur!"

Sie sah ihn bittend an. Er streichelte ihr liebevoll die Wangen und sagte: „Mach, dass du hineinkommst in die warme Stube."

Und als die Haustür sich hinter ihm schloss, murmelte er halblaut: „Ihrem Einfluss kann niemand widerstehen."

Jürgen kam richtig, um bei seinem Herrn zu bleiben. Welche Künste Elvira angewandt, den rohen Gesellen zur Vernunft zu bringen, blieb verborgen.

„Vira, weißt du es schon? Ich soll in die Stadt zu der Tante aus England, denke dir! Ist es nicht reizend? Was werde ich dort alles erleben?“ Olga sah plötzlich, wie ein trauriger Zug über Elviras Gesicht glitt. „Von dir geh ich natürlich nicht gern fort, auch nicht von den Eltern –“

„Es wird recht einsam ohne dich sein. Aber gräme dich nicht, ich freue mich für dich so sehr. Du schreibst mir oft, nicht wahr?“

So sprachen die Schwestern miteinander, als sie oben in ihrem Stübchen sich allein wähnten. Die Türe zu Rikas Zimmer war halb geöffnet, plötzlich stand die ältere Schwester vor ihnen und sagte traurig:

„Ich bin doch auch noch da. Ich werde mich schon Elviras annehmen und für sie sorgen.“

„Das tust du schon immer, solange ich denken kann, liebe, gute Rika. Du tust mehr für mich, als ich dir je vergelten kann“, war Elviras Antwort. Es schien, als wollte sie noch mehr sagen, aber sie stockte.

Es lag etwas in Rikas Wesen, was Elvira oft unverständlich war. Rika war selbstlos, aufopfernd, wenn es galt, für Elviras Bequemlichkeit oder Ruhe zu sorgen und doch – es mochte vielleicht an dem großen Altersunterschied liegen, Elvira wusste nicht, was es war, Rika hatte ihr gegenüber oft etwas Scheues, Zurückhaltendes; sie hatte einen Ernst, der für ihre Jahre fast unnatürlich war. Sie litten alle unter Rikas rauer Außenseite, Elvira mit ihrem zarten Gemüt mehr als die andern. Mit Olga war sie ein Herz und eine Seele, wenn auch diese weniger rücksichtsvoll war, sie oft durch ihr stürmisches Wesen erschreckte oder ihr Schmerzen verursachte. Aber ihre Frische und Lebendigkeit, ihr sprudelnder Humor taten der zarten Schwester wohl, sie wollte es sich nicht anmerken lassen, wie schwer der Abschied von Olga vor ihr stand.

„Elvira", begann Olga wieder, als Rika hinuntergegangen war, „was werde ich alles in der Stadt erleben? Ich schreibe dir ausführlich. Ob die Tante wohl reich ist? Ich glaube es, aus London kommen nur reiche Leute. Der Vater glaubt es nicht; er sagt, darauf kommt es nicht an, ob die Tante reich ist, sondern ob sie gut ist. Und Tante Susanne soll sehr gut sein. Elvira, wirst du dich meiner Tauben und Hühner annehmen? Mein Kätzchen könnte ich mitnehmen, man hat auch in der Stadt Katzen, glaube ich. Es wird mir sonst zu schwer, wenn ich alle meine Tiere zurücklassen soll."

So plauderte das junge Mädchen, einmal innerlich froh, dass es hinausging in die unbekannte Welt, die es sich in seiner Phantasie voller Zauber und Wunder dachte, einmal fast betrübt in dem Gedanken, sich von allem, was ihm lieb und teuer war, zu trennen.

An demselben Tage gab es noch eine Überraschung. Ein Brief aus einer fernen Universitätsstadt meldete die Ankunft des Sohnes. Rudolf, der eigentlich zum Fest hatte kommen wollen, war von einer schweren Influenza heimgesucht worden, so dass er die Feiertage im Bett hatte zubringen müssen. Die Krankheit hatte ihn so angegriffen, dass der Arzt auf eine mehrwöchige Erholung drang, die er im Elternhause am besten haben konnte. Die Nachricht von seinem baldigen Kommen belebte alle. Der einzige Bruder, oder vielmehr Pflegebruder, wurde von den Schwestern sehr geliebt und hochgehalten, man war enttäuscht gewesen, das Fest ohne ihn verleben zu müssen.

Rudolf Anders war der Sohn von Herrn Starks bestem Freunde, auch einem Landmann. Derselbe hatte erst die Frau verloren und war dann in pekuniäre Schwierigkeiten geraten. Dies alles untergrub seine Gesundheit und führte seinen frühen Tod herbei. Da der kleine Knabe arm und verwaist dastand und keine näheren Verwandten hatte, die sich seiner annehmen konnten, nahm Herr Stark ihn in sein Haus und sorgte für seine Erziehung. Herr Stark und Frau vertraten ganz die Elternstelle an ihm, er durfte Vater und Mutter sagen und die kleinen Mädchen als Schwestern betrachten. Ein Jahr älter als Rika war Rudolf. Da er besonderer Verhältnisse halber erst spät aufs Gymnasium gekommen war, so wurden auch seine Studien später vollendet. Er zählte schon 28 Jahre, als er sein Assessorenexamen machte. Jetzt kam er voller Stolz mit guten Zeugnissen versehen heim, um eine ihm in einer kleinen Stadt verliehene Stelle als Gerichtsassessor anzunehmen. In der Stadt, wo er bis jetzt gewesen war, hatte er am Landgericht als Referendar gearbeitet und dabei sein Examen gemacht.

Freudig begrüßte der Sohn des Hauses Eltern und Schwestern. Der stattliche Mann mit dem dunklen Vollbart und dem geistvollen Gesicht war der Eltern Stolz und Freude. Sie wurden durch ihn vollständig entschädigt dafür, dass sie keinen eigenen Sohn hatten; er aber hatte seine Dankbarkeit, die er den Pflegeeltern schuldete, dadurch bewiesen, dass er ausdauernden Fleiß und Gewissenhaftigkeit auf seine Studien verwendet hatte, sodass die Mittel, die sie seiner Ausbildung geopfert hatten, nicht verloren waren.

„Rudolf, wie gut, dass du jetzt noch gekommen bist“, rief Olga nach der Begrüßung. „Du hättest mich bald nicht mehr gesehen.“

„Willst du denn von der Bildfläche verschwinden, Kleine, oder was ist's mit dir?“

Sie setzte mit großer Wichtigkeit dem Bruder auseinander, wie sie nun auch in die weite Welt hinaus solle, und zwar sehr bald.

Rudolf war bald, wie immer, der Mittelpunkt der Familie. Er hatte viel zu erzählen von dem Leben da draußen und ließ sich berichten von den Begebenheiten zu Hause. Das zarte Schwesterlein schien ihn am meisten in Anspruch zu nehmen, er musizierte mit ihr, freute sich an ihren Zeichnungen und Malversuchen und unterhielt sich gern mit ihr über wissenschaftliche Dinge. Sie war es gewohnt, dass er sich viel mit ihr abgab; es war immer so gewesen, da die andern Töchter des Hauses mit der Mutter wirtschaftlich tätig sein mussten.

Abends war die ganze Familie vereinigt in dem großen, gemütlichen Wohnzimmer des Herrenhauses zu Altenhorst. Da hatte auch der Vater Zeit, die Interessen der Familie zu teilen. So gab es bis zu Olgas Abreise angenehme Stunden des Beisammenseins.

Der Tante war geschrieben worden, dass sie das jüngste Töchterchen auf ein Jahr haben sollte. Die Eltern wünschten, dass sie sich bei ihr nützlich mache; außerdem baten sie, Tante Susanne möchte dafür sorgen, dass Olga in verschiedenen Lehrfächern Unterricht erhalte, sie könne, so schlugen sie vor, vielleicht einem Privatzirkel junger Mädchen beitreten. Der Vater hoffte, Olga selbst zur Tante bringen zu können, sehnte er sich doch, die seit vielen Jahren von ihm getrennte Schwester einmal wieder zu sehen.

Aber wie es oft im Leben geht, gerade zu der Zeit, die zur Abreise bestimmt war, meldete sich mehrtägiger Herrenbesuch an. Da es mit diesen Herren wichtige geschäftliche Sachen zu besprechen gab, so musste Herr Stark die Reise aufgeben, und Olga war genötigt, allein zu fahren.

Als die Mutter ihre Bedenken äußerte, da Olga noch unselbständig und im Reisen ungeübt sei, lachte Rudolf und rief: „Liebste Mutter, sie will ja nicht nach Indien oder Ostafrika! Heutzutage begnügen sich die jungen Mädchen nicht mehr damit, in Deutschland oder Europa umherzureisen, nein, mit Wonne nehmen sie Stellen an, die sie über den Ozean führen in unbekannte Länder und Zonen. Eine kleine neunzehnjährige Dame, die in meinem Hause wohnte, ist kürzlich ganz allein abgedampft nach Smyrna, wo sie eine Stelle als Erzieherin anzunehmen gedachte. Ich bringe das Schwesterchen zur nächsten Stadt, besorge dort eine Karte nach M., setze sie in ein Frauenabteil, übergebe sie dem Schaffner, und wenn sie in M. abgeholt wird, wie die Tante schrieb, so kann ihr nichts geschehen."

Nun begann ein Zusammentragen und Packen, als ob es wirklich über den Ozean ginge. Die Mutter hatte genug zu steuern und beiseite zu legen, sonst hätte Olga ihr sämtliches Eigentum in den Koffer gepackt; sie meinte, kein Stück entbehren zu können.

Dann ging sie ins Dorf, um Abschied zu nehmen. In der nahe gelegenen Oberförsterei verweilte sie länger.

Oberförsters Mariechen zählte zu ihren Freundinnen. Viel hatten sich die jungen Mädchen mitzuteilen, als Mariechen Olga durch den Wald zurückbegleitete. Leichtfüßig trippelten sie über den hartgefrorenen Schnee; die Bäume sahen prächtig aus mit den bereiften Zweigen, die in der Sonne glitzerten wie lauter Diamanten, ein klarer blauer Himmel wölbte sich darüber. In der Ferne lag das Dorf mit seinen weißen Dächern in stillem Frieden; etwas abseits erhob sich das einfache, aber stattliche Herrenhaus mit den Wirtschaftsgebäuden.

„Die Heimat ist doch schön", sagte Olga mit einem leichten Seufzer, „ich glaube, ich werde Heimweh bekommen."

„Das wirst du", versicherte Mariechen. „Wenn du in die dunstige, rauchige Stadt kommst, da wird es dir enge auf der Brust, es ist, als ob sich ein Stein darauf legte. Ich hab's erfahren; ich war erst wieder glücklich, als ich daheim im Walde war."

„Ja, aber meine Tante ist vielleicht sehr reich; sie wohnt vielleicht in einem schönen Hause ganz für sich. Sie hat nichts darüber geschrieben, ich denke es mir nur."

„O Olga", rief Mariechen, als sie am See entlang gingen, „wie schön waren unsere Eisvergnügen im Winter und die Kahnfahrten im Sommer, ich werde dich sehr vermissen. Elvira ist schwächlich, mit ihr ist nicht viel anzufangen, und Riekchen – nun ja, Rika vergnügt sich wohl niemals. Sie arbeitet nur und lebt ihrer Pflicht. Jetzt ist sie ja schon älter, aber ob sie in ihrer Jugend immer so war?"

„Die Eltern sagen: ernst sei sie immer gewesen und sehr gewissenhaft."

„Mein Vater äußerte einmal gegen jemand: ‚Fräulein Friederike Stark sieht aus, als ob sie etwas auf dem Gewissen hat.'"

„Als ob sie etwas auf dem Gewissen hat?", wiederholte Olga nachdenklich. „Das hat bei uns noch niemand gesagt."

„Bitte, sage es nicht weiter, was mir eben herausfuhr. Der Vater weiß nicht, dass ich es gehört habe, er möchte böse sein, wenn es weitergetragen würde." Die beiden Mädchen versprachen sich beim Scheiden ewige Freundschaft. Dann eilte Olga nach Hause, um den Rest des letzten Tages mit den Ihrigen zu verbringen.

3. Die Ankunft

Die Reise war glücklich vollbracht. Der Zug hielt in der Hauptstadt, und verwunderten Auges schaute das Mädchen vom Lande auf die wogende Menge, die, mit Handgepäck versehen, sich dem Ausgang des Bahnhofes zuwandte.

„Ich sollte doch abgeholt werden", dachte Olga, konnte aber nirgends eine ältere Dame erblicken, die sie sich als Tante vorstellen mochte. Jetzt kam eine schon bejahrte Frau auf sie zu, eine kräftige Gestalt, einfach, aber ordentlich gekleidet. Sie hatte ein großes dunkelgraues Tuch um und eine schwarze Kapuze auf, aus der ein gutmütiges Gesicht schaute.

„Geben Sie mir das Handgepäck her", redete sie Olga an. „Sie sind Fräulein Olga Stark, nicht wahr? Frau Dr. Norden schickt mich, Sie abzuholen."

„Sie kommen von Tante Susanne?", fragte Olga zaghaft.

„Gewiss, wir wollen miteinander in ihre Wohnung gehen. Eine Droschke brauchen wir nicht zu nehmen, Frau Doktor wohnt nicht weit von hier, und Ihnen wird das Gehen ebenso lieb sein nach der langen Fahrt."

Die Gefährtin sprach kurz und bestimmt. Welche Stellung mochte sie wohl bei der Tante bekleiden? Einen vornehmen Eindruck machte sie gerade nicht, aber sie flößte Vertrauen ein. Darum folgte Olga ihr ruhig. Sie gingen durch mehrere breite Straßen, in denen lebhafter Verkehr herrschte. Elektrische Wagen sausten an ihnen vorüber, Räder, Droschken, Omnibusse rasselten vorbei, jetzt ertönte das Heulen eines Automobils, ängstlich drängte sich Olga an die Alte. War das Gewirre sehr groß, so packte diese mit ihrer derben großen Faust die kleine Hand Olgas und führte sie sicher durch die Wagen und Menschenmenge.

„Hier ist wohl heute Jahrmarkt?", fragte Olga schüchtern. Die Alte lachte. „Nein, mein gutes Kind, hier gibt's keinen Jahrmarkt. So ist es alle Tage."

„So ist es alle Tage!", wiederholte Olga erstaunt. „O!"

Sie gingen wieder schweigend nebeneinander. Olga war ganz hingenommen von dem bunten Straßenleben. Plötzlich sagte die Begleiterin: „Jetzt sind wir zu Hause." Sie traten durch eine große Haustür in einen weiten Hausflur.

„Gehört dies Haus meiner Tante?"

„Nein, mein Kind, sie wohnt nur drin."

Statt nun aber, wie es zu Hause Sitte war, die untern Räume zu betreten, erstieg man eine breite Treppe. Nun noch eine! Wohnte denn Tante Susanne auf dem Boden? Wahrscheinlich, denn die Alte schickte sich an, noch eine dritte Treppe hinaufzusteigen.

„Immer noch höher?", fragte Olga verzagt.

„Das ist noch nichts in der großen Stadt. Manche wohnen in dem vierten, manche sogar in dem fünften Stockwerk. Nun sind wir gleich oben. Der Atem ist wohl vergangen, kleines Fräulein?"

Es schien fast so, denn ein tiefer Seufzer wurde hörbar. Es war Olga, als ob auf einmal das schöne Luftschloss, das sie sich gebaut, in eitle Trümmer versunken war. Die reich geglaubte, in einer schönen Villa wohnende Tante entpuppte sich nach ihren Begriffen als eine ganz arme Frau, die genötigt war, hoch oben in den Bodenräumen wohnen zu müssen. Sie war aber doch erstaunt, als auf ein Klingeln eine Glastür geöffnet wurde und eine zierlich gekleidete Dame ihre Hände ausstreckte und mit freundlicher, herzgewinnender Stimme sagte: „Da ist ja das Nichtchen! Gott segne deinen Eingang, mein Kind." Mit diesen Worten zog sie sie an ihr Herz und küsste sie. Dann führte sie sie in ein hell erleuchtetes, gemütlich eingerichtetes Zimmer, nahm ihr die Sachen ab und ließ sie sich setzen.

„Hanne, du kannst den Tee heute eine halbe Stunde früher bringen. Das Zimmer für Fräulein Olga ist doch in Ordnung?"

„Alles fertig", war die Antwort. Dann hörte man draußen in der Küche mit Geschirr klappern, ein angenehmes Geräusch für Olga, denn sie war trotz der vielen Butterbrote, die Rika eingepackt, ziemlich hungrig geworden.

„Deine Sachen, die dein Vater als Frachtgut geschickt hat, sind schon eingetroffen, wir können gleich einmal in dein Zimmer gehen und auspacken."

Also, ein eigenes Zimmer würde sie haben; sie hatte schon gefürchtet, die Schlafstube mit der Tante teilen zu müssen. Und doch, wie eng, wie beschränkt kam ihr hier alles vor, gegenüber den großen, luftigen, hohen Zimmern daheim.

Die Tante öffnete ein zweites Zimmer, anscheinend das bessere, nach der Einrichtung zu urteilen. Von diesem führte eine Tapetentür in ein schmales, einfenstriges Zimmer. Es stand ein Bett darin, ein großer Schrank, eine Kommode, ein Waschtisch und zwei Stühle.

„Es tut mir Leid", sagte die Tante, „dass der große Schrank hier stehen muss, das Stübchen würde sonst hübscher sein. Doch in der Stadt geht es nicht anders, da muss ein jeder sich einschränken. Wenn dein großer Koffer erst heraus ist, wird es geräumiger."

„Ja, es ist sehr eng hier", sagte Olga aufrichtig und ließ einen Seufzer hören.

„Du wirst dich schon mit der Zeit einrichten", meinte die Tante. „Glücklich der Mensch, der überall zufrieden ist und sich immer das Beste bei jeder Sache heraussucht. Nun packe das Nötigste aus; wenn der Tee fertig ist, wirst du gerufen."

Die Tante ging und ließ das Nichtchen allein. Da stand Olga in dem kleinen Raum, ein düster brennendes Lämpchen erhellte das Gemach notdürftig. Sie hatte das Gefühl, als müssten Schrank, Koffer und Kommode auf sie fallen und sie erdrücken. Plötzlich stand das große, hell erleuchtete Wohnzimmer daheim vor ihren Augen. Sie sah die Ihrigen um den runden Tisch versammelt, Rudolf vorlesend, den Vater mit der großen Pfeife gemütlich in der Sofaecke lehnend, die Mutter und die Schwestern mit Handarbeit beschäftigt. Da überkam sie der Jammer des Heimwehs. Mit den Worten: „Ich halte es hier nicht aus", setzte sie sich auf den Koffer, anstatt ihn aufzuschließen und auszupacken, und brach in ein krampfhaftes Schluchzen aus. Sie merkte nicht, dass die alte Hanne hereinkam und vor ihr stehen blieb.

„Fräulein, sparen Sie Ihre Tränen zu etwas Besserem; Sie sind bei einer gütigen, edlen Dame, die es mit allen Menschen gut meint. Wenn ich Ihnen erzählen wollte, was sie an mir getan hat, Sie würden staunen."

Olga hörte auf zu schluchzen und sagte mit bebender Stimme: „Sie wissen nicht, wie es ist, wenn man von all den Seinigen getrennt ist."

„Und Sie wissen nicht, wie es ist, wenn man einsam und verlassen in der Welt dasteht, und es kommt eine gütige Dame und nimmt die Verlassene in ihr Haus. Sie werden die Tante sehr lieb gewinnen, denken Sie an mich. Nun trocknen Sie Ihre Tränen, so etwas mag die Tante nicht. Sie sollen sie aufheitern, aber keine Klagelieder anstimmen."

Das half. Olga wusch die verweinten Augen und folgte Hanne in das Wohnzimmer. Hier war ein hübscher Teetisch gedeckt, und das Wasser im Kessel summte so traulich, dass es fast an daheim erinnern konnte. Olga musste sich neben die Tante setzen; diese fragte während des Essens so freundlich und teilnehmend nach den Ihrigen, sprach mit großer Liebe von den Eltern, sodass das junge Mädchen Zutrauen gewann.

„Ich kenne von euch Schwestern nur Friederikchen; sie war damals fünf Jahre alt, als ich sie zuletzt sah. Sie soll ein sehr ernstes Mädchen sein?"

„Ja, sie lacht fast nie. Aber sie ist sehr fleißig und hilft Mutter tüchtig in der Wirtschaft."

„Ich hätte sie gern eine Zeit lang hier gehabt."

„Sie geht nicht von zu Hause fort. Schon Elviras wegen nicht. Sie hilft ihr beim Ankleiden und ist immer bereit, etwas für sie zu tun."

Die Tante erkundigte sich näher nach Elvira, und bei Olga zeigten sich schon wieder Tränen, wenn sie daran dachte, dass sie sie ein ganzes Jahr nicht sehen sollte.

Tante Susanne merkte, dass Olga von der Reise und den neuen Eindrücken ermüdet war. Sie schlug vor, sich zu Bett zu legen, was das junge Mädchen dankbar annahm. Nachdem die Tante eine Abendbetrachtung gelesen hatte, brachte sie sie in ihr Schlafzimmer und war sehr verwundert, den Koffer noch verschlossen zu finden. Sie riet aber dem Nichtchen, heute nicht mehr lange aufzubleiben, nur das Notwendigste herauszunehmen und erst am folgenden Tage sich häuslich einzurichten.

Kaum war die Tante fort, regte sich der alte Tätigkeitstrieb in Olga. Es war ihr unangenehm, dass die Tante das Nichtauspacken des Koffers gemerkt hatte, mit rührigem Eifer ging sie daran. Ziemlich laut trabte sie hin und her in dem kleinen Raum, holte aus ihrer Handtasche die Schlüssel, rückte mit dem schweren Koffer hin und her und schloss endlich auf. Eilfertig nahm sie die Sachen heraus, warf die Schuhe unsanft auf die Erde, sieh! da fand sich in einer Ecke des Koffers eine Tüte. Was mochte ihr die gute Mutter da hineingesteckt haben? Walnüsse waren es, die sie so gern aß. Rasch hob sie die Tüte heraus, aber, o weh, das Papier hatte ein Loch bekommen, und sämtliche Nüsse kullerten mit großem Donnergepolter auf die Erde.

Da wurde mit Fäusten an eine Tür geschlagen und eine raue Männerstimme rief: „Ruhe, Ruhe bitte ich mir aus!"

Olga war ganz starr vor Schreck. Woher kam die Stimme, und wo war die Tür, an welche man mit Fäusten getrommelt hatte? Die, durch welche sie gekommen, war es nicht. Sie sah sich rings um, konnte aber keine zweite Tür entdecken. Die Faustschläge kamen dorther. Da stand der Kleiderschrank, es konnte doch keine Tür dahinter verborgen sein. Sie sah hinauf, richtig, über dem Schrank gewahrte sie den obersten Türrahmen, der eben darüber hinweg guckte. Also die Tür war mit dem Schrank zugesetzt, so dass ein Verkehr durch dieselbe unmöglich war. Das beruhigte sie etwas. Doch die zornigen Worte des Unbekannten hatten sie so erschreckt, dass sie zitterte und nicht wagte sich zu rühren. Es war das Beste, sie schlich leise zu Bett und machte am nächsten Morgen Ordnung. Ganz sachte entledigte sie sich ihrer Schuhe, und auf Socken huschte sie im Zimmer hin und her, bis sie glücklich das Bett erreicht hatte.

Sie konnte lange nicht schlafen. Die neuen Eindrücke stürmten auf sie ein. Wer konnte nur neben ihr wohnen, der sie so erschreckt hatte? Beinahe wäre sie zur Tante geflüchtet, wenn diese ihr nicht noch zu fremd gewesen wäre. Man hörte von Tante Susanne und ihrem Mädchen gar nichts. Wo mochten sie schlafen?

Die Müdigkeit übermannte sie zuletzt. Die Augen fielen zu; sie schlief fest bis zum andern Morgen.

4. Neue Eindrücke

Erweckt wurde sie durch Einschaufeln von Kohlen im Zimmer der Tante. Das Mädchen mochte wohl zeitig aufstehen, sie selbst war auch daran gewöhnt, aber es mochte nicht angenehm sein, wenn sie jetzt schon störte. So wartete sie noch ein Weilchen, bis der Tag dämmerte. Dann erhob sie sich, und zwar so sachte wie möglich, immer fürchtend, das Donnern an der Tür möchte sich wiederholen.

Aber wie sah es bei ihr aus? Hier lag ein Stiefel auf der Erde und dort in der Ecke ein anderer; die Nüsse waren durch das ganze Zimmer gekullert, Kleider, Schürzen, Wäsche, alles lag durcheinander. Wenn die Tante jetzt hereinträte! Oder Hanne! Wo waren ihre Kämme? Es war zum Verzweifeln! Wenn nicht der grässliche Mensch sie so erschreckt hätte, es wäre ja alles in schönster Ordnung. Zuerst suchte sie alle Nüsse zusammen, die bei jeder Bewegung zu rollen anfingen, dann wurde alles andere an den gehörigen Platz gebracht. Schuhe wagte sie überhaupt nicht anzuziehen; sie schlüpfte in ein Paar zierlich gearbeitete Pantoffel, ein Geschenk von Elvira. Nachdem auch die Kämme sich gefunden und sie sich gekämmt hatte, ließ sie ihre Blicke im Zimmer umhergleiten. Nun sah es einigermaßen ordentlich aus, jetzt wollte sie die Vorhänge aufziehen und hinausschauen. Wie mochte es wohl in einer so großen Stadt aussehen? Neugierig öffnete sie den Vorhang, doch siehe, das Fenster war gefroren. Sie merkte auch jetzt an den steifen Fingern, dass es empfindlich kalt war, aber als frisches Landmädchen focht es sie nicht an. Am besten war es wohl nun, sie zeigte sich; die Tante war gewiss schon auf.

Sie öffnete die Tür zum Besuchszimmer, eine behagliche Wärme strömte ihr entgegen. Dann klinkte sie vorsichtig die Tür zum Wohnzimmer auf und ging hinein. Es war leer, aber warm und gemütlich. Der Kaffeetisch war gedeckt, ein zierliches Körbchen mit frischen Semmeln stand auf dem Tisch, Brot und Butter daneben; alles sah einladend und appetitlich aus. Olga wagte nicht, sich zu setzen; sie wollte warten, bis die Tante erscheinen würde.

Da wurde eine Tür ziemlich laut geöffnet, ein Schüler, etwa vierzehnjährig, trat ein. Ein frischer Bursche mit hellen Augen und einem Borstenkopf, in dunkelgrauem Anzug, sauberem Hemdenkragen und Schlips, wie es die Gymnasiasten tragen.

„Guten Morgen!“, sagte er sehr laut und vernehmlich. Darauf schritt er auf den Ofen zu, in dem die Kaffeekanne stand und mit den Worten: „Hu, die ist aber heiß“, zog er sein Taschentuch, fasste die Kanne damit an, ging an den Tisch und schenkte sich ein, ganz, als ob er hier zu Hause sei. Dann wandte er sich an Olga, die fast ebenso versteinert dastand wie gestern Abend und ihn anstarrte.

„Wollen Sie nicht auch trinken?“, sagte er. „Sie sind doch die vom Lande?“

Der Ton sowie die frische Art des Jungen gefielen ihr. „Ja, ich bin die vom Lande. Wer sind Sie aber? Oder wer bist du? Ich sehe an den kurzen Beinkleidern, dass du noch kein Sekundaner bist, und von Sekunda an sagt man ja erst ‚Sie‘.“

„Wissen Sie das auch schon?“

„Natürlich. Ich habe ja einen Bruder, der Gymnasiast war und der dann studiert hat."

„Na gut. Sagen Sie nur ‚du'. Ich muss aber meinen Kaffee trinken, sonst komme ich zu spät."

„Übrigens, wenn du der Sohn meiner Tante bist –"

„Wer hat das gesagt? Die Tante hat gar keine Kinder."

„Das habe ich bis jetzt auch immer geglaubt."

„Kann ich denn nicht ebenso gut bei Tante Susanne sein wie Sie?"

„Sie ist auch deine Tante? Ich habe doch nie von dir gehört –"

„Das tut mir Leid. Ich habe sehr viel von Ihnen gehört."

„Nun, wenn Tante Susanne unsere beiderseitige Tante ist, dann sind wir Verwandte. Nenne mich nur auch ‚du', ich bin deine Cousine."

Der Junge machte eine tiefe Verbeugung, sprechen konnte er nicht mehr, denn er stopfte hastig eine Semmel nach der anderen hinein und trank den inzwischen abgekühlten Kaffee dazu.

„Wie kommt es nur", begann Olga, die sich inzwischen auch an den Tisch gesetzt hatte, „wie kommt es nur, dass ich dich gestern Abend gar nicht gesehen habe?"

„Sehr natürlich. Ich war im Theater. Wir sind hineinbefohlen vom Klassenlehrer, weil ‚Tell' gegeben wurde. Wahrscheinlich steht ein Aufsatz darüber in Sicht. Nun muss ich aber gehen. Trinken Sie nur Kaffee, die Tante kommt noch nicht. Sie ist kränklich und muss morgens lange liegen." Mit diesen Worten nahm er ein Paket eingewickelter Butterbrote und wollte sich entfernen, als Olga rief:

„Sag' mir nur das eine? Wohnt hier bei der Tante auch ein zorniger Mann?"

Er wollte sich ausschütten vor Lachen.

„An der Seite dürfen nur zarte junge Damen schlafen, die leise auftreten, darum musste ich umziehen, zu meinem Glück. Na, wenn ich heute zu spät komme, sind Sie – oder bist du schuld. Ich erkläre dir die Geschichte mit dem Mann ein andermal. Adieu!"

Mit diesen Worten verschwand er im Nebenzimmer, das an der anderen Seite der Wohnstube lag. Man hörte ihn noch mit Büchern plauzen und aus der Türe gehen. Dann war alles still.

„Das ist doch etwas Lustiges in dieser Einöde", dachte Olga, „sonst hätte ich es hier wohl gar nicht ausgehalten." Sie dachte an ihr großes Haus, in dem von früh an Leben und Bewegung herrschte. Fast wollten wieder ein paar Tränen kommen, als sie die Tante mit Hanne draußen reden hörte. So nahm sie sich zusammen, setzte die Kanne in den Ofen und machte den Platz, wo der Knabe gesessen hatte, wieder in Ordnung.

„Schon tätig, liebes Kind? Das gefällt mir. Wie hast du geschlafen?", fragte freundlich die Tante.

„Sonst ganz gut. Aber ich hatte am Abend einen großen Schreck. Ich wusste nicht, dass noch ein Mann hier wohnt." Sie erzählte nun das Unglück mit den Nüssen, verschwieg auch nicht, dass sie wohl sonst etwas laut gewesen und dass darauf eine Donnerstimme sie zur Ruhe verwiesen habe.

Die Tante lachte. „Das war unser alter Hirsch. Ich hätte dich darauf aufmerksam machen müssen, aber ich glaubte, von einem jungen Mädchen sei keine Ruhestörung zu erwarten."

„Ich bin sehr stürmisch und laut. Mutter wünscht, dass ich es mir abgewöhne“, sagte Olga aufrichtig.

„Alfred, der früher dein kleines Zimmer hatte, hat umziehen müssen, weil er zu lebhaft ist.“

„Alfred heißt er? Ich wusste gar nicht, dass wir noch Verwandte hätten.“

„Es sind Verwandte meines Mannes. Er gehörte einer sehr großen Familie an. Ich bin deshalb nach Deutschland zurückgekehrt, weil ich mich in der Fremde einsam fühlte und Verlangen trug, den Verwandten nahe zu sein. Alfreds Mutter ist die Schwester meines Mannes. Sie hat einen Beamten in einer kleinen Stadt geheiratet und hat eine große Kinderschar. Nun habe ich ihr eins der Kinder abgenommen. Ich habe selbst keine Kinder; ein liebliches Töchterchen von sechs Jahren starb mir; da habe ich mir vorgenommen, andern Menschen Liebe zu erweisen und verschiedene Kinder meiner Verwandten bei mir aufzunehmen. Du wirst noch nähere und entferntere Verwandte bei mir kennen lernen; ich habe allen mein bescheidenes Haus geöffnet. Da Gott der Herr mir alles, was ich lieb hatte, genommen hat, so will ich die Öde meines Lebens damit ausfüllen, dass ich Liebe säe, wo ich kann.“

Olga war gewonnen. Sie umschlang die Tante und rief:

„Tante Susanne, ich will dich recht, recht lieb haben.“

„Auch wenn die Tante manchmal streng ist?“

Olga nickte und sagte leise: „Vater war auch sehr streng; ein bisschen Furcht hatten wir alle vor ihm, außer Elvira. Sie ist sein Verzug.“

„Man findet es oft, dass Eltern kränkliche Kinder am liebsten haben. Vater schrieb mir damals, als es sich herausgestellt hatte, dass Elvira eine Verkrümmung des Rückgrates habe. Er war damals sehr traurig."

„Aber auch böse! Besonders auf das Kindermädchen, das sie hatte fallen lassen und es nicht gesagt. Es muss geschehen sein, als die Eltern verreist waren. Ich weiß es nicht, weil ich jünger bin und später wenig davon gesprochen worden ist. Erst dann, als Elvira eine Kinderkrankheit gehabt und der Arzt sie untersucht hat, machte er die Eltern aufmerksam und behauptete, es müsse von einem Fall herrühren. Das Mädchen aber war längst fort, hatte sich verheiratet und war mit ihrem Mann nach Amerika gegangen."

„Wie gewissenlos von dem Mädchen, dass sie es nicht gleich gestanden hat, dann hätte vielleicht noch etwas geschehen können."

„Ja, deshalb ist Vater auch so sehr, sehr böse gewesen. Mutter hat es mir einmal erzählt. Aber Elvira trägt es so geduldig; sie ist so lieb und gut, du müsstest sie kennen."

„Ich habe auch die Absicht, euch alle gründlich kennen zu lernen. In den Sommerferien besuche ich euch vielleicht in Altenhorst."

„O, das wird prächtig", rief Olga, schon um ein gutes Teil froher.

Sie saßen noch beim Frühstück, als sich ein lautes Klopfen vernehmen ließ. Hanne steckte den Kopf herein und sagte lächelnd: „Herr Hirsch möchte Frau Doktor gern sprechen."

Ein nochmaliges Klopfen, und herein trat ein alter Herr mit straffer, militärischer Haltung. Ein strenges Gesicht, unter den buschigen Augenbrauen kleine stechende Augen, ein grauer wohlgepflegter Schnauzbart.

„Ergebenster Diener, Frau Doktor“, begann er. „Sie werden entschuldigen, aber meine Nerven haben Anno 70 dermaßen gelitten, dass ich lautes Gepolter und Rollen mit Kugeln neben mir nicht vertragen kann. Sie haben den infamen Jungen, den Sie so gütig waren auszuquartieren, wieder da schlafen lassen; ich muss entschieden um Abstellung bitten, widrigenfalls ich ausziehen müsste.“

„Es war diesmal nicht der Junge, Herr Hirsch, es ist das junge Mädchen hier gewesen. Sie hat sich beim Auspacken ihrer Sachen nicht genug in Acht genommen, wird aber künftig mehr Rücksicht auf Sie nehmen, nicht wahr, Olga?“

Olga, die sich über den alten Griesgram nun mehr belustigte, als dass sie ihn fürchtete, war schon aufgestanden und zu ihm gegangen. Sie reichte ihm treuherzig die Hand und sagte: „Seien Sie mir nur nicht böse, ich habe eine Tüte mit Nüssen aus dem Koffer genommen, die geplatzt ist. Das waren die Kugeln, die bei mir herumkullerten. Lieben Sie Nüsse? Dann bringe ich Ihnen heute ein Tellerchen; meine Mutter hat mir so viele eingepackt, dass ich gerne welche abgebe.“

Der Alte, verdutzt über diese Anrede, sagte nur: „Ja, dann müssen Sie aber auch einen Nussknacker mitbringen, meine alten Zähne bringen's nicht mehr fertig.“ Indem er Olga von Kopf bis Fuß musterte, fügte er hinzu: „Man sollte kaum glauben, dass Mädchen einen solchen Spektakel machen können. Also Sie waren das!“, machte kehrt und verließ das Zimmer.

„Tantchen“, rief Olga laut, „was ich heute Morgen schon alles erlebt habe! Eine Überraschung nach der andern.“

„Das ist erst einer von den Hausbewohnern. Nun gibt es aber in den unteren Stockwerken eine Menge Familien. Es ist nicht nötig, dass man alle kennen lernt, es ist nicht Sitte in großen Städten. Man grüßt sich mit den Hausbewohnern freundlich und geht vorüber."

„Wir wohnen in einem großen Hause ganz allein. Aber es ist hübsch, mit vielen Leuten zusammen zu wohnen. Ich möchte sie alle kennen lernen und Freundschaft mit ihnen schließen."

„Das geht nicht so schnell, wie du denkst, liebes Kind. Die Herrschaften sind zum Teil sehr zurückhaltend, und wir wollen nicht aufdringlich sein."

„Ist dieser alte Mann dein Pensionär, Tante?"

„Nein, mein Kind, ich befasse mich nur mit jungen Leuten. Meine und des alten Hirsch Wohnung war früher eine; man hat sie geteilt und noch einen Eingang gemacht, so dass wir nichts miteinander zu tun haben."

„Aber die Tür, liebe Tante, die Tür in meinem Zimmer?"

„Sie ist unbenutzbar gemacht, wie du gesehen hast. Der alte Gärtner Hirsch kann so wenig zu uns, wie wir zu ihm, nur das Geräusch teilt sich natürlich mehr mit, als wenn eine Wand ohne Tür dazwischen wäre. Du wirst in Zukunft sehr vorsichtig sein müssen."

„Mutter würde sagen: ‚Das ist dir schon recht.' Sie wünscht nämlich sehr, dass ich das ungestüme Wesen ablege", sagte Olga treuherzig.

Tante Susanne lächelte. Gerade dasselbe hatte die Mutter ihr auch geschrieben, hatte sie gebeten, ihr Töchterchen nach dieser Seite hin besonders zu beeinflussen. „Wollen sehen, was sich tun lässt mit Hilfe des Herrn Hirsch", sagte sie.

„Heute Abend will ich mich schon in Acht nehmen; er soll keinen Ton von mir hören."

Olga lebte immer mehr auf, je bekannter sie mit der Tante und ihrer Umgebung wurde. Schien Tante Susanne auch nicht reich zu sein, so war sie jedenfalls nicht ganz unbemittelt, auch nicht engherzig, im Gegenteil, sie hatte ein warmes Interesse für alle Verwandten, und das liebevolle Wesen ihr gegenüber hatte etwas sehr Wohltuendes für das junge Mädchen.

„Wir müssen uns nun eine Tageseinteilung machen, Kleine. Heute ist noch Feiertag, aber von morgen an gibt's Pflichten. Du wirst im Häuslichen helfen und einige Privatstunden nehmen. Musikunterricht kannst du im Hause haben, hier im dritten Stock uns gegenüber wohnen zwei Schwestern, die sich durch Stundengeben ihren Lebensunterhalt verdienen, eine von ihnen wird bestimmt den Klavierunterricht übernehmen können."

„Hier oben wohnen noch mehr Leute?", rief Olga erstaunt. „Was sagt denn da der alte Hirsch zum Musizieren?"

„Er hört wenig davon, achtet aber, wie es scheint, die Damen sehr, nennt sie ‚die kunstvollen Piatistinnen'. Er gebraucht gerne Fremdwörter, aber verkehrt, daran musst du dich nicht stoßen."

Der Nachmittag war zu einem Gang in die Stadt bestimmt. Olga verlangte danach, an die Luft zu kommen, woran sie zu Hause so sehr gewöhnt war. Zu Mittag erschien das belebende Element wieder. Alfred wusste viel aus der Schule zu erzählen und ergötzte seine Zuhörer durch allerlei Anekdoten.

„Alfred", sagte nach dem Essen Tante Susanne, „ich

möchte gern Abrechnung halten. Wie steht's mit deinen Finanzen, brauchst du Taschengeld?"

Das war Wasser auf Alfreds Mühle.

„Ja, ziemlich viel, liebe Tante. Ich habe mancherlei für die Schule zu kaufen; ich muss einen Zeichenblock haben, Schreibhefte, muss ein Buch binden lassen –"

„Zeige mir dein Ausgabenbuch –"

Ein flüchtiges Rot erschien auf den Wangen des Knaben, langsam ging er ins Nebenzimmer, das Gewünschte zu holen.

Die Tante sah prüfend hinein.

„Es befriedigt mich nicht ganz, du hast mir gestern gesagt, dein Geld sei alle, und beim Zusammenzählen finde ich, dass noch 75 Pfennige da sein müssen; ist das Geld vorhanden?"

Höchst verlegen zog Alfred ein kleines, nicht sehr sauberes Geldtäschchen heraus, wühlte darin, drehte es um und brachte zwei einzelne Pfennige zutage.

„Es scheint mir, du verstehst nicht, mit Geld umzugehen. Wenn ich dir Taschengeld gebe, so will ich wissen, was du dafür kaufst."

„Die andern Jungen haben viel mehr und brauchen nicht aufzuschreiben."

„Ich will es diesmal hingehen lassen und dir das Nötige geben, was du brauchst, bitte mir aber aus, dass du genauer aufschreibst und nichts Unnötiges ausgibst."

Er schielte nach Olga hin, die den ganzen Vorgang mit höchstem Interesse verfolgt hatte; es schien ihm peinlich, dass sie Zeugin der Unterredung gewesen war.

„Er ist ein fleißiger, begabter Junge", sagte Tante Susanne, nachdem er gegangen war, „aber etwas leichtes Blut, man muss ihm auf die Finger sehen."

Nach dem Kaffee musste Olga sich rüsten zum Ausgehen. Sie sah niedlich aus in dem Pelzbarett und der neuen Winterjacke. Vergnüglich sprang sie hinter der Tante her, die Treppe hinunter. Als sie im zweiten Stock waren, kamen ein paar allerliebste frische Mädchen mit Schlittschuhen am Arm die Treppe herauf, klingelten an der Tür, grüßten freundlich die Frau Doktor und verschwanden, als man ihnen öffnete.

„O, junge Mädchen", kam es verlangend aus Olgas Brust. „Dort könnte ich wohl Bekanntschaft anknüpfen; sie scheinen in meinem Alter zu sein."

„Der Vater ist Kaufmann, hat ein großes Geschäft in der Stadt; ich kenne die Familie nur vom Ansehen."

„Wer mag im ersten Stock wohnen?"

„Wie es scheint, sehr vornehme Leute; ich kenne die Herrschaften nicht." Das ganze Haus kam Olga vor wie ein verzaubertes Schloss. Was barg es alles in sich, und wie wenig kannte sie davon! Sie wollte aber alle kennen lernen, das stand fest bei ihr, und was sie wollte, das setzte sie durch.

Nun kam sie mit Tante Susanne in die erleuchtete Stadt. O, diese Herrlichkeiten; diese prächtigen Läden, die glänzenden Sachen, die hellen Straßen mit dem regen Leben darin. Es war ja ganz anders, als wenn sie abends mit dem Laternchen durch das dunkle Dorf huschte, froh, wenn ein Menschenkind ihr begegnete.

Die Tante kaufte Verschiedenes ein, so dass Olga Gelegenheit fand, das Innere der Läden zu sehen. Unverhohlen drückte sie ihr Erstaunen aus und rief, als sie nach Hause kamen, ganz überwältigt aus: „So schön habe ich es mir nicht in der Stadt gedacht, ich bin sehr froh, dass ich längere Zeit hier bleiben darf."

Abends ging sie mit dem löblichen Vorsatz schlafen, sehr auf ihrer Hut zu sein, aber wie es kam, wusste sie selbst nicht; sie hatte wohl Regen- und Sonnenschirm nicht ganz sicher gestellt, beide Schirme rasselten an die Erde mit solchem Gepolter, dass wieder an die Tür gepocht wurde und ein grunzendes „Na, na!" sich hören ließ.

Nun, morgen wollte sie den Alten besuchen und ihm die versprochenen Nüsse bringen, es würde ihn gewiss versöhnen.

5. Bekanntschaften im Hause

Mit einem goldgeränderten Teller voller Nüsse klopfte Olga am andern Tage an seine Wohnung. Eine schlicht, aber ordentlich gekleidete Frau öffnete ihr.

„Sind Sie Frau Hirsch?"

„Ich bin nur die Haushälterin von Herrn Hirsch, er ist unverheiratet. Wollten Sie ihn sprechen?"

„Ja, ich bin der Ruhestörer; ich wollte mich wegen des Lärms entschuldigen und die versprochenen Nüsse bringen."

Die Frau öffnete eine Tür und ließ Olga eintreten. Ein dichter Tabaksqualm umfing sie. Der Alte saß in der Sofaecke und rauchte behaglich aus einer langen Pfeife.

„Das sind also die Kugeln, die mich so erschreckt haben, schönen Dank. Setzen Sie sich ein bisschen, Fräulein. Gestern Abend haben Sie wieder tüchtig gerasselt."

„Entschuldigen Sie, nur die Schirme glitten aus." Er erhob drohend den Finger und sagte lachend: „Das Weltliche steckt noch zu sehr in Ihnen, Fräulein, Sie müssen ruhiger werden. Hier oben sind lauter alte Leute, da passt solche Jugend wie Sie gar nicht hinein. Die alten Damen da drüben mit dem Klimperkasten –"

„Er meint ‚Klavier', Fräulein", schaltete die Haushälterin ein, die sich mit einem Strickstrumpf ans Fenster gesetzt hatte.

„Das Frauenzimmer weiß immer an meiner Rede zu tadeln, ich werde es mir nachgerade verbitten –"

„Frauenzimmer ist auch kein passender Ausdruck; ich

heiße Frau Weber, so gut wie Sie Herr Hirsch", fuhr sie unbeirrt fort.

„Ja, Fräulein, sehen Sie, jahrelang habe ich selbst gewirtschaftet, als ich noch meine Gärtnerei hatte, und da war ich am besten dran. Wenn man so ein Frauenzimmer um sich hat, ist man der reine Sklave."

„Sie hätten es ja nicht nötig gehabt, in die Sklaverei zu gehen. Ich meine aber, es war die höchste Zeit, wenn ich an den Schmutz denke, den ich damals –"

„Schweigen Sie gefälligst. Ich habe der Frau da den größten Gefallen getan, dass ich sie zu mir nahm, denn sie steckte im Elend."

„Das ist freilich wahr, aber Sie haben es nicht nötig, dem Fräulein beim ersten Besuch meine ganze Lebensgeschichte aufzutischen. Ich denke aber, Sie hatten mich so nötig wie ich Sie, es beruht also auf Gegenseitigkeit."

„Ja, freilich, wir wollen darum nicht zanken. Sie steht nämlich ganz allein in der Welt", wandte er sich an Olga.

„Bis auf den Sohn", hauchte die Frau leise.

„Ich habe Recht, wenn ich sage: ‚allein in der Welt'. Was nützt Ihnen ein Sohn, der mit dem Schiff davongegangen ist und an der ersten fremdländischen Küste ausriss, sodass niemand weiß, wo er ist."

„Müssen Sie dem Fräulein gleich meine ganze Lebensgeschichte vorerzählen? Sie wissen, das ist mein schwacher Punkt; es ist sehr taktlos von Ihnen."

„Nun, beruhigen Sie sich nur. Sie lamentieren es ja jedem vor, der es hören will. Da ich den Jammerton nicht vertragen kann, erzähle ich es lieber selbst."

Sie zog ihr Taschentuch und verließ das Zimmer.

„Ein sentimentales Frauenzimmer. Weibergeheul ist

mir in den Tod zuwider. Nun, wollen Sie auch ausreißen?“

Olga, der es unheimlich wurde mit dem Alten allein, versicherte, die Tante warte auf sie und empfahl sich.

„Nichts für ungut, Fräulein. Sie brauchen nicht zu denken, dass ich die Alte nicht leiden kann. Wir leben friedlich und gemütlich nebeneinander und verstehen uns ganz gut.“ Wenn das friedlich und gemütlich heißt, dachte Olga, sagte aber nichts. Sie hatte so viel Rauch geschluckt, dass sie beim Hinausgehen tüchtig husten musste.

„Ja, ja“, lachte der Alte, „das sind wir nicht gewohnt.“

„Er könnte das Rauchen auch lassen, wenn er von einer Dame Besuch bekommt; er ist aber ein wenig rücksichtslos und denkt nur an sich“, sagte Frau Weber, die eben aus der Küche kam. „Besuchen Sie mich nur einmal gegen Abend, wenn Herr Hirsch ausgegangen ist. Dann kommen Sie in mein Zimmer, da gibt's keinen Rauch.“ – „Tante Susanne, was gibt es für sonderbare Leute hier in der Stadt. Herr Hirsch und Frau Weber sind ja wie Hund und Katze miteinander“, berichtete Olga ihrer Tante.

„Und doch sollen sie schon jahrelang zusammenleben, wie ich höre. Herr Hirsch ist trotz seiner Grobheit besser, als er scheint. Man muss die Menschen nehmen, wie sie sind. Nun lass uns zu den Damen gehen, um dich zur Klavierstunde anzumelden.“

Ein älteres Fräulein öffnete nach dem Klingeln und führte die Damen unter höflicher Begrüßung in ein helles, freundliches Gemach, in dem ein Flügel den größten Platz einnahm. Ein feiner Veilchenduft erfüllte den Raum, blühende Blumen an den Fenstern, zierliche Arbeiten auf dem Nähtisch, hübsche Decken und gestickte Kissen auf Lehnstühlen und Sofa bildeten zu den eben verlassenen Räumen einen wohltuenden Kontrast. Fräulein Müllers freuten sich, eine neue Schülerin zu bekommen.

„Es sind einige junge Mädchen abgegangen“, klagte Fräulein Agathe, „da bin ich froh, wenn andere gemeldet werden. Wir müssen unser Brot durch Stundengeben mühsam verdienen.“

„Das ist schwer“, sagte die Tante. „Aber es befriedigt auch, wenn man sich seinen Lebensunterhalt durch eigene Arbeit verdienen kann. Ich kenne ein armes gelähmtes Mädchen, auch eine frühere Lehrerin, die gern arbeiten möchte, aber nicht mehr imstande ist.“

„Das ist hart. Da wäre es ja besser, man wäre tot.“

„Das sagen Sie nicht. Sie ist für ihre Umgebung ein Segen. Die Geduld und das Gottvertrauen, mit denen sie ihr Leiden trägt, üben einen segensreichen Einfluss auf alle aus, die sie kennen.“

„Ja Gottvertrauen“, warf Fräulein Ulrike ein. „Wir vertrauen auf unsere eigenen Kräfte, die haben uns noch nie im Stich gelassen.“

Die Tante schien betrübt über diese Antwort. Sie fragte:

„Geben Sie auch Klavierstunden, Fräulein Ulrike?“

„Ich erteile Sprachunterricht. Ich war in Frankreich und England und spreche beide Sprachen perfekt. Wenn das junge Mädchen sich darin vervollkommnen soll –“

„Sprachunterricht wird sie bei mir haben. Ich habe selbst lange in England gelebt und bin auch der französischen Sprache ziemlich mächtig.“

Es wurde verabredet, dass Olga zweimal wöchentlich

bei Fräulein Agathe Klavierstunden haben sollte. Dann stand Tante Susanne auf, sich zu verabschieden. Sie konnte nicht umhin zu sagen: „Fräulein Müller, wenn doch einmal die eigenen Kräfte nicht ausreichen, dann lernen Sie vielleicht Augen und Herzen zu dem Gott zu erheben, der Himmel und Erde gemacht hat."

Fräulein Agathe errötete leicht und sagte: „Sie huldigen strengen Ansichten, das wusste ich nicht. Aber – wissen Sie – dazu ist ja immer noch Zeit."

„Unsere Zeit steht in Gottes Händen." Die Tante sagte es in feierlich ernstem Ton. Dann verließ sie mit Olga die Wohnung der Schwestern.

Olga merkte es der Tante an, dass sie von dem Besuch nicht befriedigt war. Sie, die nichts auf dem Herzen behalten konnte, sondern die Eindrücke, die sie innerlich empfand, aussprechen musste, sagte: „Tante, die Leute hier sind alle so anders, als ich es von zu Hause gewohnt bin."

„Du bist von christlichen Eltern erzogen und hast Luft daheim eingeatmet, die für Leib und Seele gesund ist. Nun kommst du in die Welt, mein Töchterchen, und lernst allerlei Leute kennen, die anders denken und sprechen. Aber halte, was du hast, denn es ist ein köstlich Ding, dass das Herz fest werde, welches geschieht durch Gnade. Danke Gott alle Tage, dass er dir Eltern und Lehrer gegeben, die dir den rechten Weg gezeigt haben. Viele der armen Leute, die nicht an ihren Heiland glauben, sind aufgewachsen ohne Unterweisung zu ihm. Wir dürfen nicht vorschnell urteilen, sondern müssen immer demütig bleiben und denken, dass uns selbst noch sehr viel mangelt."

„Ja, mir fehlt noch sehr viel, sagen die Eltern, und ich

weiß es auch selbst", sagte Olga treuherzig, „aber bei dir werde ich viel lernen können, Tante Susanne." Lebhaft fügte sie hinzu: „Wann gehen wir nun in den zweiten Stock?"

Die Tante lächelte. „Ich habe nicht daran gedacht, im ganzen großen Hause Besuche mit dir zu machen. Es ist nicht Sitte in der Stadt. Du wirst noch manche Bekannte und Verwandte von mir außer Hause kennen lernen. Warte nur, heute ist erst der zweite Tag."

„Aber, Tante Susanne, die jungen Mädchen mit den Schlittschuhen, die uns begegneten, sahen mir gerade aus, als ob sie zu mir passten." Sie sah die Tante bittend an.

„Nun, vielleicht mit der Zeit, mein Kind, wir wollen sehen."

Am folgenden Tage war Olga mit Hanne in der Küche beschäftigt, während die Tante Mittagsruhe hielt. Hanne wusch das Geschirr, Olga half abtrocknen. Sie lief auch einmal zum Fenster, neugierig, was es hinten zu sehen gäbe. Da es ein milder Tag war, öffnete sie das Fenster, um besser sehen zu können. Wie tief unten lag der Hof und wie war er von hohen Gebäuden eingezwängt! Sie beugte sich ein wenig heraus und sah das Küchenfenster der unteren Wohnung auch offen stehen. Lebhaftes Sprechen tönte nach oben. „Gewiss sind die netten jungen Mädchen auch in der Küche", dachte sie. „O, wenn ich doch bald mit ihnen bekannt werden könnte!" Vor dem Fenster war ein breites Brett angebracht, ein Blumenbrett, wie es schien. Da durchzuckte Olga plötzlich ein guter Gedanke. Ohne dass es Hanne merkte, stieß sie ein klein wenig an einen blechernen Kaffeetrichter, der auf dem Fensterbrett stand, aber so leise, dass er nicht auf den Hof flog, sondern zum Fenster hinaus und sich auf das untere Blumenbeet niederließ.

„O weh“, sagte sie schalkhaft, „da liegt der Trichter. Hanne, Sie brauchen ihn zum Kaffeefiltrieren, ich werde ihn holen.“

„Ich werde gehen, Sie kennen die Herrschaften da unten nicht.“ Sie wollte sich die Hände trocknen, aber Olga wehrte ihr.

„Nein, liebste Hanne, Sie sind gerade bei der Arbeit; ich fürchte mich nicht vor den fremden Leuten. Im Gegenteil“, fuhr sie vertraulich fort, „ich mache sehr gerne neue Bekanntschaften“.

„Nun, meinetwegen“, war die Antwort, und Hanne wusch ruhig die Teller weiter.

Olga ging, nachdem sie sich ihrer Schürze entledigt hatte, die Treppe hinunter und klingelte. Es wurde sofort aufgemacht. Ein frisches junges Mädchen stand, mit dem Kaffeetrichter in der Hand, vor ihr.

„Entschuldigen Sie“, stotterte Olga, nun doch etwas verlegen.

„Haben Sie dies fallen lassen? Ich glaubte, es sei Hanne gewesen. Kommen Sie doch ein wenig näher.“

„Ich weiß nicht – ich störe doch vielleicht –“

„Aber gar nicht. Meine Schwester und ich sind gerade mit der Küche fertig; wir haben nämlich augenblicklich kein Mädchen. Wenn Sie in unser Stübchen kommen mögen – unsere Eltern ruhen etwas nach Tisch –“

„Meine Tante auch –“

„Das passt ja! Annemarie!“, rief sie leise in die Küche hinein, „hier ist Besuch.“

Ein zweites junges Mädchen erschien in der offenen

Küchentür. Olga sagte noch einmal: „Ich störe gewiss, ich komme ein andermal wieder."

Da hatte aber schon die Erste ein Zimmer, das nach hinten lag, geöffnet und bat Olga einzutreten.

Es war eine reizende Mädchenstube, geräumig, mit zwei Fenstern versehen. Sie enthielt alles, was ein Mädchenauge erfreuen kann, es sah schmuck und sauber darin aus.

„Ach, ich wollte ja eigentlich gar nicht", sagte Olga noch einmal und stand unschlüssig mit dem Trichter in der Hand da.

„Nun sind Sie aber einmal hier", erwiderte Annemarie, „wir haben schon zueinander gesagt, wir möchten wohl mit Ihnen bekannt werden, aber Ihre Frau Tante hat keinen Besuch bei den Eltern gemacht."

„Sie wollte in nächster Zeit mit mir zu Ihnen kommen, aber das währte mir zu lange und da, – ich will es nur offen sagen –, dachte ich mir dies mit dem Trichter aus. Nun musste ich doch gehen und ihn wieder holen."

„Das ist ja reizend", lachten beide. „O, wir stimmen gut zueinander. Ein herrliches Späßchen das, es würde meinem Vater gefallen", rief Lucie, die ältere von ihnen. „Nun lassen wir Sie nicht gleich wieder fort." Sie waren bald in lebhafter Unterhaltung, zeigten der glücklichen Olga Bilder und Zeichnungen, hübsche Bücher, kurz alles, was sie interessieren konnte.

„Wie reizend ist es bei Ihnen, wie hübsch, dass wir in einem Hause wohnen!", rief sie.

Plötzlich fiel ihr die Tante ein. „Ich muss hinauf, vielleicht bekomme ich Schelte, wenn ich etwas Unrechtes getan habe."

„Es ist doch kein Unrecht, dass Sie uns besucht haben. Sie mussten jedenfalls das heruntergefallene Stück wieder heraufholen", sagte Annemarie lachend. „Aber wir wollen Sie nicht aufhalten, wenn Sie nach oben müssen. Auf baldiges Wiedersehen!" Sie begleiteten Olga beide an die Tür, drückten ihr freundschaftlich die Hand und wiederholten noch einmal, ja recht bald wieder zu kommen.

Schnell schlüpfte sie nach oben. Hanne stand schon in der offenen Tür. „Sie kommen ja gar nicht wieder, Fräulein. Ich will den Kaffee durchgießen und warte von Minute zu Minute auf den Trichter. Eben wollte ich selbst kommen und ihn holen."

„Gute Hanne, da unten sind zwei reizende Mädchen, sie hielten mich fest. Ich wäre noch lange nicht gekommen, wenn es nicht wegen des Trichters gewesen wäre."

„Ja, es ist die höchste Zeit, Frau Doktor wird gleich rufen."

„Es geht heute hier recht unruhig zu", sagte eine Stimme, und Tante Susanne sah aus der Tür. „Hat der Alfred vielleicht einen freien Nachmittag, ich hörte die Tür so oft gehen."

„Der Alfred ist lange in der Schule." Mit diesen Worten verschwand Hanne in der Küche; sie wollte das Fräulein nicht verraten.

Olga folgte der Tante in die Stube.

„Es währt heute recht lange mit dem Kaffee, Hanne pflegt ihn sonst gleich zu bringen, wenn ich auf bin", sagte Tante Susanne nach einer Weile. „Übrigens", fuhr sie fort, „können wir heute Abend einen Besuch unten machen; ich kann mir denken, dass du große Lust hast, Bekanntschaft mit den jungen Mädchen zu machen."

„Tante, ich war schon unten“, sagte Olga beklommen.

„Ohne mich?“, fragte die Tante. In ihrem Ton lag etwas Strenges, was Olga bis jetzt noch nicht wahrgenommen hatte.

„Es war wegen des Kaffeetrichters.“

Verwundert sah die Tante sie an. „Erkläre mir die Geschichte genauer.“

Unter Stocken erzählte Olga, was wir bereits wissen.

„So hängt die Sache zusammen. Dann musstest du allerdings hinunter, obwohl Hanne auch hätte gehen können.“

Eben trat diese mit dem Kaffee ein, es wurde nicht weiter von der Angelegenheit gesprochen. Es war aber Olga, als stecke ihr etwas im Halse, es wollte nicht herunter, es war fast wie ein Würgen.

„Es fehlt wohl an Appetit, mein Kind?“

Da platzte es heraus. „Liebste Tante, es schmeckt mir nichts, bevor ich nicht die volle Wahrheit gesagt habe. Ich habe den Trichter mit Absicht hinuntergestoßen, weil ich es nicht erwarten konnte, die Mädchen kennen zu lernen. So war es.“ Und nun erklärte sie genau, wie sie es angefangen hatte.

Die Tante rügte es zwar, aber innerlich war sie froh, dass Olga sich als wahrheitsliebend erwies. Sie konnte Vertrauen zu ihr haben, das war viel wert.

„Heute werden wir natürlich den Besuch nun nicht machen, aber in den nächsten Tagen jedenfalls.“

Im Hause hatte Olga in den wenigen Tagen schon allerlei erlebt. Nun fragte sie sich, wie sich ihr Leben weiter im Hause der Tante gestalten würde.

6. Sonntagsbesuch

Mit Alfred stand Olga bald auf dem besten Fuß. Der Junge war lustig, nur schade, dass er so wenig zu haben war. Die Schule nahm viel Zeit in Anspruch.

„Viel zu viel Zeit", meinte er, „es bleibt so wenig Zeit für Fußball und andere Vergnügungen."

„Zum Vergnügen bist du eigentlich nicht hier, mein Junge", äußerte die Tante, als er in ihrer Gegenwart klagte.

„Es gehört aber dazu, Tante. So machen es alle. Wenn man etwas gelten will, muss man Fußball spielen und – ein Rad haben. Nicht wahr, Tante? Ein Rad schenkst du mir?"

„Diese moderne Jugend", rief Tante Susanne. „Wo gab's zu unserer Zeit Räder?"

„Es gab eben keine, liebe Tante, sonst hättest du gewiss auch eins gehabt!"

„Wie frech ist der Junge", dachte Olga; die Tante ignorierte es.

Beharrlich blieb Alfred bei seiner Bitte, Tag für Tag: „Tante, schenkst du mir nicht ein Rad?"

„Die Tante könnte es recht gut; es ist fast keiner in der Klasse, der keins hat", äußerte er eines Tages gegen Olga, als die Tante das Zimmer verlassen hatte.

„Du bist unbescheiden, Alfred. Wenn die Tante, wie ich gehört habe, alles für dich bezahlt, so musst du dankbar sein und darfst nicht immer noch mehr verlangen."

Da beugte der Junge sich zu Olga heran und flüsterte ihr ins Ohr: „Die Tante hat Geld, viel Geld, das sagt mein Vater auch."

„Ach was!", sagte Olga. „Wenn das der Fall wäre, würde sie nicht hier oben wohnen und so bescheiden sein."

„Ich weiß es besser", sagte der Schlingel und pfiff leise vor sich hin.

Olga war diese Neuigkeit so wichtig, dass sie mittags, als sie Hanne beim Abtrocknen des Geschirrs half, leise fragte:

„Hanne, ist die Tante reich?"

„Das müssen Sie sie selber fragen", war die kurze Antwort. Olga wusste so viel wie vorher.

Am Abend fing der Junge richtig wieder an: „Tante, wann bekomme ich ein Rad?"

„Wenn du Ostern eine sehr gute Zensur bekommst und versetzt wirst, wollen wir der Sache näher treten."

Er ließ ein enttäuschtes „Ach!" hören und zeichnete weiter an einem Hundekopf, ein Privatvergnügen, das er sich für die Abendstunden vorgenommen hatte. Plötzlich ließ er einen tiefen Seufzer hören und die Worte: „ Wenn ich mir nur etwas verdienen könnte!"

„Dazu könnte Rat werden", ließ Tante Susanne sich vernehmen. „Hanne klagte heute, dass ihr das Kohlentragen aus dem Keller recht schwer falle. Du bist ein kräftiger Junge – wenn du sie ihr heraufholtest, könntest du täglich eine Kleinigkeit verdienen. Dann legst du eine Sparbüchse an und –"

„Kann fünfzig Jahre sparen, bis ich alt bin."

Am folgenden Tage sah man ihn aber doch den Kohlenkasten herauftragen, und als Olga ihn lobte, meinte er: „Für Hanne tue ich es schon gerne; sie tut mir auch manchen Gefallen." Der Schlauberger wusste recht gut, dass die gütige Tante diese Hilfeleistung nicht würde unbelohnt lassen.

Nun kam der Sonntag, der erste Sonntag in der Stadt für Olga. Wie war's daheim gewesen? Da fuhr jedes Mal an Sonn- und Festtagen der große Omnibus vor und alles, was irgend abkommen konnte, musste mitfahren nach Buschtal in die Kirche. Wenn im Winter Schnee lag, ging es mit dem Schlitten. Wie schön waren diese Sonntagsfahrten durch den stillen Wald mit den beschneiten Bäumen, wenn man nur das Traben der munteren Pferde hörte und das fröhliche Schellengeläute. Kamen sie dem Dorf näher, so ertönte das feierliche Glockenläuten von dem Kirchlein auf der Höhe. Der würdige Pfarrer, der sie alle getauft und konfirmiert hatte, war nun schon sehr alt, aber seine Predigten zeugten von dem Heil in Christo und erweckten manchen zur Buße und zu neuem Leben. Nach der Kirche war man gewöhnlich ins Pfarrhaus gegangen oder ins Herrenhaus, wo eine liebe Freundesfamilie der Eltern wohnte. Töchter hatten Waislebens keine, nur zwei Söhne, doch hatten die Schwestern gern dort verkehrt, weil sich oft Nichten oder andere junge Mädchen ihres Alters dort aufhielten.

An das alles dachte Olga, und fast wollte es wie Heimweh über sie kommen, als sie in ihrem engen Stüblein ganz leise sich zum Sonntag schmückte.

Alfred kam zwar spät, aber sehr elegant zum Vorschein. Auf gute Toilette hielt er. Am liebsten wäre er sonntagmorgens zum Fußball oder Tennis gegangen, aber Tante Susanne hatte ein für alle Mal bestimmt, dass er sie zur Kirche begleite. Erst gab es verstohlenes Murren darüber; er fügte sich aber, denn sein Vater hatte gesagt: „Du tust strikte, was die Tante will." Und die Tante wusste aus Erfahrung, dass die Jugend zum

Kirchengehen angehalten werden muss, wenn es auch erst Zwang ist; allmählich lernt die Jugend aufs Wort merken, und es fallen Samenkörner in die Herzen, die einst aufgehen und Frucht bringen.

So schritten denn die beiden neben der Tante ehrbarlich einher; die Glocken der Johanneskirche klangen voll und schön, und viele Andächtige sah man der Kirche zuströmen, denn der Geistliche zeugte kraftvoll von der ewigen Wahrheit.

Am Nachmittag hatte Hanne es sehr geschäftig; sie rüstete zum Abend, als ob Gesellschaft in Erwartung stände.

„Es kommt wohl Besuch, Hanne?“, fragte Olga.

„Das will ich meinen. Alles, was zur Verwandtschaft gehört, stellt sich ein. Frau Doktor ist sonntags immer zu Hause. Wir werden, ohne dass wir jemand einladen, eine ganze Tafel voller Gäste haben.“

Das war eine interessante Aussicht für Olga. Da gab es ja wieder neue Bekanntschaften.

Am Nachmittag schon erschien ein höherer Beamter mit Frau und zwei Söhnen, ein Vetter von Tante Susannes verstorbenem Mann. „Wir haben die Jungen mitgebracht, Sie haben ja den Alfred da, liebe Cousine“, hieß es. Die Jungen waren schon bekannt und wussten Alfreds Stube zu finden. Es währte nicht lange, so marschierten sie miteinander ab, einen Spaziergang zu machen. Dann tauchten einige alte Damen auf, die behaupteten, mit Starks verwandt zu sein. Es war schwer festzustellen wie, aber sie wussten es ganz genau, fragten nach dem Altenhorster Vetter, Olgas Vater, und ließen sich Tante Ina und Tante Lisa von ihr nennen. Ob wohl keine Jugend kommt?, dachte Olga.

Siehe, da klopfte es wieder. Ein liebliches junges Mädchen, schlicht und einfach gekleidet, trat ein, gefolgt von einem jungen Herrn, dem man den Gelehrten ansah.

„Es ist recht, dass ihr euch sehen lasst“, begrüßte Tante Susanne die beiden. „Kommen die Eltern nicht auch?“

„Der Weg ist ihnen zu weit, liebe Tante. Sie wären gerne mitgekommen“, sagte das junge Mädchen. Der Herr, anscheinend ihr Bruder, begrüßte den Landgerichtsrat und ging mit ihm in das andere Zimmer.

„Setzt ihr euch nur zusammen, Margarete und Olga“, sagte die Tante, nachdem sie die beiden bekannt gemacht hatte. „Lass dir nur erzählen, Olga, Margarete hat viel erlebt.“

Ein forschender Blick Olgas streifte Margarete. Etwas Sonderliches war nicht an ihr zu sehen. Sie hatte etwas Gereiftes und ihre Augen hatten einen eigenen Glanz. Wenn sie der Spiegel der Seele sein sollen, so musste die Seele des Mädchens klar und rein sein.

„Sie sind in der Großstadt aufgewachsen“, sagte Olga.

„Aufgewachsen wohl. Auch die Schule und das Seminar habe ich durchgemacht, aber augenblicklich bin ich nur zum Besuch oder eigentlich zur Erholung bei den Eltern.“

„Sie sind Lehrerin?“

„Ja, aber im fernen Indien. Die braunen Tamulenmädchen sind meine Schülerinnen; ich bin in der Senanamission tätig.“

Olga sah sie verwundert an. „Sie?“, rief sie aus. „Sie sind doch noch so jung!“

„Ich bin älter, als Sie denken. Mit 18 Jahren habe ich Examen gemacht, dann, nach einem Kursus im

Missionshaus, ging die Reise fort ins unbekannte Land. Ich habe einige Jahre draußen gearbeitet, musste aber, meiner Gesundheit wegen, schon jetzt eine Erholungszeit durchmachen."

„Sie müssen mir mehr erzählen", rief Olga, „es interessiert mich sehr." Sie war vertraut mit diesem Zweig der Missionstätigkeit durch die Blätter, welche die Eltern erhielten, aber gesprochen hatte sie noch keine Missionarin. Sie suchten sich ein stilles Winkelchen auf, und Margarete erzählte von der ersten Seereise, von ihrer Landung in Indien, von ihrer Unterweisung im Tamulischen und endlich von den Mägdlein, die so begierig auf die Erzählungen vom Heiland lauschten. Margarete erzählte aber auch von den Schwierigkeiten, mit denen sie zu kämpfen hatten, von den Sünden und Untugenden der Heidenkinder; von den Eltern, die ihre Kinder dem Einfluss der Schwestern zu entreißen suchten. Wie es aber dann Freude und Erquickung für sie sei, wenn einige der Mädchen Herzen und Hände ausstreckten nach der einen köstlichen Perle und man hier und da bei ihnen etwas merkte wie Frühlingswehen. Sie berichtete auch von ihrem Eindringen in die Frauengemächer, von dem Wunsch, auch den armen Frauenseelen die Heilsbotschaft zu bringen.

Olga war ganz Ohr. Sie vernahm nicht, was um sie her vorging; sie lauschte nur mit gespannter Aufmerksamkeit auf das, was Margarete erzählte.

„O", rief sie, „ich wollte, ich könnte mit Ihnen ziehen, könnte auch etwas tun für diese armen Heiden."

„Sie können auch hier für uns arbeiten, für uns Geld sammeln. Wir brauchen viele Mittel, die Hilfe der Unsrigen in der Heimat ist uns viel wert. Ich habe hier in der Stadt eine ganze Schar kleiner Mädchen, die ziehen Puppen an für die Tamulenkinder und nähen für die Mission."

„Das wollen wir auch tun", rief Olga begeistert und ihre Wangen glühten.

„Hier bist du, Schwesterchen", sagte plötzlich eine Stimme, und der Herr, der mit Margarete gekommen war, stand vor ihnen. Olga erhob sich, er war ihr noch nicht vorgestellt.

„Sie kennen meinen Bruder noch nicht. Also Herr Hellmut Dahlburg, cand. theol., und Frl. Olga Stark."

„Wohl eine Art Cousine", sagte er lächelnd und verbeugte sich. „Was bei Tante Susanne sonntags zusammentrifft, ist alles verwandt, aber bitte, behalten Sie Platz."

„Ich habe noch nie von Dahlburgs als von Verwandten sprechen hören", sagte Olga aufrichtig.

„Ebenso wenig als ich von Starks", gestand Margarete.

„Ich erinnere mich doch", fiel der Bruder ein, „dass Tante Susanne einen Gutsbesitzer Stark erwähnt hat. Übrigens ist Frau Dr. Norden seit dem Herbst überhaupt erst wieder in Deutschland, es ist aber hübsch von ihr, dass sie allen nahen und fernen Verwandten in ihrer Behausung freundliche Aufnahme gewährt. Nun, Gretchen, du hast wohl Fräulein Stark von deinen Erlebnissen erzählt?"

„Sie hat mich begeistert", sagte Olga. Er sah sie freundlich lächelnd an und mit den Worten: „Berichte nur weiter, Gretchen", war er entschlüpft. Man sah ihn in Alfreds Stube gehen, wo lautes Reden bewies, dass die Knaben zurück waren.

„Sieh da, auch kleine Mädchen gibt's hier", rief Olga, die gar nicht gemerkt hatte, dass der Kreis noch größer geworden war. Sie hatte die Kinder lieb und befasste sich gleich mit ihnen. Dann kamen die Mütter dazu, immer wurden wieder Verwandtschaften ausgerechnet, die eigentlich keine waren, jeder wollte gerne auf irgendeine Art mit Tante Susanne verschwägert sein.

Die Abendtafel war in einem hinteren großen Zimmer gedeckt und war, wie Hanne prophezeit hatte, reichlich mit Gästen besetzt, aber sie war auch reichlich mit Speise versehen, so dass alle wohlbefriedigt aufstanden.

Nach Tisch wurde musiziert, und am Schluss bat die Tante um ein geistliches Lied. Der Kandidat hielt die Abendandacht und sprach ein zu Herzen gehendes Gebet. Anders entließ Frau Dr. Norden ihre Gäste nicht.

„Das war ein schöner Tag", sagte Olga zur Tante. „Du hast viele Menschen, die dich lieb haben."

„Ob sie mich alle wirklich lieb haben, weiß ich nicht. Dahlburgs sind mir die liebsten."

„Fräulein Margarete ist reizend, ich möchte wohl näher mit ihr bekannt werden."

Tante Susanne lächelte. „Erst müssen wir nun wohl einen Besuch im Hause machen bei den jungen Mädchen, die du überfallen hast. Später gehe ich auch einmal mit dir zu Dahlburgs."

An diesem Abend konnte Olga lange nicht einschlafen.

Wie viele Eindrücke hatte sie gehabt, wie viele Menschen hatte sie kennen gelernt. Sie dachte an die nächsten Nachbarn, an die Verwandten der Tante, an die Tante selbst. Bei ihr atmete sie dieselbe Luft, in der sie zu Hause aufgewachsen war. Sie verstand jetzt, was der

Vater gemeint, als er Abschied nahm. Er hatte gesagt: „Du gehst zwar in die Fremde, aber heimatliche Luft wird dich umwehen bei der Tante. Bei ihr weiß ich dich an Leib und Seele wohl geborgen."

7. Im zweiten Stockwerk

Freundschaftlich begrüßten die jungen Mädchen Olga, als die Tante am folgenden Tage mit ihr dort Besuch machte.

„Vorstellung ist nicht mehr nötig, wie ich sehe; meine Nichte hat schon Mittel und Wege gefunden, sich hier in etwas burschikoser Weise einzuführen."

„Das war gerade lustig", rief Annemarie, und Lucie fügte hinzu: „Wir sind so am allerbesten bekannt geworden, Frau Doktor."

„Kann ich Ihre Frau Mutter sehen?"

„Gewiss, Mutter wird sich sehr freuen."

Frau Wacker war eine freundliche Dame, die Tante Susanne herzlich begrüßte und versicherte, sie habe schon lange den Wunsch gehegt, Frau Doktor näher zu treten.

Während die älteren Damen sich unterhielten, setzten die drei Mädchen sich in eine tiefe Fensternische, wo Lucie ihren Nähtisch, ihren Vogel und ihre Blumen hatte.

„Es ist schade, dass wir jetzt so wenig Zeit haben", sagte diese, „sonst könnten wir mit Ihnen in der Stadt spazieren gehen und Ihnen vieles zeigen, was Sie noch nicht kennen. Aber wir haben augenblicklich keine Dienstboten, es herrscht eine Mädchennot –"

„Also hier auch", fiel Olga ein, „ich glaubte, es sei nur auf dem Lande der Fall."

„Es kommt, weil so viele in die Geschäfte gehen. Wenn sie Geschick dazu haben und die nötigen Vorkenntnisse, ist es ja gut, aber Vater, der ein großes Geschäft in der inneren Stadt hat, klagt darüber, dass so viele junge Mädchen gar nicht im Laden zu gebrauchen sind, junge kräftige Mädchen, die viel besser zur Hausarbeit taugten. Aber sie gehen lieber in die Läden als in den Dienst, denken, sie haben eine höhere Stellung und mehr Freiheit."

Eben wollte Olga von Schneider Jürß erzählen, der auch erst, wie sie gehört hatte, in diesen Tagen mit der Tochter abgedampft war, da hörte man Tritte draußen. Annemarie sprang auf und mit dem Ruf: „Der Vater kommt!", ging sie ihm entgegen, während Lucie verwundert sagte: „Das muss einen besonderen Grund haben; er kommt nie vor sieben oder acht Uhr aus dem Geschäft."

Herr Wacker trat allein ein, während man Annemarie draußen mit jemand reden hörte. Er begrüßte Tante Susanne, meinte, vom Ansehen kennten sie sich schon als Bewohner eines Hauses. „Aber", fügte er hinzu, „beim Begegnen lernt man sich nur äußerlich kennen."

Die Familie gefiel der Tante; sie fand bald heraus, dass sie innerlich ihnen näher stand als den Bewohnern der oberen Wohnung. Sie sprachen über die sozialen Verhältnisse und stimmten ganz miteinander überein.

Jetzt trat Annemarie ein. „Vater, ich bringe nichts heraus aus dem Mädchen, keinen Ton; sie steht unbeweglich da, wie eine Bildsäule."

Herr Wacker schlug sich vor die Stirn. „Es ist ein Unsinn von dem Mann, meilenweit herzukommen mit einem Mädchen vom Lande und sie in ein großes kaufmännisches Geschäft zu bringen mit den Worten: ‚Meine Tochter kann gut schreiben und rechnen, sie wollte gerne bei die Kasse.' Als ich dem guten Mann klarmachte, dass dazu noch ein wenig mehr gehörte, meinte er: ‚Na, dann nehmen Sie ihr bei's Buchführen, nur dass sie ein gutes Gehalt bekommt und ordentlich Geld verdient.'"

Die jungen Mädchen, die sich jetzt zu den älteren Herrschaften setzten, hatten aufmerksam zugehört. „Das klingt ja gerade, als wenn man Schneider Jürß aus Altenhorst hörte", rief Olga.

„Jürß hieß der Mann, wenn ich nicht irre und aus Altenhorst ist das Mädchen", sagte Herr Wacker. „Aber wir können sie nicht so lange allein draußen stehen lassen. Lucie, hole sie doch herein."

„Ich gehe mit", rief Olga aufspringend, „es ist gewiss die Lina Jürß aus Altenhorst."

Richtig, draußen stand Lina Jürß, unbeweglich wie eine Bildsäule mit einem sehr missvergnügten, enttäuschten Gesicht. Sobald Lina Olga erblickte, wurde die leblose Gestalt auf einmal beweglich. „Fräulein Olga", stieß sie heraus, es klang wie ein Schrei, dann folgte ein heftiges Schluchzen.

„Lina, beruhige dich doch, es tut dir kein Mensch etwas zuleide, man meint es gut mit dir."

„O, Fräulein, dass Sie hier sind, nun kann ich mir doch aussprechen. Ich habe Heimweh nach Altenhorst, es ist hier allens ganz anders. So hätt' ich mir das gar nich gedacht." Dies kam in kurzen, abgebrochenen Sätzen heraus unter wiederholtem Schluchzen.

„Ist dein Vater abgereist, Lina?", fragte Olga freundlich, sie bei der Hand fassend.

„Ja, gestern. Er sagte, ich solle nur losmachen, es würde schon werden. Aber ich kann es ja allens nich. Die Rechnerei is viel zu hoch, und mit die vielen Bücher lerne ich mir nich auskennen. Sie haben mir erst alles gezeigt und mir vorerzählt, was ich dabei machen muss. Da sagt' ich, ich wollte lieber Verkäuferin werden. Aber, als sie mir das alles zeigten mit die Spitzen und die Bänder und Knöpfe und Schnallen, und all' das Auskramen und Wiedereinpacken, da ist es mich ganz schwindelig geworden; ich hab' en ordentlichen Ekel davor gekriegt, da will ich lieber in den Kuhstall oder bei die kleinen niedlichen Ferkel gehen, bloß nich wieder in ein Geschäft."

Das war ein ordentlicher Redefluss, den Olgas Erscheinen zuwege gebracht hatte. Das Gesicht aus der Heimat hatte das Eis aufgetaut.

„Warum hat dich dein Vater denn nicht wieder mitgenommen?"

„Das ging nicht. Sie hätten mir im Dorf ja alle ausgelacht. Er sagt, meine Tante sollte mich nur behalten, es würd' schon allens mit der Zeit sich einrichten. Aber, das tut es nicht, und ich mag gar keinen Laden mehr sehen."

Sie fing wieder an zu schluchzen, Olga sah Lucie ratlos an und flüsterte: „Was machen wir nun da?"

Herr Wacker hatte unterdes seiner Frau vorgeschlagen, mit dem Mädchen zu reden, ob sie nicht willens sei, bei ihnen in Dienst zu treten. „Ich muss sie mir einmal darauf ansehen", sagte Frau Wacker, entschuldigte sich bei der Tante und ging hinaus.

Nach einer Weile kam sie lachend wieder. „Wir sind handelseinig; das Mädchen bleibt bei mir, sie ist zu ihrer Tante gegangen, um ihre Sachen zu holen."

Lucie und Olga traten auch wieder ein. „Das ist aber eine Geschichte", lachte Olga. „Haben Sie vielen Dank, liebes Fräulein", sagte Frau Wacker, „dass Sie mich im Zureden so freundlich unterstützten."

„Ich glaube, sie wird ein tüchtiges Mädchen", erwiderte Olga. „Mutter hätte sie am liebsten selbst gehabt, aber da fuhr plötzlich etwas in unsere Dorfmädchen; sie wollten alle in die schönen Stadtläden und dort großes Geld verdienen."

„Einige haben Begabung dazu", wandte Herr Wacker ein, „sind sogar sehr gut zu gebrauchen. Aber wo jede Vorbildung fehlt und dann noch Beschränktheit dazu kommt, da ist es, wie gesagt, Unsinn. Nun, Mutter", wandte er sich an seine Frau, „jetzt hast du doch wieder ein Dienstmädchen."

„Sollte sie Heimweh bekommen, schicken Sie sie nur zu mir; wir erzählen uns dann etwas von unserm Dorf."

„Das ist aber ein langer Besuch geworden", meinte die Tante und stand auf, sich zu empfehlen. Man hatte gegenseitig Wohlgefallen aneinander gefunden, Frau Wacker versprach, den Besuch baldigst zu erwidern.

Die Töchter baten, Olga noch ein halbes Stündchen behalten zu dürfen, sie hätten noch allerlei mit ihr zu bereden. Sie nahmen sie mit in ihre Stube und erzählten ihr, dass sie mit mehreren Freundinnen einen Abend in der Woche eingerichtet hätten für junge Mädchen jeglichen Standes, die kein Eltern- oder Verwandtenhaus in der Stadt hätten. Sie wollten sie bewahren vor den mancherlei Versuchungen, denen sie, fremd und unkundig, ausgesetzt seien. Sie forderten Olga auf, wenn sie möchte, sich daran zu beteiligen.

Olga, deren Köpfchen schon voller Pläne steckte, seit sie gestern mit Margarete Dahlburg zusammen gewesen, die aber noch nicht recht wusste, wie etwas ins

Leben zu rufen sei, was Arbeit im Reiche Gottes genannt werden konnte, war sehr bereit, mit Tantes Erlaubnis hier einzutreten. Sie erzählte den jungen Mädchen von dem gestrigen Nachmittag, wie sehr Fräulein Dahlburg sie durch ihre Erzählungen aus der Mission begeistert habe, sodass sie entschlossen sei, im Verein mit andern für diese Mission zu arbeiten.

„Wenn etwas zustande kommt, machen wir gerne mit", bekräftigte Annemarie, während Lucie fragte:

„Dahlburg? Ist es vielleicht eine Schwester von Herrn Kandidat Dahlburg, dem Mädchenlehrer an der Wilkschen höheren Töchterschule?"

„Vielleicht", war Olgas Antwort. „Ich weiß nicht, ob er Mädchenlehrer ist."

„Heißt er Hellmut?" – „Ja, so nannte ihn die Schwester."

„Gut, dann ist er es auch. Die Mädchen schwärmen alle für ihn. Er soll ein ausgezeichneter Lehrer sein. Also Herr Dahlburg verkehrt bei Ihnen?"

„Er ist ein entfernter Verwandter von meiner Tante; alles, was verwandt ist, kommt sonntags zu ihr."

„Schade, dass wir nicht zur Verwandtschaft gehören", seufzte Lucie.

„Sie könnten doch eigentlich auch kommen", meinte Olga. „Vielleicht lässt sich eine Verwandtschaft ausrechnen." Das versuchten die Mädchen unter Scherzen und Lachen, es wollte sich aber kein Zusammenhang finden.

„Wir müssen es aufgeben", sagte Annemarie. Da klopfte es. Alfred stand draußen mit der Botschaft, Olga möge kommen, es seien Briefe aus der Heimat da. Mit Entzücken stürmte Olga die Treppe hinauf. „Nicht so laut, liebes Kind", mahnte die Tante, die aus einem Umschlag mehrere Briefe zog. Sie umschlang die Tante und drückte sie an sich. „O, Tante, Briefe von zu Hause, lass sie mich lesen."

Die Mutter schrieb von ihrem winterlichen Stilleben, von ihrer Arbeit, von den neuen Dienstboten, die sich gut anließen. Schneider Jürß sei etwas kleinlaut aus der Residenz zurückgekehrt, es sei wohl mit Lina nicht so geglückt, wie er gehofft habe.

Elvira äußerte u.a.: „Ich habe oft Sehnsucht nach dir, liebe Olga. Du fehlst mir überall; es ist, seit du fort bist, viel stiller geworden. Einmal waren wir in Buschtal bei Walslebens. Edgar ist jetzt ganz zu Hause; sein Leiden ist hoffnungslos, infolgedessen ist er recht schwermütig. Es ist ja auch traurig, so jung sterben zu müssen. Und doch – wenn ich denke, dass wir unsern Heiland schauen sollen in seiner Herrlichkeit, dann möcht ich lieber heute als morgen die Welt verlassen. Ich sagte es Edgar. Er ist ja immer mein guter Spielkamerad gewesen in der Kindheit, darum konnte ich das. Er antwortete: ‚Ja, Elvira, wenn ich so wäre wie du, würde ich mich auch freuen, aber ich bin noch weit ab vom Himmelreich.' Das hat mich traurig gemacht, ich werde ihn öfter besuchen, ihm auch etwas vorlesen, da er viel allein sein muss.

Der alte Herr Pfarrer wird immer hinfälliger, er wird gewiss auch bald sterben. Ich kann mir Buschtal gar nicht denken ohne seine ehrwürdige Gestalt. – Rika ist fleißig wie eine Biene, für mich sorgt sie aufs Beste. Aber ihr stilles, oft trauriges Wesen hat etwas Bedrückendes. Wenn nur erst das Jahr herum ist, dann haben wir unsere lustige Olga wieder. Deine Tiere werden gut gehalten; die Tauben füttere ich jeden Morgen; das Kätzchen bekommt regelmäßig seine Milch und oft einen Leckerbissen. Kürzlich hatte man sie in der Speisekammer vergessen, da hat sie viel Böses angerichtet."

So erzählte Elvira von allem aus der Heimat, aus der stillen, trauten Heimat mit dem spiegelklaren See und dem schönen Buchenwald. Es war Olga, als sähe sie alles im Geiste vor sich, sie war ganz in Träumen versunken, als Tante Susanne sagte:

„Fräulein Agathe Müller war eben bei mir, morgen Nachmittag ist die erste Klavierstunde, du sollst pünktlich um fünf Uhr erscheinen." Damit waren Olgas Gedanken auf etwas anderes gerichtet. Aber noch an demselben Abend erwiderte sie die Briefe der Ihrigen. „Ich habe in acht Tagen mehr erlebt als ihr im ganzen Winter, ich habe mehr Menschen kennen gelernt als in Altenhorst in zwei Jahren. Viel werde ich zu erzählen haben, wenn ich wieder daheim bin. Wir wohnen in einem Hause, in dem es unzählige Menschen gibt. Leider schläft Wand an Wand mit mir ein alter nervöser Mann, sodass ich in meinem schmalen Zimmerchen kaum zu atmen wage. Wenn ich etwas lauter als gewöhnlich auftrete, räuspert er, wenn ich ein Liedchen singe, zischt er, wenn ich das Fenster geräuschvoll öffne oder schließe, klopft er. Kurz, er tyrannisiert mich ein wenig, aber es mag eine gute Arznei sein gegen mein ungestümes Wesen. Darum ertrage ich es mit Geduld und denke, du, liebe Mutter, wirst dich freuen, wenn du eine sanfte, wohlerzogene Tochter wiederbekommst."

8. Eine Entdeckung

„Fräulein Olga, bei wem haben Sie Klavierstunden gehabt? Sie schlagen viel zu sehr auf die Tasten. Sachte, liebes Kind, sachte, nicht so ungestüm. Und dann, bitte, zählen! Sie halten gar keinen Takt. Eins, zwei; eins, zwei“, zählte Fräulein Müller und schalt: „Nicht so schnell über die schweren Takte hinweg! Das muss noch ganz anders werden, ganz anders!“

Olga seufzte. Klavierspielen war nicht ihre Lieblingsbeschäftigung. Aber sie hatte gelernt, sich tadeln zu lassen, und versuchte, es besser zu machen. „So ist's recht“, lobte das Fräulein, „es wird schon mit der Zeit besser werden. Ich habe meine Schülerinnen meistens sehr weit gebracht; ich denke, ich werde mit Ihnen auch noch Ehre einlegen.“ So wechselten Lob und Tadel, und die erste Stunde war glücklich zu Ende.

„Sie hatten wohl am Sonntag viel Besuch, Fräulein Olga?“

„Ja, von Verwandten, die gewöhnlich alle acht Tage bei Tante einkehren.“

„Sie haben auch musiziert und geistliche Lieder gesungen?“

„Ja, die Tante liebt letztere sehr. Wir singen auch abends gewöhnlich bei der Abendandacht.“

„Das hören wir. Die Tante ist wohl sehr fromm?“

Olga sah sie verwundert an. „Halten Sie denn keine Abendandacht? Bei meinen Eltern war es stets Sitte. Vater sagt, man muss vor dem Schlafengehen Leib und Seele Gott befehlen, man kann nie wissen, ob es die letzte Nacht ist.“

„Um Gottes willen", rief Fräulein Müller, „ein so junges Kind wie Sie muss doch noch nicht an den Tod erinnert werden."

„Warum nicht?", sagte Olga einfach, „es sterben doch auch junge Leute. Und wenn wir an den Herrn Jesum glauben, kommen wir in den Himmel."

„Ich mag nicht gern an den Tod erinnert werden, das hat noch lange Zeit. Man muss sein Leben genießen und es sich nicht durch düstere Gedanken verbittern. Die Tante geht wohl auch jeden Sonntag in die Kirche?"

Olga, die noch nicht in solche Gespräche hineingezogen war, nickte nur und sagte nichts.

„Wir gehen", sagte Fräulein Müller, „an die Gräber unserer Eltern, wenn's das Wetter erlaubt. Das ist auch ein Gottesdienst. Da nehmen wir unsern Mylord mit. Nicht wahr, Mylord?"

Das kleine gelbe Schoßhündchen war bei Nennung seines Namens unter dem Sofa, wo es ein Schläfchen gehalten hatte, hervorgesprungen und sah schwanzwedelnd zu seiner Herrin auf. Diese hob es auf ihre Arme, klopfte ihm den Rücken, während es sich an sie schmiegte, und rief: „Ja, du bist mein lieber kleiner Liebling, wir verstehen uns, ist er nicht reizend, Fräulein Olga?"

„Ich gebe größeren Hunden den Vorzug", sagte diese offen, nahm dann ihre Noten und verabschiedete sich.

Am späten Abend musste Fräulein Müller unwillkürlich an die Worte des jungen Mädchens denken: „Vater sagt, man muss vor dem Schlafengehen Leib und Seele Gott befehlen, man kann nie wissen, ob es die letzte Nacht ist." Sonderbare Ansichten haben diese Art Leute, dachte sie und suchte den Eindruck durch heitere Bilder zu verscheuchen.

Als Olga hinüberkam, brannte die Lampe im Wohnzimmer, und Alfred stand vor der Tante, in der Hand die kleine Geldbörse, grau und rot gesprenkelt. Sie schienen wieder einmal miteinander Abrechnung zu halten.

„Die Geldbörse hat doch kein Loch", sagte Tante Susanne, „dass Geld herausfallen kann; die Rechnung stimmt wieder nicht."

„Ein Loch hat sie nicht", sagte Alfred. „Ich hätte lieber einen ordentlichen Geldbeutel, aber Schwester Klara hat sie mir zur Weihnacht gehäkelt, sie nimmt es übel, wenn ich die Börse nicht in Gebrauch nehme."

„Dann muss auch das Geld stimmen, Alfred. Wenn du nicht gewissenhaft aufschreibst, werde ich dir nichts Eigenes geben können."

„Das nächste Mal stimmt es, Tante Susanne, du kannst dich darauf verlassen", sagte der Junge mit etwas verlegenem Ausdruck.

Tante Susanne äußerte später, als er in sein Zimmer an die Arbeit gegangen war: „Wenn nur der Junge keine Flausen macht und das Geld vernascht!"

Schon am andern Tag sollte Olga etwas entdecken, das auf Alfreds tadellosen Ruf einige Flecken warf. Es kam ganz zufällig. Die Tante hatte Olga beauftragt, einige Besorgungen für sie zu machen. Sie tat nichts lieber als dies. Das bunte Treiben in der Stadt, besonders um die Mittagszeit, machte ihr viel Vergnügen. Nur die vielen Räder, elektrische Straßenbahnen und Autos ängstigten sie. Scheu sah sie sich um bei den Straßenübergängen, ob auch ein solches Ungetüm in Sicht sei. Die Menschen eilten an ihr vorüber in hastigem Schritt;

nun kam ein ganzer Schwarm Schulkinder, hier ein Trupp Schüler, dort plaudernde Mädchen. „O“, dachte sie, „ich bin in der Nähe des Gymnasiums, vielleicht treffe ich den Alfred und kann mit ihm nach Hause gehen.“ Da sieht sie einen Tertianer mit einem niedlichen kleinen Mädchen einträchtig zusammen gehen. Es waren Unbekannte, vielleicht Bruder und Schwester; Alfred war gewiss schon auf dem Heimweg.

Sie bog in eine Straße ein, die am schnellsten nach Hause führte, da sah sie unsern Freund, auch von einem kleinen Mädchen begleitet, mit dem er in schönster Harmonie plauderte. Sie gingen ein gutes Stück vor ihr her. Olga hemmte ihre Schritte, um nicht bemerkt zu werden, behielt sie aber im Auge, um zu sehen, was hieraus wurde. Der Zufall kam ihr zu Hilfe. An der nächsten Ecke blieben sie stehen, mit dem Rücken ihr zugewandt. Es gingen so vielen Menschen hin und her, dass sie nicht auf den Einzelnen achteten, so kam Olga ungesehen näher und stellte sich an einen Bilderladen, von wo sie die beiden beobachten konnte. Jetzt zog Alfred eine große Tüte aus der Tasche und händigte sie dem kleinen Fräulein mit einer artigen Verbeugung aus.

„Wie süß von Ihnen, das soll schmecken.“ Und mit lieblicher Miene und einem Kusshändchen verabschiedete sie sich von ihrem Gönner. Sie verschwand in einer Seitengasse, während Alfred geradeaus ging, seiner Wohnung zustrebend.

„Da bleibt also das Geld“, ertönte plötzlich eine Stimme hinter ihm, und zu seinem Schreck gewahrte er Olga, die Zeugin des Auftritts gewesen. Er wurde dunkelrot und stotterte: „Du wirst es doch nicht gleich der Tante erzählen.“

„Verheimlichen dürfen wir ihr nichts, warum hast du es ihr nicht offen gesagt, dass du dem kleinen Mädchen Bonbons gekauft hast?“

„Darüber wird nicht gesprochen, das tut kein Schüler.“ Er warf sich in die Brust, als wäre er etwas Rechtes und sagte mit Würde: „Olga, das verstehst du wirklich nicht.“

Jetzt musste sie doch lachen. „Eine merkwürdige Geldverschwendung, die mir noch nicht vorgekommen ist.“

„Das glaube ich, in eurem Dorfe! Es ist modern, mit jungen Mädchen spazieren zu gehen; wir Tertianer füttern sie mit Bonbons, die Sekundaner und Primaner machen es anders.“

„Aber solche Moden brauchst du doch nicht mitzumachen.“

„Wer die Moden nicht mitmacht, gilt nichts bei den andern.“

„Ich denke, wer immer Recht tut, gilt etwas. Die Hauptsache ist doch, dass wir vor Gott Recht tun.“

„Du wirst schon gerade so weise wie die Tante. Dein Erstes wird nun sein, dass du ihr alles erzählst!“

„Wenn du mir versprichst, dass du den Unsinn lassen willst, sage ich es nicht. Du musst aber dein Geld richtig aufschreiben und darfst der Tante nichts wieder verheimlichen. Sonst sage ich es.“

„Lisi ist so niedlich; sie freut sich immer so sehr auf die Tüte.“

„Lass das kleine Naschkätzchen doch selber für sich sorgen.“

„Sie wird mir aber böse und erzählt es den andern. Dann bekomme ich sie alle auf den Hals.“

„Geh du nur ruhig deine Wege und lass sie reden. Tue Recht und scheue niemand."

„Ach, du verstehst die ganze Geschichte nicht. Olga, du bist vom Lande."

„Und du willst ein moderner Schüler sein, aber kein ehrlicher."

Er schwieg. Sie waren beim Hause. Er legte die Hand auf den Mund und sagte zu Olga: „Also schweigen!" Dann stürmte er voran, die Treppen hinauf.

Schweigen war eigentlich nicht Olgas Sache; sie musste alles heraussagen, was sie drückte. Sie wollte diesmal Alfred schonen, aber – sie wollte ihn beobachten. Wenn er fortfahren würde, sein Geld, das er zu nützlichen Sachen bekam, zu Leckerbissen für Lisi zu verschwenden, dann musste die Tante es wissen.

Sie richtete ihre Besorgungen nun öfter um die Mittagszeit ein, hatte aber nicht das Glück, Alfred zu treffen. Ob er vielleicht einen andern Weg nach Hause einschlug? Olga wollte es ergründen. Sie hielt sich unbemerkt in der Nähe des Gymnasiums auf, bis der Strom der Schüler sich ergoss. Ihr scharfes Auge entdeckte bald unsern Alfred, der sich nicht wie sonst nach rechts, sondern nach links wandte.

„Ei", dachte sie, „der Schlingel geht einen andern Weg." Er trabte um die Ecke, sie ihm nach. Da kam aus einer Nebenstraße Lisi, sah sich um, ob keine ihrer Bekannten da sei, und ging wartend auf und ab, während Alfred in einen Konditorladen gegangen war und nun mit einer Kuchentüte heraustrat. In demselben Augenblick sah er Olga. Da gerade die Elektrische hielt, sagte er leise etwas zu Lisi. Sie stiegen beide ein in der Meinung, dass Olga sie nicht gesehen habe. Aber, o weh, sie kamen vom Regen in die Traufe. Herr Dahlburg, der im Begriff war auszusteigen, fasste Alfred am Ohr und sagte: „Jungelchen, du kannst wohl nach Hause *gehen,* komm nur mit mir." Zu dem Mädchen gewandt: „Lisi, naschen verdirbt die Zähne."

Lisi, eine Schülerin von Herrn Dahlburg, stand, wie mit Blut übergossen, hilflos in der Elektrischen, die mit ihr davonsauste. Die Kuchentüte war ihren Händen vor Schreck entfallen, und mit Entsetzen sah sie, wie ein Arbeitsmann mit derben Stiefeln auf die Tüte, die Windbeutel mit Schlagsahne enthielt, trat, zur Belustigung der Anwesenden, die mehr oder weniger in Gelächter ausbrachen. Bei der nächsten Haltestelle stürzte sie auf die Straße und eilte davon, so schnell ihre Füße sie tragen konnten.

„Schlingel", sagte Herr Dahlburg zu Alfred, „was machst du für Geschichten. Was heißt das, dass du mit Lisi Steen in die Elektrische springst? Wolltest du mit ihr davonlaufen? Ah, Fräulein Stark, ich hatte Sie gar nicht bemerkt."

Olga, die den ganzen Auftritt mit Spannung verfolgt hatte, war ganz froh, dass ein Zweiter dazugekommen war. Das, was nun kommen musste, konnte er viel besser durchfechten als sie. Alfred stand in höchster Verlegenheit da, während Herr Dahlburg mit dem Lachen zu kämpfen hatte. Er sagte ihm aber ernst, dass so etwas zu unterbleiben habe, er verbitte sich, dass er seine Schülerinnen mit Kuchen füttere.

„So, nun geh' voraus; ich folge mit Fräulein Stark." Alfred ließ sich das nicht zweimal sagen; er atmete freier, als er die beiden hinter sich hatte.

„Es kommt ja alles von mir, Herr Kandidat", sagte

Olga treuherzig. „Ich war den beiden auf der Spur, und weil sie mich sahen, wollten sie sich in der Elektrischen verstecken. Da kamen Sie wie ein – wie soll ich sagen, wie ein –"

„Polizist", ergänzte er, „wie ein Polizist dazwischen."

„Dumme Kinder", lachte er. „Sie machen die Unsitte den großen Schülern nach, gut, dass wir dazwischenkamen. Weiß die Tante davon?"

„Sie ahnt nichts. Ich habe Alfred schon einmal getroffen, als er dem Mädchen Bonbons zusteckte. Er hatte mir versprochen, es nicht wieder zu tun, widrigenfalls ich es der Tante sagen würde. Aber ich werde bei ihm in Ungnade fallen."

„Seien Sie ruhig, ich werde die Sache für Sie abmachen."

„O, ich danke Ihnen sehr. Wissen muss es ja die Tante, aber wenn es durch mich geschähe, würde er mir gram werden. Das möchte ich nicht gern."

Alfred stand harrend an der Haustür. „Ich wollte Ihnen doch Adieu sagen, Herr Dahlburg."

„Ist nicht nötig, mein Junge; ich gehe mit nach oben." Verdutzt zog Alfred seine Uhr und sagte: „Wir essen nämlich gleich."

„Du meinst, ich störe jetzt. Ich will mich gar nicht lange aufhalten; die Tante wird mir's schon verzeihen."

Alfred konnte nichts dagegen tun. Herr Dahlburg ging mit hinauf, fasste Alfred am Arm und sagte: „Komm nur erst einmal mit, wir wollen die Sache gleich in Ordnung bringen."

„Liebe Tante", begann Herr Dahlburg, „dieser Junge wollte Ihnen bekennen, dass er sein Geld schlecht angewendet hat. Er füttert meine Schülerinnen mit Kuchen; ich habe ihn soeben dabei angetroffen. Sie tun wohl am besten, ihm eine Zeit lang das Taschengeld zu entziehen, bis er vernünftig geworden ist."

Nun wusste die Tante, warum die Rechnungen nicht gestimmt hatten. Sie ermahnte den Jungen ernst, dass er keine Heimlichkeiten mehr haben dürfe. Herr Dahlburg fügte einige männliche, kräftige Ermahnungen hinzu und versprach der Tante, ihr mitunter bei der Erziehung des Knaben mit Rat und Tat zur Seite zu stehen. Dann empfahl er sich.

Olga trat ihm in den Weg. „Er hat doch keine zu harte Strafe bekommen?"

„Diesmal ist er noch mit ernsten Worten davongekommen; ich denke, es wird helfen, bösartig ist er nicht."

„Bitte, grüßen Sie Fräulein Margarete."

„Besuchen Sie meine Schwester nur einmal, Fräulein Stark; sie wird sich sehr freuen."

Bei Tisch herrschte eine gedrückte Stimmung. Alfred stopfte mit gesenktem Haupt die Klöße, sein Lieblingsgericht, hinein und schleuderte von Zeit zu Zeit von unten her giftige Blicke auf Olga, die er für die Anstifterin alles Unheils ansah. Nach Tisch verschwand er in seinem Zimmer und wurde vor Abend nicht mehr gesehen.

Am andern Morgen erschien Hanne bei Olga, als diese eben ihr Zimmer verlassen wollte.

„Fräulein Olga, kommen Sie doch schnell zum Herrn Alfred herüber; ich glaube, er ist sehr krank. Er liegt noch zu Bett und zittert so, dass das ganze Bett fliegt; er hat gewiss ein böses Fieber."

Olga schüttelte den Kopf, als könnte sie's nicht glauben und fragte: „Weiß die Tante es?"

„Frau Doktor schläft noch, ich mag sie nicht wecken."

Es blieb Olga nichts übrig, als selber nach dem Patienten zu sehen. Ja, das Oberbett flog ordentlich, als sie eintrat, man sah nur den oberen Teil eines Borstenkopfes herausgucken, und auf Olgas Frage: „Fehlt dir etwas, Alfred?", kam nur ein dumpfes „Krank!" heraus.

Jetzt wurde es Olga, die wenig von Krankheiten verstand, auch angst. „Wir wollen ihm doch etwas Lindenblütentee kochen, der soll gut sein", meinte sie zu Hanne.

„Oder Kamillentee, Fräulein", rief diese, „ich halte es immer mit Kamillentee."

„Wir möchten doch lieber die Tante wecken."

Die Tante kam und ging hinein zum Patienten, der inzwischen von Hanne mit Kamillentee getränkt war.

„Für bedenklich halte ich den Zustand nicht", sagte sie. „Einen Arzt werden wir nicht nötig haben. Jetzt schwitzt er, wir lassen ihn zur Vorsicht bis Mittag im Bett, dann wird er aufstehen können."

Kurz vor Tisch, als Olga über den Hausflur ging, klingelte es. Sie öffnete und sah ein unbekanntes kleines Mädchen draußen stehen. Sie hatte ein keckes, frisches Aussehen.

„Sie sind sicher das Dienstmädchen, nicht wahr?", sagte sie, ohne sich Olga näher anzusehen. „Bitte, sagen Sie doch dem Alfred, der hier in Pension ist, Lisi Steen danke für seine Kuchentüten; sie hätte nicht Lust, noch einmal von Herrn Dahlburg abgefasst zu werden. Aber sagen Sie's Ihrer Herrschaft nicht, das ist nicht nötig. Adieu!"

„Welch ein Ton!", dachte Olga. Und die Tante sagte,

als sie ihr die Botschaft ausrichtete: „Das ist ja sehr erfreulich, Ende gut, alles gut."

„Soll ich es ihm sagen, Tante?"

„Er steht nach Tisch auf, dann kannst du ihm die Bestellung bringen."

Als Olga in der Küche geholfen hatte und das Wohnzimmer betrat, saß Alfred am Tisch und las.

„Geht's wieder besser, Alfred?"

Keine Antwort. „Fühlst du dich wohler, lieber Vetter?" Tiefes Schweigen.

„Ich habe eine Botschaft an dich." Ein grunzender Ton ließ sich hören, es klang fast wie „Nun?" Olga richtete die Bestellung aus.

„Freut mich sehr, freut mich außerordentlich", kam es jetzt wie eine Erleichterung von seinen Lippen. „Ich mag das Mädel gar nicht mehr sehen; sie wurde immer unverschämter, nun sollten es schon Windbeutel sein. Na, dann kann ich ja wieder ruhig zur Schule gehen."

Jetzt ging Olga ein Licht auf über die Art der Krankheit. Und als einige Tage später Lisi bei ihrer Freundin gegenüber zum Besuch war und dem Alfred, der gerade am Fenster stand, eine lange Nase drehte, da war's mit der Freundschaft gänzlich aus, und das Spazierengehen mit kleinen Mädchen hatte für immer sein Ende erreicht.

9. Frau Weber

„Nun, Lina, wie geht's?", fragte Olga eines Tages, als sie das Mädchen auf der Treppe traf.

„Mir geht's gut, Fräulein. Ich habe gute Behandlung, reichliches Essen und Trinken und guten Lohn. Arbeit gibt es viel, aber ich kann's gut machen. Nur denke ich manchmal –", sie stockte. „Nun, was denkst du?"

„Dann hätte ich auch bei Frau Stark bleiben können. Heimat ist doch Heimat. Bloß, dass ich Ihnen manchmal sehe, das ist mein bester Trost."

Eben ging Frau Weber vorüber und grüßte höflich. „Wie geht's Ihnen, Frau Weber?", wandte sich Olga an die Frau, worauf diese erwiderte: „Sie wollten mich immer einmal besuchen, Fräulein, heute ist der alte Herr fort, da könnten wir ungestört reden."

Als Olga der Tante davon redete, erlaubte sie es gern. „Frau Weber scheint eine sanfte, stille Frau zu sein; sie hat es gewiss nicht leicht mit dem alten Haudegen."

Als Olga gegen Abend Einlass begehrte, hatte Frau Weber schon die Lampe angezündet, sie saß fleißig beim Stopfen und Flicken.

„Es ist gut, dass Herr Hirsch Sie hat", begann Olga. „Ein Herr kann sich seine Sachen doch nicht in Ordnung halten."

„Er glaubt es nur nicht, dass es für ihn besser ist, und doch, Fräulein, es ist sein Schade nicht. Faustgroße Löcher waren in Strümpfen und Unterjacken, ich habe Zeit gebraucht, ihn wieder in Ordnung zu bringen. Wenn ich dachte, mein Sohn ginge so zerrissen einher, ich ertrüge es nicht."

„Wo ist denn eigentlich Ihr Sohn?“, fragte Olga interessiert.

Diese Frage kam der Frau erwünscht. Es war von Anfang an ihr Zweck gewesen, das Gespräch auf den Sohn zu lenken.

„Ich erzähle Ihnen alles, Fräulein, aber zuerst muss ich Ihnen sagen, dass ich Ihre Eltern, Herrn und Frau Stark, ganz gut kenne. Sie und Ihre Schwestern habe ich manches Mal als kleine Mädchen gesehen. Ich bin aus Buschtal, gar nicht weit von Altenhorst.“

„Aus Buschtal“, jubelte Olga. Am liebsten hätte sie die Frau vor Freuden umarmt. Wie konnte sie denken, dass hier oben ein Stück Heimat war.

„Ich bin lange aus Buschtal fort, mindestens sieben Jahre. Können Sie sich erinnern, dass dort einmal auf dem Gut eine Scheune abbrannte?“

Olga dachte nach. „Ja, jetzt besinne ich mich, ich bin vielleicht zehn Jahre alt gewesen. Deutlich erinnere ich mich der Einzelheiten nicht, aber ich weiß, dass viel davon gesprochen wurde. Es ist nie an den Tag gekommen, auf welche Weise das Feuer entstanden ist, nicht wahr?“

„Und wird auch wohl nie an den Tag kommen“, sagte Frau Weber, und ein schmerzlicher Zug flog über ihr Gesicht.

„Ja“, fuhr sie fort, „ich habe glückliche Jahre in Buschtal verlebt. Mein Mann hatte auf dem Gut eine Anstellung, ich verdiente mir nebenher etwas durch Waschen und Plätten im Herrenhause. Als mein Mann jung starb, blieb ich als Witwe dort und verdiente mir so viel, dass wir beide, mein einziger Sohn und ich, unser Auskommen hatten. Mein Junge, der Hugo, war viel im Herrenhause und spielte mit den Söhnen, besonders mit Edgar, der in seinem Alter war. Manche Dummheiten haben die Buben ausgeübt, aber es waren keine Schlechtigkeiten. Darum kann ich es mir nicht denken, dass sie etwas wirklich Böses verübt hätten."

„Hat man sie denn in Verdacht gehabt wegen des Brandes? Ich glaube nicht, dass Derartiges gesprochen worden ist. Es könnte ja Unvorsichtigkeit gewesen sein?"

„Das weiß kein Mensch. Edgar kam mit elf Jahren in die Stadt aufs Gymnasium. Wenn er in den Ferien zu Hause war, dann musste mein Junge ihm in der freien Zeit Gesellschaft leisten, was er natürlich lieber tat als Feld- oder Gartenarbeit. Einmal hat unser Herr sie beim Rauchen abgefasst, da gab's tüchtig etwas, der Hugo hat von mir auch noch Strafe gekriegt. Seitdem verlässt mich der Gedanke nicht, ob der junge Herr nicht selbst an dem Unglück schuld gewesen ist."

„Dann hätte er es doch natürlich gesagt, Frau Weber. Wie kann man seinen Eltern etwas verheimlichen?"

„So denken Sie, Fräulein Olga, und das ist recht und gut. Aber wie oft kommen Verheimlichungen vor, einesteils aus Feigheit, andernteils aus Angst vor der Strafe."

„Denken Sie denn, dass Ihr Sohn auch beteiligt gewesen ist?"

„Ich glaube nicht an seine Schuld, denn er hat mir seine Unschuld hoch und teuer versichert; aber ich fürchte, der Brand hängt mit einer großen Dummheit vom jungen Herrn zusammen, und weil mein Sohn etwas davon weiß und ihn nicht angeben will, darum ist er geflohen."

„Erzählen Sie mir weiter", bat Olga, „es interessiert

mich so sehr wegen Edgar, den ich so gut kenne und der jetzt sehr leidend ist."

„Verraten Sie mich aber nicht, um alles in der Welt nicht", bat Frau Weber. „Ich hätte es Ihnen gar nicht sagen dürfen! Aber die Sache geht Tag für Tag mit mir. Wenn ich allein bei der Arbeit sitze, muss ich immer daran denken. Denn mich und meinen Sohn hat es ja am härtesten getroffen."

„Sie wollten weitererzählen", drängte Olga.

„Also, Edgar war wieder einmal in den Ferien zu Hause gewesen, an einem Sonnabend sollte er zurück in die Stadt, wo er in Pension war. Es war ein heißer Augusttag, draußen auf den Feldern und in den Gärten herrschte große Trockenheit, denn es hatte lange nicht geregnet. Edgar sollte zu Fuß wandern, da das Städtchen mit dem Gymnasium nicht sehr entfernt war."

„Ja, er war in A. auf der Schule; es ist unsere nächste Stadt; wir machen alle Besorgungen dort!", rief Olga.

„Er hatte sich schon von den Eltern verabschiedet. Die Mutter war krank und lag zu Bett; der Vater war in der Erntezeit bei den Leuten auf dem Felde. Weil es mit dem Einfahren drängte, wollte dieser die Pferde nicht hergeben, Edgar konnte ja auch ganz gut gehen. Ich meine, ich habe ihn abwandern sehen. Es behaupteten auch viele von den Dorfleuten, ihn gesehen zu haben, wie er, das Ränzel auf dem Rücken, zum Hoftor hinausmarschiert sei. Mein Sohn aber sagte, er sei noch einmal zurückgekommen und habe sich vorher auf dem Heuboden noch etwas ausgeruht."

„Das hätte ja auch nicht so viel geschadet", sagte Olga harmlos.

Frau Weber sah sie so eigen an und sagte: „Wenn er

nicht am Ende geraucht hat. Aber, bitte, lassen Sie sich nichts merken, es weiß niemand. Tatsache ist aber, dass an demselben Abend das Feuer auf dem Heuboden aufging. Den vereinten Anstrengungen gelang es, des Feuers Herr zu werden, so dass das Herrenhaus verschont blieb. Kein Mensch war dort gewesen, man meinte nur, meinen Hugo in der Nähe gesehen zu haben."

„Wurde er denn ins Verhör genommen?"

„Konnte er ja nicht, denn am andern Tage war er spurlos verschwunden, alle Nachforschungen waren vergebens. Er hatte mir zwar am Abend heilig und teuer versichert, er habe nichts Unrechtes getan, aber dass die Leute anders dachten, konnte ich ja merken. Zwar meinten manche, Hugo sei immer ein aufrichtiger Junge gewesen und die Herrschaft gut gegen ihn, man könne sich nicht denken, dass er etwas Böses im Schilde geführt habe. Aber der Schein war gegen ihn, und ich mochte nicht an dem Ort bleiben, wo alles mich an das Unglück erinnerte. Wehen Herzens zog ich von Buschtal fort und ging in die Hauptstadt, um dort Arbeit zu suchen. Es gelang mir nur teilweise; spärlich und kümmerlich musste ich mich behelfen, bis ich eines Tages in der Zeitung die Anzeige las, dass ein älterer, alleinstehender Mann eine Haushälterin suche. Ich meldete mich und bekam die Stelle. Ich habe doch nun mein Auskommen und kann für den alten Herrn, der wirklich eine weibliche Stütze braucht, sorgen. Wenn ich nur wüsste, wo mein Hugo wäre! Die Sorge um ihn nagt an meinem Herzen."

„Sie arme Frau!", sagte Olga voll Mitgefühl. „Diese Feuergeschichte ist aber doch schrecklich, ich möchte wohl den Zusammenhang wissen."

„Darüber wird wohl nie Aufklärung kommen. Herr Walsleben hat den Schaden bald verschmerzt; er ist ein reicher Mann und hat die Scheune wieder aufbauen lassen. Aber meines Sohnes Unglück war es, und was ich dabei gelitten, weiß nur Gott. Wie kommt es, liebes Fräulein, dass ich Ihnen jetzt alles anvertraut habe, was bis jetzt nie über meine Lippen gekommen ist? Das macht, weil Sie aus der Heimat sind. Als Sie es kürzlich sagten, trat alles wieder so lebendig vor meine Seele, als sei es gestern gewesen. Sie sprachen davon, dass Edgar leidend sei?"

„Ja, seit längerer Zeit. Man sagt, er hat die Schwindsucht und wird bald sterben. Elvira, meine Schwester, schrieb, sie seien in Buschtal gewesen; Edgar sei ganz zu Hause und liege fast immer."

„Wenn doch vorher noch Aufklärung kommen möchte wegen dieser Sache, falls er sterben sollte. Wenn mein Sohn je wieder erscheint, wird die Geschichte doch wieder aufgerührt, seine Flucht hat stets den Schein gegen ihn gebracht."

„Ja", sagte Olga sinnend, „dunkel ist die Sache. Jedenfalls muss Ihr Sohn damit im Zusammenhang stehen, sonst hätte er ja nicht zu fliehen brauchen."

„Das sage ich mir auch, und damit zermartere ich mir das Gehirn, wenn ich allein mit meiner Arbeit dasitze. Aber ich halte mich an Gott, auf ihn stelle ich mein Vertrauen. Er hat mir geholfen, und wenn die Not am größten, war seine Hilfe da. Aber jetzt höre ich meinen Alten, lassen Sie sich ja nichts merken von allem, was ich Ihnen anvertraut habe; er ahnt nichts davon."

„Ich schweige, gute Frau Weber, Sie können sich darauf verlassen." – „Na, das dachte ich mir! Weiblicher Besuch. Hörte ich doch schon von weitem Frau Webers Jammerstimme. Sie sind eine ganz gute Frau, ich habe nichts gegen Sie einzuwenden, wenn Sie nur einen andern Sprechorganismus hätten."

„Er meint eine andere Stimme, Fräulein. Aber Herr Hirsch, Sie müssen mich nun einmal nehmen, wie ich bin, sonst müssen Sie sich nach einer andern Persönlichkeit umsehen."

„An ein weibliches Individuum hab' ich genug; ich werd' nich noch einmal mit einem andern Frauenzimmer anfangen –"

„Herr Hirsch, was soll Fräulein Stark davon denken –"

„Fräulein, alle Achtung vor Ihnen! Sie nehmen sich mit Ihrem Gepolter in Acht, in Anbetracht, dass ich ein alter Mann bin und Nervosität besitze, was letzteres früher nicht so war, was aber jetzt jeder Mensch besitzt."

„Ich bin nicht nervös, Herr Hirsch", rief Olga vergnügt, „bis jetzt spüre ich nichts davon."

„Ja, das is die Jugend. Als ich noch ein junger Kerl war und Unteroffizier, wusst' ich auch noch nichts von Nervosität und anderem Krankheitskram, anjetzo hab' ich mancherlei Leiden, am schlimmsten sind die Krämpfe in die Hinterfüße –"

„Er meint ‚in den Fersen', Fräulein, Hinterfüße hat er gar nicht."

„Sind Sie schon wieder klüger als ich, Sie mit Ihrem ewigen Jammern nach Ihrem Sohn. Ich kann mir doch denken, dass Sie mit dem Fräulein nichts weiter gesprochen haben. Es gibt jetzt wieder Fahrbilletter um die ganze Welt. Solch ein Ding hat der Taugenichts und kutschiert damit um die ganze Welt herum. Nach einer Seite ist er weggerutscht, und wenn er herum ist, kommt er von der andern wieder an. Aber wenn dieser Fall eintritt, dann – Frau Weber, bleib' ich für mich und Sie für sich."

„Ich weiß es, Herr Hirsch, Sie sagen es mir oft genug. Aber wenn Sie es mit keiner andern wieder versuchen wollen, dann müssten Sie allein hausen, und ob Ihnen das jetzt noch so gefallen würde –"

„Nun, bis jetzt ist der Herr Sohn noch nicht da; was wollen wir heute schon darum zanken. Ich denke, Sie besorgen uns das Abendbrot, Frau Weber."

Olga fand, es sei Zeit zu gehen. Frau Weber begleitete sie zur Tür hinaus und flüsterte: „Was meinen Sohn betrifft, da kennt er kein Erbarmen, das macht, er hat nie Frau und Kinder gehabt. Liebes Fräulein, was ich Ihnen von dem Feuer in Buschtal erzählt habe, das behalten Sie ganz für sich. Nicht wahr, das versprechen Sie mir?"

„Ich werde darüber schweigen."

Als Olga zur Tante kam, meinte diese, sie habe sich wohl ganz mit Frau Weber angefreundet, sie sei lange dort gewesen.

„Es war wirklich gemütlich drüben, liebe Tante. Alles so still und sauber und Frau Weber so freundlich, bis der alte Herr kam, da wurde es lebendig. Aber seine Ausdrucksweise macht mir Spaß. Denke dir, Frau Weber ist aus unserer Gegend; sie hat die Eltern gekannt, hat mich schon früher gesehen –"

„Dann hättest du sie auch kennen müssen."

„Es ist möglich, dass ich sie gesehen habe. Wir haben

zwar mit Walslebens verkehrt, kennen aber die vielen Leute auf dem Gut nicht alle. Ich weiß wenigstens nichts von ihr."

Alles was Olga von Frau Weber gehört hatte, erregte sie sehr. Sie konnte den Abend lange nicht einschlafen; die Geschichte mit dem Feuer war doch eigentümlich. Sollte Edgar wirklich durch Unvorsichtigkeit den Ausbruch des Feuers verschuldet haben? Etwas leicht war er immer. Aber für aufrichtig hatte sie ihn stets gehalten, er würde es doch gewiss seinen Eltern gestanden haben; Verheimlichung wäre doch großes Unrecht gewesen. Sie konnte sich nicht denken, dass sie etwas verheimlichen könnte. War es ihr doch schon schwer geworden, der Tante gegenüber zu schweigen, als sie wusste, wo Alfreds Geld geblieben. Aber das war etwas anderes. Sie wollte erst Gewissheit haben, ob er sein Wort halten würde, und wie gut, dass Klarheit in die Sache gekommen war. Alfred war seitdem etwas ernster und fleißiger geworden, es wurde auch Zeit, es ging stark auf Ostern zu; wenn er versetzt werden wollte, mussten alle Kräfte angespannt werden. Die erste Zeit nach der Szene, bei welcher Herr Dahlburg für sie in so wünschenswerter Weise die Hauptrolle übernommen, hatte Alfred gegen sie den Beleidigten gespielt, doch allmählich hatte er das Maulen satt, und nach und nach stellte sich das alte Verhältnis wieder her.

Alfreds Vergehen war ja allerdings nicht so groß im Vergleich zu dem Edgars. Wenn dieser etwas so Schweres auf dem Herzen hatte und sagte es nicht, so war doch das ein viel größeres Unrecht. Und jetzt war er krank, und zwar hoffnungslos. Elvira besuchte ihn mitunter; sie mit ihrem frommen Herzen und weichen

Gemüt hatte gewiss guten Einfluss auf ihn. Wenn er schuldig war, o, wenn er es doch bekennen wollte, damit der Sohn der armen Frau Weber, wenn er je wiederkommen sollte, von dem Verdacht gereinigt würde.

Von Elvira gingen die Gedanken zu Rika. Sie hatte immer etwas Gedrücktes, fast Trauriges. Plötzlich durchzuckte sie der Gedanke: „Wie, wenn Riekchen auch etwas auf dem Gewissen hätte? Wenn der Oberförster, Mariechens Vater, Recht hätte!" Aber nein, das konnte ja nicht sein; sie war so edel, so gut, die rechte Hand der Mutter, so selbstlos, treu und fleißig. Wie kam sie auf diesen törichten Gedanken! Wie viel Trauriges gab es doch in der Welt! Und vor ihr lag das Leben so rosig, so sonnenklar. Sie wollte ihren lieben Eltern Freude machen und ihrem Heiland dienen mit ihren geringen Kräften. Ja, das wollte sie! So kam es, dass die Gedanken sich von dem Irdischen loslösten und sich zum Gebet sammelten, in das sie diesen Abend auch die bekümmerte Frau Weber einschloss.

10. Ein eigener Entschluss

Ostern war längst vorüber. Alfred, der in den Ferien daheim gewesen, war stolz in langen Beinkleidern wieder erschienen. Er war wirklich Sekundaner und sah mitleidig auf die jüngeren Schüler herab. Was die Tertianer trieben, belachte er jetzt von oben herab; sie waren ja Kinder gegen ihn. Das Rad hatte noch auf sich warten lassen, es war seit der Kuchengeschichte nicht wieder die Rede davon gewesen; er selbst hatte nicht gewagt, davon anzufangen, wohl ahnend, dass die Tante jetzt nicht willens sei, ihm eine besondere Anerkennung zuteil werden zu lassen. Aber eines Tages im Mai, als die drei zu Mittag aßen und Hanne die Speisen auftrug, drehte er den Kopf nach ihr um und sagte:

„Hanne, es ist Ihnen doch gewiss lieb, dass ich Ihnen immer noch, jetzt als Sekundaner, die Kohlen herauftrage. Ich habe ja jetzt bedeutend mehr zu tun, aber, wenn es Ihnen schwer fällt, will ich es gern weiter tun."

„Ich kann es ja gar nicht mehr von dem jungen Herrn verlangen, aber eine Erleichterung ist es mir natürlich schon."

„Nun gut, es wird gemacht", sagte Alfred.

Olga bemerkte ein feines Lächeln im Angesicht der Tante. Dieselbe schwieg aber und sagte nichts.

Nach einer Weile begann Alfred: „Heute Nachmittag machen die Sekundaner einen Ausflug per Rad, das muss famos sein. Ja, wer dabei sein könnte!"

„Früher machten die jungen Leute Fußtouren und haben sich köstlich dabei vergnügt."

„Jetzt ist einmal das Rad in der Welt, das änderst du

doch nicht, liebe Tante. Die, welche keins haben, sind unten durch."

„Armer Junge", meinte Tante Susanne. „Doch ich denke, du hast heute auch etwas vor."

„Wir armen Erdenwürmer, die wir kein Rad besitzen, wollen eine Fußtour nach der Buschmühle machen."

„Recht so", rief Tante Susanne, „da wollen wir dir ein tüchtiges Paket Butterbrote einpacken, zu trinken sollst du auch haben."

Das versöhnte ihn etwas, aber die Sehnsucht nach dem Rade wurde immer mächtiger und die Hoffnung, dass der Tante Herz endlich erweicht werde, immer größer.

Olga hatte heute auch allerlei vor. Zuerst wollte sie zu Dahlburgs, um von Margarete Abschied zu nehmen. Dieselbe war ihr eine liebe Freundin geworden. Sie hatte bald gemerkt, dass sie viel von ihr lernen könne, und Tante Susanne hatte mit Freuden wahrgenommen, wie sehr sich die Mädchen aneinander anschlossen. An den Sonntagnachmittagen waren sie fast immer beieinander, und Olga war bei Dahlburgs auch schon bekannt. Die alten Eltern von Margarete waren schlichte, einfache Leute, aber fromm und gottesfürchtig. Sie hatten außer dem Sohn und Margarete noch eine Tochter, welche sie pflegte; es war ein frisches, lebhaftes Mädchen, an dem Olga auch Wohlgefallen hatte.

Margarete sollte in einigen Tagen abreisen. Sie schloss sich einer Missionarsfamilie an, die auch nach einjährigem Urlaub nach Indien zurückging. Die Trennung von den Eltern, die sie vielleicht zum letzten Mal gesehen hatte, wurde ihr schwerer, als sie sich merken ließ, aber mit großer Freudigkeit kehrte sie zu ihrem Beruf zurück.

„Margarete“, sagte Olga, als die junge Missionarin sie auf dem Heimweg ein Stück begleitete, „ich möchte wohl mit dir ziehen, mein Leben auch dem Dienst des Heilandes weihen.“

„Das kannst du hier ebenso gut wie draußen. Ich bin durch wunderbare Führungen zu diesem Beruf gekommen. Geh' du auch, wie Gott dich führt, nur, dass du in allem ihn meinst und nicht dich selbst.“

Sie gingen schweigend nebeneinander her durch die im Frühlingsschmuck prangenden Anlagen der Stadt. „Jetzt muss ich umkehren, liebe Olga, Gott behüte dich und lasse es dir wohlgehen.“

„Wir schreiben uns und bleiben Freundinnen immer und immer“, sagte Olga, mit Tränen in den Augen. Dann umarmten sie sich und gingen voneinander, sich von Zeit zu Zeit einmal umsehend und sich Abschiedsgrüße zuwinkend.

Als Olga das Ende der Anlagen erreicht hatte, traf sie Herrn Dahlburg, der von einer Privatstunde kam und nach Hause wollte. „Nun, Fräulein Olga, Sie sehen so betrübt aus, was gibt's denn?“

„Ich habe soeben Abschied genommen von Margarete.“

„Ja so“, sagte er freundlich und ging mit ihr ein Stück zurück. „Sie haben sie auch lieb gewonnen?“

„So sehr!“

„Es ist auch ein prächtiges Mädchen, ein Kind Gottes im wahren Sinne des Wortes. Ich verdanke ihr viel, sehr viel.“ Olga sah ihn verwundert an.

„Das glauben Sie doch wohl nicht? Und doch ist es

so. Ich glaubte, bei meinem Studium alles mit meiner Vernunft zergliedern zu müssen, da hat sie mich gelehrt, meine Vernunft gefangen zu geben unter den Gehorsam des Glaubens. Seit ich täglich Gott gebeten um seinen Geist, sind mir die Tiefen der Heiligen Schrift aufgegangen. Ich bin mit Lust und Freudigkeit Theologe, während ich früher, als ich in Zweifeln steckte, die ganze Theologie am liebsten über den Haufen geworfen hätte."

Olga sah ängstlich zu ihm auf. Ihre junge Seele war noch nicht von Zweifeln gequält worden; sie wusste nicht, dass man an irgendetwas, was in der Bibel stand, irre werden konnte.

„Ich hätte Ihnen nicht davon reden sollen", sagte Dahlburg, „ich wollte nur bemerken, wie viel ich meiner Schwester verdanke. Ich freue mich, dass Sie sich kennen lernten und lieb gewonnen haben. Das Band der Gemeinschaft kann aufrechterhalten werden, trotz der Entfernung."

„Wir wollen uns schreiben", sagte Olga eifrig, „wir werden immer in Gemeinschaft bleiben."

„Das ist recht. Treue Freundschaft ist mit das Beste, was wir auf Erden haben. Doch ich muss eilen. Es ist der letzte Tag, an dem wir beisammen sind, da gibt's noch viel zu besprechen."

„Grüßen Sie Margarete noch einmal." Er versprach es und trug einen Gruß an die Tante auf. Eben wollte er gehen, da kehrte er noch einmal um und fragte: „Was macht der Sekundaner?"

„Er ist, wie es scheint, jetzt recht fleißig."

„Gut so", rief er. „Sagen Sie ihm, bitte, er solle mich Sonntag zu einem längeren Spaziergang abholen." Er lüftete noch einmal den Hut und enteilte, während Olga sinnend nach Hause ging.

Später am Abend klingelte sie im zweiten Stock. Lina Jürß öffnete. Olga reichte ihr freundlich die Hand und sprach ein Weilchen mit ihr von der Heimat. Bei dem Namen Altenhorst leuchteten allemal ihre Augen.

„Ich hab's ja gut hier und bin gern da, aber die Heimat bleibt doch das Schönste. Dumm war ich, dass ich nicht daheim blieb, auf dem Lande ist's gar schön, nicht wahr, Fräulein Olga?"

Olga nickte. Je mehr es in den Sommer hineinging, um so enger wurde ihr die Stadt. Sie hatte oft Sehnsucht nach der ländlichen Freiheit, nach den grünen Bäumen und Büschen, nach der Luft, in der es sich viel besser atmen ließ als in der engen Stadt. Aber sie verkannte auch nicht das Gute, das ihr hier geboten wurde. Wie viel Neues lernte sie kennen, wie erweiterte sich ihr Gesichtskreis, wie viel edle Genüsse hatte sie im Winter gehabt durch die Güte der Tante, wie viele liebe Freundinnen hatte sie schon erworben. Die beste unter ihnen ging nun in die Fremde, aber ihr blieben die lieben Hausgenossen, die sie lieben und schätzen gelernt hatte. Annemarie und Lucie waren liebe, warmherzige Mädchen, beseelt für alles Gute; sie wirkten in verschiedenen Vereinen der Inneren Mission und entfalteten regen Eifer.

Eben jetzt wollte Olga sie abholen. Sie nahm teil an einer Vereinigung von jungen Mädchen aller Art, die an einem Abend in der Woche von 8 – 10 Uhr zusammenkamen. Solche, die wirkliche Kenntnisse besaßen, sei es in wissenschaftlicher oder sprachlicher Beziehung, oder die tüchtig und erfahren in Handarbeiten waren, hatten es sich zur Aufgabe gemacht, Mädchen aus den unteren Ständen unentgeltlich Unterricht zu geben, wenn sie die Fähigkeiten hatten, sich weiter ausbilden zu lassen. War dies der Fall, fanden sich wirklich Begabte, so halfen sie ihnen gern weiter, bereiteten sie vor zu irgendeinem Kursus, den sie dann noch durchzumachen hatten für diesen oder jenen Beruf. Es zeigte sich aber, dass viele Unbegabte darunter waren, denn es drängten sich viele herzu, weil es unentgeltlich war.

Bei den Unbegabten dahin zu wirken, einen Dienst bei einer Herrschaft anzunehmen, war eine der Hauptaufgaben, die sich die jungen Damen gestellt hatten. Denn es wurden immer mehr Klagen laut, dass alles in die Fabriken oder Geschäfte strömte und niemand sich fand, der im Hause Dienstleistungen tun wollte. Der Zwang beim Dienen war ihnen lästig, immer erst um Erlaubnis fragen, wenn man seinen Vergnügungen nachgehen wollte, das passte ihnen nicht. Sie liebten die freien Abende, darum machten sie mürrische Gesichter, als die jungen Damen ihnen mehrere Häuser nannten, in denen Dienende gebraucht wurden.

„Heute“, sagte Lucie, als sie mit Olga und Annemarie auf dem Wege nach der Wasserstraße war, wo der gemietete Saal lag, „heute muss es zum Austrag kommen. Wir haben uns lange genug mit den Unbegabten geplagt. Es sind kräftige Mädchen, deren Geschicklichkeit woanders liegt. Im Haushalt können sie etwas leisten, warum nehmen sie keinen Dienst an? Die Löhne sind hoch, dazu haben sie Kost und Wohnung frei, während die Ladenmädchen, Buchhalterinnen und Schneiderinnen von dem Lohn, den sie beziehen, sich nicht nur kleiden, sondern auch verköstigen müssen.“

Das Lokal war wieder sehr besucht. Die Unzufriedenen, das heißt die, welchen in der letzten Woche gesagt war, dass sie nicht die Fähigkeiten besäßen, sich zu einer nach ihrer Meinung höheren Lebensstellung aufzuschwingen, saßen beieinander und schienen irgendetwas im Schilde zu führen. Alle andern Mädchen saßen gruppenweise zusammen, je mit einer Dame an der Spitze. Hier wurden Handarbeiten gemacht, dort gerechnet, in einer andern Gruppe Französisch oder Englisch gelehrt, je nachdem das Bedürfnis da war. Zum Schluss vereinigte man sich zu einer Abendandacht.

Eine ältere Dame, die bei der Gruppe der Unzufriedenen saß, denen sie heute nur vorgelesen, erhob sich am Schluss und fragte freundlich, ob sich einige entschlossen hätten, bei den Herrschaften, die man ihnen genannt habe, in Dienst zu gehen. Es seien alles gute Häuser, sie würden es nicht zu bereuen haben. Ein Gemurmel ließ sich hören.

„Dienen", ließen sich einige vernehmen, „mögen wir nicht, wir wollen auch etwas werden", und eine, die keckste von ihnen, flüsterte so laut, dass das ältere Fräulein und die Nahestehenden es hören konnten: „Wenn es so schön ist bei den Herrschaften, kann ja das Fräulein selber hingehen und dienen, aber sie wird sich wohl hüten!" Fräulein Siemig, so hieß die Dame, errötete flüchtig; sie hatte die Bemerkung wohl gehört, ignorierte sie aber vorderhand.

Die Mädchen wurden alle entlassen, auch die jungen Damen wollten schon auseinandergehen, als Fräulein Siemig bat, noch einen Augenblick zu bleiben.

„Sie haben alle gehört", begann sie, „oder wenigstens einige von Ihnen, die in der Nähe des Mädchens standen, welche Äußerung getan worden ist. Wir glauben, die Mädchen sind uns dankbar, wenn wir uns Mühe mit ihnen geben, stattdessen müssen wir es uns gefallen lassen, spöttische Bemerkungen zu hören. Ich will mich aber dadurch nicht irre machen lassen. Unser Zweck, der heutigen Jugend das Dienen lieb zu machen, muss erreicht werden. Ich stehe ziemlich allein in der Welt, meine Eltern sind tot, Geschwister habe ich keine. Die Verwandte, bei der ich mich aufhalte, legt mir nichts in den Weg; ich habe mich entschlossen, den Mädchen zu zeigen, dass das Dienen keine Schande ist. Ich werde selbst, für ein Jahr etwa, einen Dienst annehmen."

Die jungen Damen waren ganz starr vor Erstaunen; es wurde kein Wort laut, nur einzelne Ausrufe: „Oh!" und Ah! ließen sich hören. Endlich erhob sich eine Stimme, die rief:

„Nein, Fräulein Siemig, Ihre Aufopferung geht zu weit, das dürfen Sie nicht."

„Ich hatte gehofft, die eine oder andere würde mich unterstützen und sich auch zum Dienst melden, aber es überrascht Sie, meine Damen. Wer daheim einen nötigen Beruf hat, verlasse ihn nicht. Nur wenn sich eine unter Ihnen findet, die es mit mir versuchen möchte, würde ich mich freuen. Ich will heute natürlich keine Antwort, aber überlegen Sie es sich; nächste Woche, wenn die Mädchen fort sind, sprechen wir näher darüber."

„Fräulein Siemig ist wohlhabend und kann sich das Leben so angenehm als möglich machen", äußerte eine der jüngeren Damen auf dem Heimweg. „Ich finde die Idee abgeschmackt, sonderlich", ließ sich eine andere vernehmen. „Das fehlte noch", rief eine dritte, „dass wir Dienstmädchen werden und die Dienerinnen Fräuleins."

Olga ging still und in sich gekehrt nach Hause, während Annemarie und Lucie, die ihr zur Seite schritten, lebhaft über den Gegenstand verhandelten. „Was denkst du denn eigentlich, Olga?", fragte Lucie, „du bist ganz still und sagst gar nichts."

„Mich bewegt die Sache tief, ich denke eben, ich habe hier keinen eigentlichen Beruf, bin wenig bekannt, kenne die Arbeit aus dem Grunde, weil meine liebe Mutter mich von früh an zu allem angehalten hat; ich liebe noch dazu Hausarbeit, kurz und gut, ich spüre große Lust, auf eine Zeit lang natürlich, irgendwo einen Dienst anzunehmen, wenn nur – Tante Susanne ihre Zustimmung gibt."

„Und deine Eltern, Olga", rief Annemarie. „Daran wird wohl die Sache scheitern."

„O", sagte Olga mit Stolz, „meine Eltern sind sehr vernünftige Leute."

„Die werden sagen", lachte Lucie, „was haben wir für eine unvernünftige Tochter."

Sie lachten schließlich alle und malten sich, wie junge Mädchen gerne tun, die Lage aus, wenn sie als Dienstmädchen einmal ausgeschickt, sich mit ihren Freundinnen treffen würden. Doch sie waren am Hause und mussten sich gleich trennen.

„Olga, mache keine Dummheiten", riefen die beiden Mädchen ihr nach, als sie nach oben enteilte.

„Kind, du glühst ja", empfing Tante Susanne die Nichte. „Du bliebst heute lange aus."

„Ich habe viel erlebt, liebe Tante. Von dem Abschied mit Margarete erzahlte ich dir schon. Wie ist sie edel!

Ihr ganzes Leben geht auf in dem Dienst des Herrn. O, wer sie nachahmen könnte!"

„Es bedarf nicht besonderer Dinge, um Gott wohlzugefallen. Wenn wir täglich Treue im Kleinen üben, in der Erfüllung unserer Pflichten, so sind wir dem Herrn angenehm. Es kommt nicht auf die Größe der Werke an, kein Werk macht uns vor Gott gerecht, sondern auf die Gesinnung, mit der wir alles tun. Wir können nicht alle Missionarinnen sein, aber es ist hier genug zu tun übrig, um unsern Mitmenschen zu dienen, ihnen ein Vorbild zum Guten zu sein."

„O, liebe, liebe Tante", rief Olga erregt, „du sprichst mir ganz aus der Seele. Wie danke ich dir für diese Worte! Sie zeigen mir, dass du ganz einverstanden sein wirst mit meinen Plänen."

„Was hat denn das Köpfchen sich wieder ausgeheckt?", fragte Tante Susanne erstaunt und streichelte die rot glühenden Wangen Olgas.

„Etwas ganz Sonderliches. Aber du musst mir gleich versprechen, dass du mir Erlaubnis gibst; bitte, liebe Tante, sage ‚ja'."

„Erst hören und prüfen", war Tante Susannes ruhige Antwort.

Olga begann nun in grellen Farben zu schildern, was wir bereits wissen. Am Schluss berichtete sie von dem kecken Ausspruch des einen Mädchens, von Fräulein Siemigs Ansprache an sie, als die Mädchen das Lokal verlassen hatten, und endlich kam Olga heraus mit dem, was ihr am Herzen lag. Sie umschlang die Tante und sagte schmeichelnd:

„Liebe Tante Susanne, gibst du deine Erlaubnis, dass ich den Mädchen mit gutem Beispiel vorangehe und selber einen Dienst annehme, natürlich nur für kurze Zeit. Worte helfen nichts mehr, die haben wir genug an sie verschwendet. Sie sind nicht alle wie Lina Jürß, man muss sie durch Handeln überzeugen."

Tante Susanne lächelte still vor sich hin und sagte nur:

„Mein liebes Kind, hast du dir überlegt, was alles damit verbunden ist? Was du aufgeben musst, um in eine andere Sphäre, in der du nicht geboren und erzogen bist, hinabzusteigen? Es ist ja für dich ungleich schwerer als für die Mädchen, sich in solche Verhältnisse zu fügen."

„Fräulein Siemig selbst hat sich entschlossen, es zu tun."

„Sie ist älter, erfahrener, reifer. Zudem hat sie weder Eltern noch Geschwister. Sie ist ganz auf sich selbst gestellt. Was würden deine Eltern sagen, die dich mir anvertraut haben, wenn ich dich als Magd in die Fremde gehen ließe? Nein, mein Kind, das schlage dir aus dem Sinne. Wir wollen die Zeit deines Hierseins treulich auskaufen; du hast schon manchen Nutzen von den Stunden hier gehabt, auch in der Musik hast du dich, dank dem guten Unterricht der Fräulein Müller, vervollkommnet. Häusliche Arbeiten kannst du, als Stütze deiner lieben Mutter, in Altenhorst genug tun. Deine Zeit hier muss so angewandt werden, wie die lieben Eltern es wünschen."

„Aber ich möchte so gern etwas recht Gutes tun. Und Fräulein Siemig hat es uns so beweglich vorgestellt. Sie sagt, nur durch Handeln könnten wir nützen; die Mädchen sagen sonst doch: Die Fräuleins haben gut reden, lasst sie selber dienen."

„Nun, jedenfalls müssen erst die Eltern in Kenntnis gesetzt werden von diesem sonderbaren Einfall; ich selbst muss mir die Sache nach allen Seiten hin reiflich überlegen“, meinte kopfschüttelnd die Tante. Sie glaubte bestimmt, dass die Eltern abschlägigen Bescheid geben würden. Es war also das Beste, es würde an diese geschrieben, dann war sie aller Verantwortung enthoben.

11. Rikas Geburtstag

In Altenhorst hatte sich der Frühling aufs lieblichste entfaltet. Eine Tannengrotte, unweit des Herrenhauses, war der Lieblingsplatz der Familie. Heute finden wir hier nur die zarte Elvira. Auf dem Tisch vor ihr lagen schöne Blumen, die die Jahreszeit spendete; sie vereinigte sie mit zartem Grün zu einem geschmackvollen Strauß, der sehr an Geburtstag erinnerte. Auf ihrem feinen Gesicht lag ein großer Reiz; sie gehörte zu jenen Wesen, die sich die Herzen im Sturm erobern. Aber fern lag es ihr, sich darauf etwas einzubilden; sie fand es so natürlich, dass jedermann sie lieb hatte; sie liebte ja auch alle Menschen, von Vater und Mutter an bis auf den kleinen Hofjungen und das niedliche Mariechen, das die Hühner versorgte. Welch ein lieblicher Junitag war es heute! Ein blauer, wolkenloser Himmel, die Sonne, die sich mehrere Tage versteckt hatte, leuchtete hell und klar, es könnte ein schöner Festtag werden – wenn nur eben Rika sich einmal feiern ließe. Aber alles fand sie für sich zu schön, allem wehrte sie ab und dadurch störte sie mitunter die Freude der Ihrigen. Ein wehmütiger Zug legte sich um Elviras Mund, als sie hieran dachte. Da knirschten hinter ihr Fußtritte im Kies, sie wandte sich erschrocken um, als aber die Gestalt hinter den Tannen hervorkam, übergoss eine freudige Röte ihr Gesicht und „Rudolf!“, rief sie, „das ist ja reizend von dir ausgedacht, heute zu kommen, um Geburtstag mit uns zu feiern. Uns fehlt an solchen Tagen Olga so sehr, sie weiß mit ihrem munteren Wesen alles zu beleben.“

„Darum habe ich mich heute von aller Arbeit losgemacht, Schwesterchen, Termine gab es nicht, also auf nach Altenhorst, dachte ich."

„Kommst du zu Fuß?"

„Natürlich. Es sind ja nur zwei Stunden bis A., und bei dem herrlichen Wetter ist es ein famoser Spaziergang. Ich muss doch Riekchen die Ehre antun, sie sorgt so treulich für mich und ist es wert, dass man sich ihretwegen einmal zeitig aus den Federn macht. Ich sehe, du windest Blumen für sie, ist die Bescherung noch nicht gewesen?"

„Die Eltern wollten sie bescheren, wenn der Vater zum zweiten Frühstück hereinkommt."

„Also um zehn", sagte Rudolf und sah nach der Uhr. „Jetzt ist es halb, kann ich dir beim Schmücken des Tisches behilflich sein?"

„Mutter und ich haben es schon besorgt, im roten Eckzimmer; ich wollte nur noch diesen Blumenstrauß holen, jetzt ist er fertig." Sie schlang ein rosaseidenes Band herum, schüttelte sich die losen Blätter von der Schürze, säuberte den Tisch von den Überbleibseln und ging am Arm ihres Pflegebruders ins Haus.

„Das ist ja ein reicher Geburtstagstisch", sagte dieser, als er sah, mit wie vielen Gaben der Liebe er geschmückt war. Leise und verstohlen schob er unter den Kleiderstoff ein Etui, während Elvira die Blumen in eine Vase, die schon mit Wasser gefüllt dastand, hineinsteckte.

„Nun will ich aber die Eltern begrüßen, Mutterchen ist doch in der Küche? Ist Rika auch da?"

„Letztere ist hinaufgegangen, um sich anzuziehen. Mutter wird wohl irgendwo im Hause oder in den Wirtschaftsräumen sein."

„Ich werde sie mir suchen."

Um 10 Uhr stand Rudolf mit seinen Eltern im Eckzimmer, Elvira war gegangen, Rika zu holen. Jetzt kamen sie. Riekchen hatte den Arm um die viel kleinere Schwester geschlungen. Ein leichtes, himmelblaues Sommerkleid umschloss die schlanke Gestalt, ein weißgesticktes Schürzchen zu Ehren des Tages hatte die sonst praktische, dunklere heute verdrängt. Das schöne, nussbraune Haar war leicht zurückgeschlagen und hinten in dicken Zöpfen aufgesteckt. Die dunklen Augen, die für gewöhnlich einen melancholischen Ausdruck hatten, glänzten heute heller und freundlicher, sie verliehen dem Gesicht einen Reiz, den man für gewöhnlich darauf vermisste.

„Rudolf, du hier? Das ist ja eine große Überraschung", rief sie.

„Nun, ich wollte meinen, wenn man so nahe wohnt, wie ich jetzt, da kann man schon zum Geburtstag der Schwester kommen. Wenn nur unsere Olga auch dabei wäre!"

„Ja, sie fehlt an allen Ecken und Enden", rief Frau Stark. „Es wundert mich, dass noch kein Brief von ihr da ist."

Riekchen bewunderte den schönen Geburtstagstisch, freute sich über alle erwünschten Gaben der Eltern, meinte aber, es sei alles viel zu schön für sie.

Nach dem Essen begaben sich die Eltern zur Ruhe, auch Elviras Gesundheit erforderte es, dass sie sich ein Stündchen auf ihr Zimmer zurückzog. Rudolf ging in den Garten und Rika, die heute aller Pflichten enthoben war, begab sich ins Eckzimmer, um sich an ihrem reich geschmückten Geburtstagstisch zu erfreuen. Sie nahm die hübsche Zeichnung ihres Hauses, die Elvira so gut gelungen war, in die Hand und sah sie prüfend an. Dann glitten ihre Finger über den feinen Stoff, den die Eltern ihr gespendet hatten; doch was war das? Als sie das Kleid ein wenig hob, sah sie darunter verborgen ein kleines Etui stehen, das sie heute Morgen nicht bemerkt hatte. Sie zog es hastig heraus, doch wer beschreibt ihr Erstaunen, als sie beim Öffnen desselben eine reizende kleine goldene Uhr entdeckte. Ein weißer Papierstreifen, der darunter lag, ließ sie erröten, Tränen kamen aus ihren Augen, als sie die mit fester Hand geschriebenen Worte las. Sie stand eine ganze Weile wie erschrocken da, dann lief sie, das Etui in der Hand, durch die Glastür in den Garten und fand, wie sie vermutet hatte, Rudolf, lesend in der Tannengrotte. Aber er schien mit seinen Gedanken nicht sehr beim Inhalt des Buches zu sein, denn jeden Augenblick sah er auf, als erwarte er jemand vom Hause kommen.

Rika ging eilfertig mit erhitzten Wangen auf ihn zu und sagte nur das eine Wort: „Rudolf!“

„Hast du sie endlich gefunden, Schwesterchen? Den ganzen Morgen habe ich mich schon auf die Überraschung gefreut, aber die Uhr wurde nicht entdeckt.“

„Sie ist ja aber viel zu schön für mich, viel, viel zu schön.“

„Für dich ist nichts zu schön, Liebling.“

Er war aufgestanden und hatte den Arm um sie gelegt. „Es ist so schön heute, lass uns, während die andern schlafen, einen kleinen Spaziergang machen.“

Sie hatte sanft seinen Arm gelöst und ging mit ihm. Warum bedeckte heute ein tiefes Rot ihr Angesicht, als er sie „Liebling“ nannte, was er in früheren Jahren oft getan hatte, ohne dass es ihr Eindruck machte? Warum ließ sie es sich heute nicht gefallen, dass er den Arm um sie legte, während sie bis jetzt immer brüderlich und schwesterlich verkehrt hatten?

Sie gingen schweigend durch den Garten, er öffnete eine kleine Pforte, die in die Felder führte, und erst da, als er sich unbeobachtet glaubte, als sie beide allein waren, fand er Worte für das, was ihn schon lange bewegte.

„Rika, es muss heute heraus. Wir sind nicht Bruder und Schwester, wir sind nicht im Entferntesten verwandt. Früher hatte ich gegen euch Schwestern die gleichen Gefühle, seit einiger Zeit ist ein anderes Gefühl gegen dich erwacht; es ist nicht die brüderliche Liebe, eine andere Liebe brennt in meinem Herzen –"

„Um alles, Rudolf, höre auf, ich darf so etwas nicht anhören –"

„Warum nicht, Liebling? Die Eltern wissen um meine Liebe, sie wollen uns ihren Segen geben. Sage, kannst, willst du sie erwidern?"

„Ich kann nicht", sagte sie tonlos, alle Röte war aus ihrem Gesicht gewichen und hatte einer Blässe Platz gemacht.

„Und warum nicht? Ich habe eine ehrenvolle Stellung; in einigen Jahren kann ich wahrscheinlich in dieser unserer Nachbarstadt Amtsrichter werden. Genügendes Auskommen ist vorhanden, nun möchte ich gern eine Frau haben." Er sah sie bittend an. „Willst du nicht mein liebes Frauchen werden? Sage ja!"

„Ich kann nicht, Rudolf. Ich bin nicht wert, dass ein so großes Glück über mich kommt. Wenn du mich genauer kenntest, du würdest es auch sagen."

„Ich kenne dich ganz genau. Eine verschlossene Natur warst du immer, aber gerade das hat mich angezogen. Deine letzte Antwort macht mich sehr glücklich; ich sehe daraus, dass du mich auch liebst. Die Liebe wird und muss deine Verschlossenheit besiegen. Du wirst dich mir erschließen, das hoffe und glaube ich."

Ihr Angesicht trug wieder den traurigen, melancholischen Ausdruck. „Ich kann nicht, Rudolf, alles Bitten und Drängen hilft nichts. Gott wird dir eine Gefährtin zuführen, die deinen Lebenspfad erhellt, ich kann es nicht. Auf meinem Leben liegt ein Schatten, ein dunkler Schatten. Lass uns umkehren und nicht weiter hiervon sprechen. Es kann und wird nie geschehen. Dort kommt Elvira, sie sucht uns."

Elvira, das Sonnenkind, kam ihnen entgegen. Sie rief schon von weitem: „Wo steckt ihr eigentlich, ich habe euch schon überall gesucht." Als sie näher kam, sah sie verwundert zu Rika auf. „Am Geburtstag in Tränen?", sagte sie. „Rudolf, du hast ihr doch nichts getan?"

„Nein, sie hat mir etwas getan", sagte er kürzer, als es sonst seine Art war Elvira gegenüber. „Du neckst sie oft", sagte Elvira harmlos, „und hast es heute wohl etwas arg gemacht. Es sind Briefe von Tante Susanne und Olga da. Aber was für Briefe! Kommt nur, ihr sollt alles hören."

Der Tisch war in der Tannengrotte gedeckt. Das Hausmädchen, das sich, wenn die Töchter nicht da waren, geschickt im Bedienen zeigte, brachte eben den Geburtstagskuchen und die Kaffeekanne. Die Eltern hatten schon Platz genommen, sahen aber beide etwas verstört aus. Sie nahmen wieder die vor ihnen liegenden Briefe und lasen sie kopfschüttelnd.

„Wo bleibt ihr beide?", rief Herr Stark, und die Mutter, welcher Rikas Aussehen auffiel, fügte hinzu: „Du hast wohl schon gehört, Riekchen, was Olga uns für Streiche spielt in der Stadt?" Rika verneinte es.

„Sie will sich in der Hauptstadt als Dienstmädchen verdingen. Als ob wir sie deshalb zur Tante gegeben hätten!"

„Lass das Mädel, Mutter. Lass sie sich die Hörner ablaufen. Schließlich kann es ihr ja nicht schaden, wenn sie sich im Dienen übt. Susanne scheint nicht ganz abgeneigt, sie gewähren zu lassen; sie verspricht, über sie zu wachen, ihr Schutz zu sein", meinte Herr Stark.

„Der Zweck ist allerdings ein ganz edler. Einige junge Mädchen wollen nämlich", wandte Frau Stark sich an Rudolf, „den Mädchen aus den untern Ständen, die das Dienen für eine Erniedrigung halten, ein gutes Beispiel geben, aber ich finde doch, unsere Olga brauchte nicht gerade diejenige zu sein."

„Lass mich gehen, Mutter", rief Riekchen erregt, „Olga kann nach Hause kommen und dir helfen; ich bin älter, erfahrener und mich kennt niemand dort."

„Damit würde Olga nicht einverstanden sein –"

„Ich auch nicht", brummte Rudolf, der bei dieser Äußerung Riekchens ein unzufriedenes Gesicht aufgesetzt hatte. „Wir wollen uns die Sache bis morgen überlegen, Kinder", sagte Herr Stark. „Vielleicht fahre ich selbst einige Tage nach M., um Susanne zu besuchen und mich nach unserm Krauskopf umzusehen. Was mögen in dem Köpfchen für wunderliche Gedanken herumspuken."

„Tante Susanne äußert sich sehr zufrieden über Olga. Sie rühmt ihr einfältiges Herz, ihren reinen Sinn. Sie meint, wir könnten sie getrost eine Zeit lang zu fremden Leuten geben, sie würde sich schon durchfinden. Wenn ich gewiss wäre, dass ihr Beispiel wirklichen Einfluss auf die Gesinnung der übrigen Mädchen hätte, so wollte ich mein Jawort geben", fügte die Mutter hinzu.

Das Gespräch drehte sich wieder einmal um die Leutenot. „Ja", meinte Herr Stark, „wir Landleute denken, wir sind übel dran, weil alles vom Lande in die Stadt zieht. Aber die Städter haben auch ihre Not, wie man sieht. Du stecktest ja vor einiger Zeit selbst tief drin, Mutter, als dir alle deine Mädchen fortliefen. Jetzt hast du wieder vernünftige Leute. Sie merken bald, dass du es gut meinst und dass sie etwas bei dir lernen können. Lina Jürß hätte auch besser getan, sie wäre in Altenhorst geblieben."

„Ich gönne es der liebenswürdigen Familie, die sich Olgas so freundlich annimmt, dass sie auf diese Weise zu einem guten Dienstmädchen gekommen ist. Lina gehört zu den Vernünftigen, da sie von ihren hohen Ideen zurückgekommen ist."

„Das Rechte zu treffen, war doch wohl nicht so schwer. Der Vater war abgereist, sie saß in der fremden Stadt und fühlte, dass sie im Laden nimmer zurechtkommen würde; der Kaufherr wusste, seine Frau bedürfe dringend einer Hilfe, also sie mitnehmen und in seinen Dienst stellen, war nicht schwer."

„Olga hat auch mitgewirkt", warf Elvira ein, „sie schrieb mir, dass ihre Überredungskunst das Mädchen willig gemacht habe, zu bleiben."

„Wir wollen doch jetzt die Mädchengeschichten lassen und von etwas anderem reden", rief Rudolf ungeduldig. „Meine Zeit ist bald abgelaufen, ich muss an den Heimweg denken. Olga hätte nur ihre dummen Einfälle lassen sollen; sie verdirbt uns den ganzen Tag."

„Wir haben, meine ich, alle keine Geburtstagsgesichter heute", sagte Frau Stark und sah Rudolf forschend an.

„Und die Sonne scheint so schön aus heiterem Himmel, die Blumen duften und blühen so herrlich um uns her; wir könnten doch alle recht froh sein. Ich werde euch ein hübsches Lied vorspielen, dann müsst ihr aber schnell frohe Gesichter machen."

Damit lief Elvira durch die nahe Glastür, und bald ertönte unter Klavierbegleitung das Gerhardtsche Sommerlied:

„Geh' aus, mein Herz, und suche Freud'."

„Unsere Kleine trifft immer den Nagel auf den Kopf", sagte der Vater und summte leise das Lied mit.

„Komm, Rika, wir wollen mit Elvira singen."

Rudolf streckte ihr die Hand hin, sie errötete, stand auf und ging mit ihm.

„Ich glaube, zwischen den beiden ist etwas nicht in Ordnung", bemerkte leise die Mutter; „ich vermute, Rudolf hat gesprochen –"

„Und sie will natürlich nicht", brummte der Vater, „das Mädel hat einen Kopf, damit kann man Wände einrennen."

„Du bist oft hart gegen sie, Vater."

„Ich kann dies gedrückte Wesen nicht leiden. Warum sind denn die andern Mädel frisch und vergnügt, wir tun ihr doch wahrlich nichts zuleide."

Sie sangen miteinander ein Lied nach dem andern. Rudolf hatte eine hübsche Tenorstimme, er schien aber mit seinen Gedanken nicht dabei zu sein. Als ein Lied zu Ende war und Elvira im Notenheft blätterte und etwas suchte, flüsterte Rudolf Rika zu: „Nur einen Augenblick!“ Damit zog er sie in die Nebenstube.

„Riekchen“, sagte er, „kann ich denn nie erfahren, was es für ein Schatten ist, der auf deinem Leben liegt? Mir ist deine Rede von vorhin unverständlich. Du hast dieselbe Liebe von Eltern und Geschwistern wie wir. Ich wüsste nicht, dass dich je etwas betroffen hätte, das sich wie ein Schatten auf dein Dasein gelegt hätte. Und wenn es der Fall ist – ich will mit meiner Liebe den Schatten vertreiben, ich will dich auf den Händen tragen –“

„Bitte, Rudolf, lass mich“, bat Rika flehentlich, dabei hatte ihr Gesicht einen so ängstlichen, gequälten Ausdruck, dass Rudolf wirklich Mitleid empfand.

„Es ist vielleicht meine Anfrage zu schnell über dich gekommen; ich will warten, Rika, Tage, Wochen. Überlege dir, was ich gesagt, und dann gib mir eine klare, bündige Antwort.“

Sie nickte stumm, wiewohl sie wusste, dass die Antwort genauso ausfallen würde wie heute. Als sie abends in ihrer Stube allein war, legte sie den Kopf ans Fensterkreuz und weinte leise. Das Weh, das in ihrem Herzen war, konnte niemand lindern. Und wenn sie es heraussagte, wenn sie es offenbarte, dann würde es noch weit schlimmer. Dann würden sie sie alle verachten, ja, man würde mit Fingern auf sie zeigen. O, wenn dieses Schuldbewusstsein nicht wäre, könnte sie sich etwas Schöneres denken, als vereint mit Rudolf durchs Leben zu wandern? Sie war es sich jetzt bewusst, dass die geschwisterliche Zuneigung sich in herzliche Liebe verwandelt hatte. Sie hätte heute eine der glücklichsten

Bräute sein können, wenn eben der Schatten, der ihren Lebenspfad verdunkelte, nicht gewesen wäre.

Die Eltern hätten es ebenso gern gesehen, wenn Rudolf sich unter fernstehenden Mädchen eine auserkoren hätte. Da er nun vor einiger Zeit mit seinem Geheimnis herausrückte, suchten sie zuerst es ihm auszureden, als sie aber merkten, wie tief die Neigung zu Rika von seinem Herzen Besitz genommen hatte, versprachen sie ihm, ihren Segen nicht vorzuenthalten, wenn ihre älteste Tochter, nachdem sie ihr Herz geprüft, fröhlich ihr Jawort geben würde.

Sie blieben einstweilen noch im Unklaren, wie die Sache abgelaufen war, da Rudolf sich sehr bald verabschiedete und Riekchen sich, solange sie unten war, nicht anmerken ließ, dass sie ein Erlebnis gehabt.

12. Zustimmung

„Susanne, da bin ich. Grüß dich Gott, Schwester! Nun muss sich der alte Landmann doch aufmachen und in die Stadt kommen, wenn der Krauskopf uns Geschichten macht."

„Es hat das Gute, lieber Bruder, dass ich dich endlich, nach so vielen Jahren, einmal wiedersehe."

Herr Stark sah sich prüfend in den Räumen um. „Warum wohnst du aber gar so hoch oben? Ich glaubte, ich müsste in den Himmel steigen, eh' ich zu dir gelangte, da hätte ich mir doch ein besseres Heim ausgesucht. Puh, welche Hitze!" Er öffnete seinen Rock. „Susanne, du hättest müssen in der Vorstadt wohnen zwischen grünen Bäumen, oder hast du das in den englischen Fabrikstädten verlernt?"

Sie lächelte freundlich. „In England hatten wir ein gar schönes Heim. Das denke ich mir hier auch zu gründen. Aber man kauft doch nicht schnell drauf los, sondern prüft erst, ob einem Stadt und Gegend gefällt. Und dann"–, fuhr sie zögernd fort, „kam noch ein anderer Grund dazu, der mich bewog, mir ein ganz bescheidenes Heim zu suchen."

Er sah sie fragend an. „Ich kann es dir ja sagen, lieber Bruder. Wir haben uns wenig geschrieben, seit meines Mannes Hoffnungen fehlschlugen und er nach England ging, um sich dort eine neue Existenz zu gründen. Wenn ich schrieb, unterließ ich, von unseren Verhältnissen zu sprechen, da mein Mann es nicht liebte. Nur das weißt du, dass er eine kleine chemische Fabrik anlegte. Diese hat sich durch seinen rastlosen Fleiß und seine Ausdauer von Jahr zu Jahr vergrößert, so dass unsere Verhältnisse sich nicht nur gut, sondern sogar glänzend gestalteten. Als mein teurer Mann von mir schied, zog es mich wieder in die Heimat, sonderlich hierher, wo ich einen Teil meiner Jugendzeit verlebt hatte. Mein Mann hat mir freies Verfügungsrecht über unser Vermögen gegeben. Da wir kinderlos waren, so wünschte er, dass ich es an würdige Verwandte seinerseits und natürlich an dich und deine Kinder vererbe. Nun hatte sich in der Stadt bei den vielen Verwandten meines Mannes, ich weiß nicht wie, das Gerücht verbreitet, ich sei sehr reich. So wurde ich mit Freundlichkeiten überschüttet, man lud mich ein, trug mich auf Händen, erwies mir Gefälligkeiten aller Art. Aber groß war das Staunen, als man zuerst in mein Heim kam und große Einfachheit wahrnahm in Bezug auf Wohnung, Kleidung und Bewirtung. Ich lernte meine Leute kennen. Alle Verwandte, fern- und nahstehende, forderte ich auf, mich sonntags zu besuchen. Einige Male ist die Wohnung gedrängt voll gewesen, dann fing man an zu seufzen über die vielen Treppen, ich sah, man langweilte sich, weil man herausgefunden, dass ich nichts weiter sei als eine ärmliche alte Tante, von der nichts zu erwarten, nichts zu hoffen sei. Ich habe sie gern ziehen lassen. Die mich wirklich lieb haben, kommen nicht meines Geldes wegen; sie fühlen sich wohl bei mir und steigen gern die Treppen. Übrigens habe ich mir weiter draußen in der Vorstadt schon eine für mich passende Villa angesehen, der Besitzer zieht nächstens fort, dann wird sie restauriert, und ich nehme mit meinen beiden Kindern Besitz davon."

„Eines deiner Kinder will dir untreu werden!"

„Doch nur auf kurze Zeit; es soll ja nur ein Beispiel sein, lieber Bruder."

„Ich komme deshalb besonders, Susanne; was sagst du zu Olga?"

„Lass sie dienen, Hermann. Sie gibt den Mädchen ein Beispiel, das sein Gutes wirken kann. Wenn das Erheben über Minderbemittelte Neid und Erbitterung hervorbringt, so kann ein demütiges Sichherunterlassen Liebe und Bewunderung erzeugen. Wenn unser Herr sich erniedrigte und den Seinen diente, sollte uns das nicht reizen, in seine Fußstapfen zu treten? Wer dienen gelernt hat, wird einst herrschen und befehlen können."

Herr Stark nickte. „Du bist noch ganz die alte Susanne, man hört dir nur gern zu. Wann kommst du nach Altenhorst?"

„Ich hoffe in diesem Sommer, doch der Hauskauf und anderes wird mich wohl hier festhalten. Auch möchte ich Olga nicht ohne Anhalt in der Stadt zurücklassen; sie wird oft meines Rates bedürfen."

Jetzt kam diese aus der Stadt. Man hörte eine Tür gehen und gleich darauf ertönte ein frisches Singen.

„Nun, die ist bestimmt nicht verkümmert bei dir, Schwester."

Tante Susanne lachte. „Nein, sie hat die alte Tante lieb und ist gern hier. Sie gehört aber auch zu meinen Lieblingen."

„Kommt denn das Mädel nicht?"

„Sie legt nur ihre Sachen ab, wird gleich hier sein. Sie ahnt ja nichts von deinem Hiersein."

Jetzt kamen flinke Schritte. Die Tür öffnete sich, Olga stutzte und flog mit einem Schrei der Überraschung auf den Vater zu. „Vater, du hier?", rief sie unter Weinen und Lachen. „Ist Mutter auch gekommen und die Schwestern?“

„Das wäre eine schöne Geschichte. Wo sollte wohl Tante alle aufnehmen?“

Beschämt sagte Olga: „Freilich, daran dachte ich nicht; die arme Tante muss sich schon genug einschränken in der kleinen Wohnung und hat mich und Alfred auch da.“

„Findest du denn meine Wohnung so sehr eng, liebes Kind? Du hast bisher nie etwas geäußert.“

„Sie sieht mich nun, Susanne, und wird durch mich erinnert an unser großes Landhaus mit den geräumigen Zimmern.“

„Es gefällt mir so sehr bei meiner liebsten Tante“, rief Olga. „Die Zimmer sind groß genug und im Winter so gemütlich.“

„Und nun willst du hinaus in die Welt und Tante Susanne böswillig verlassen?“

„Nicht böswillig, liebster Vater, wir scheiden im besten Einvernehmen; nicht wahr, Tantchen?“

„Alle Mühe, die Tante sich gegeben, dich in Sprachen und wissenschaftlichen Dingen zu fördern, soll umsonst sein? Als was willst du dich denn verdingen, Kleine?“

„Es wird sich finden“, sagte Olga mit Würde. „Ich habe bei der guten Mutter viel gelernt, es ist ganz gut, wenn ich es in Anwendung bringe. Vater, ich darf doch?“

„Meinetwegen. Aber was du bist, das sei ganz. Wirf nicht nach acht Tagen die Flinte ins Korn. Aushalten musst du eine bestimmte Zeit. Deine Eltern haben dich nicht gezwungen, es ist dein eigener Wille. Gott helfe dir.“ Bei diesen kurzen, bestimmten Worten, die den

Vater kennzeichneten, wurde es Olga ganz feierlich zumute.

Damit war die Sache erledigt, wenigstens in Olgas Gegenwart. Vater und Tante besprachen allein noch allerlei, dann ging es zu Tisch. Der Sekundaner erschien mit einer höflichen Verbeugung und wurde freundlich von dem neuen Onkel angeredet: „Wenn Olga Cousine ist“, sagte Herr Stark, „muss ich ja der Onkel sein, wenn auch die Verwandtschaft schwer auszurechnen ist. Nun, Sekundaner, besuchst du uns einmal in Altenhorst? So ein strammer Bursche kann die Tour von der Station aus gut mit dem Rad machen –“

„Radeln?“, sagte Alfred, und sein Gesicht nahm einen schmerzlichen Ausdruck an. „Das ist es ja gerade, ich habe kein Rad, und meine Eltern haben so schrecklich viele kleine Kinder, die können mir keins kaufen.“

Als er später in seinem Zimmer war, flüsterte Tante Susanne dem Bruder zu: „Herr Dahlburg, ein entfernter Verwandter, der sich Alfreds sehr annimmt, hat mir verraten, dass Alfred an einer Preisschrift arbeitet. Für diesen Fleiß soll er belohnt werden. Bald ist sein Geburtstag, da bekommt er ein Rad von mir.“

Am Nachmittag schlug Herr Stark einen Ausflug ins Freie vor, „denn offen gesagt, Kinder, hier oben in der afrikanischen Hitze halte ich es nicht aus.“

Man sagte ihm, dass täglich Spaziergänge ins Freie gemacht würden, dass heute aber etwas Besonderes unternommen werden sollte. Die Tante ließ einen Wagen kommen, und hinaus ging es in Gottes freie Natur. Man ließ die Stadt weit hinter sich und kehrte in einem Waldrestaurant ein, wo es auch Herrn Stark wohl wurde.

„Am liebsten nähme ich dich gleich wieder mit, Kleine“, sagte er zärtlich, indem er sein Töchterchen umschlang; „ein gut Teil Frohsinn ist mit dir davongegangen, aber ein bisschen in der Fremde sein tut jedem Menschen gut und macht die Heimat umso lieber. In Jahresfrist bist du wieder bei uns, dann hast du erschrecklich viel Erfahrungen gesammelt, bist weise wie ein Großmütterchen.“

„Dann sitzt Mutter in der Sofaecke, und ich regiere mit Rika die Wirtschaft allein.“

Man verlebte einen angenehmen Nachmittag in dem schönen Wald. Der Vater hatte der Tante viel zu erzählen; sie mussten nachholen, was sie brieflich versäumt hatten. Spät abends kam man zurück. Der Vater, der in einem Gasthaus übernachtete und am andern Morgen früh abzureisen gedachte, nahm Abschied von Schwester und Tochter, ermahnte letztere, besonders vorsichtig zu sein in der Annahme einer Stelle, und wünschte ihr Glück auf den Weg.

Die Tante bat er, ein sorgsames Auge auf sein Kind zu haben. „Wir haben unsere Kinder nicht verwöhnt, sie einfach, streng und zur Demut erzogen. Sie durften sich nie besser dünken, als die Kinder unserer Leute, sonst würde Olga sich schwerlich jetzt entschließen, diesen Schritt zu tun. Wir halten es nicht für recht, jetzt zu sagen: ‚Das darfst du nicht, du bist zu vornehm dazu‘, das würde die frühere Erziehung zerstören. Also lassen wir sie gehen in Gottes Namen.“ Damit ging er, und als sein Töchterchen am nächsten Morgen aufstand, war er längst über alle Berge.

13. Eine unbedachte Äußerung

„Also wirklich, Olga, du bist entschlossen?", riefen Annemarie und Lucie, als Olga sie abholte zum Verein.

„Ich habe mich schon bei Fräulein Siemig gemeldet; sie ist sehr glücklich, eine Gefährtin gefunden zu haben. Wir hoffen, dass es auf die Mädchen den gewünschten Eindruck machen wird."

So geschah es. Als Fräulein Siemig ihre und Olgas Absicht kundgab, rissen die Mädchen Mund und Augen auf und starrten die beiden Damen an.

„Ihr glaubt es wohl nicht", rief Olga fröhlich, „passt nur auf, ihr werdet mich übermorgen um 11 Uhr auf dem Nachweisungsbüro in der Karlstraße treffen können, denn dorthin will ich gehen, um mich nach einer Stelle umzusehen, nur um euch zu zeigen, dass Dienen ein ehrenwerter Stand ist, einen andern Grund habe ich nicht. Ich werde mich aber freuen, wenn ich recht viele von euch dort finde."

Nun waren auch die Kecken auf den Mund geschlagen. „Aber", fuhr Olga fort, „wir bitten uns von eurer Seite strengstes Schweigen aus, ihr müsst uns fest versprechen, dass ihr uns nicht verratet."

Sie gaben willig das Versprechen, und eine unter ihnen sagte: „Fräulein, es wäre nicht nötig gewesen, wir wären auch so gegangen."

„Wie melde ich mich nur bei Fräulein Müllers ab, Tantchen", fragte Olga abends die Tante.

„Das hat sich glücklich abgewickelt. Ich ging hinüber, um deine Klavierstunden abzusagen, da du mich verlassen würdest, da fiel mir Fräulein Agathe gleich in die

Rede: ‚Wir dachten es schon, dass der Herr Vater sie gleich mitnehmen würde und dass sie keine Zeit hatte, uns Lebewohl zu sagen‘. Ich schwieg, später können wir ihnen ja die Aufklärung geben, wenn du wieder bei mir bist, liebes Kind.“

„Dass nur der Alfred nichts erfährt!“

„Er ahnt nichts, ist auch augenblicklich so sehr mit seinen eigenen Angelegenheiten beschäftigt, dass er nicht viel darüber nachdenken wird, was aus dir geworden ist. Wenn du fort bist, werde ich eine geeignete Stunde zu finden suchen, um mit ihm darüber zu sprechen, und ihm Schweigen auferlegen. Unsere alte gute Hanne ist eingeweiht; sie ist treu wie Gold und schweigt wie das Grab.“

„Hanne, Sie wissen also, dass ich nun auch in Ihren Orden trete“, sagte Olga später.

„Ich weiß es. Gott segne das liebe Fräulein. Ihr gutes Beispiel fängt schon an zu wirken. Ich war gestern Abend bei meiner alten Freundin, Frau Krüger. Sie ist arm, und sie wollte so gern, dass ihre Tochter in Dienst gehen sollte. Aber nein, hoch hinaus, Ladenfräulein oder Putzmacherin und dergleichen, nur nicht dienen. Wir haben uns so geärgert über das Mädel, besonders als sie an einem Abend aus dem Verein kam, böse darüber, dass ihr gesagt war, sie tauge nicht zur Verkäuferin, sie solle sich einen Dienst suchen. Gestern kam sie ganz kleinlaut und sagte ihrer Mutter, sie würde sich morgen eine Herrschaft suchen; zwei von den Fräuleins wollten selbst mittun, wenn die sich zum Dienen meldeten, könnte es nichts Schlimmes sein. Das hätten sie alle gesagt, es sei eine große Bewegung gewesen. Ich habe nicht gesagt, dass es mein Fräulein sei, aber, Fräulein Olga, ich vergesse es Ihnen nicht, dass Sie unsern Stand so hochhalten. Ich werde mitunter nach Ihnen sehen, das haben wir schon mit dem Herrn Vater und Frau Doktor besprochen. Wir werden schon alle aufpassen, dass Ihnen nichts Übles geschieht."

An diesem Abend schlief Olga nicht gleich ein, der Kopf steckte voller Gedanken. Würde sie morgen Abend noch hier sein oder, da so viel Nachfrage war, vielleicht schon in Stellung?

An andern Morgen begab sie sich in einfacher Kleidung nach dem Nachweisungsbüro.

„Damen sind in letzter Zeit genug dagewesen, aber Mädchen haben sich keine gemeldet", sagte Frau Braun, die das Büro hatte. „Heute Morgen aber sind Sie schon die dritte, es mag nun wohl wieder ein Umschwung kommen. Warten Sie, es gibt viele Herrschaften, die Dienerinnen suchen –." Sie nahm eben die Liste zur Hand, als es klopfte und eine vornehme Dame erschien, deren äußere Erscheinung einen angenehmen Eindruck machte.

„Ich bin in höchster Not wegen eines Stubenmädchens, das meinige ist plötzlich krank geworden und die Köchin kann die Arbeit nicht mit übernehmen."

„Hier ist jemand, der einen Dienst als Stubenmädchen sucht, gnädige Frau", sagte Frau Braun, auf Olga weisend.

Die Dame sah das junge Mädchen prüfend an. „Haben Sie schon gedient, liebes Kind?"

„Das nicht, gnädige Frau, aber ich verstehe die Arbeit, meine Mutter hat mich gut angehalten."

„Wie heißen Sie? Woher sind Sie?"

„Ich heiße Olga Stark und bin vom Lande."

„Vom Lande?“, sagte die Dame gedehnt, „da werden Sie wohl kaum in einen städtischen Haushalt passen.“ Sie musterte Olga wieder von oben bis unten. „Sie sehen nicht gerade aus, als ob Sie viel grobe Arbeit getan haben, aber die Landbewohner treiben hauptsächlich Feld- und Gartenarbeit.“

„Ich verstehe Stubenreinigen, mit Wäsche umgehen, Plätten und dergleichen. Aber ich will mich nicht aufdrängen, vielleicht finden gnädige Frau ein anderes, besseres Mädchen.“

„Ach, es gibt ja jetzt gar keine, man muss froh sein, wenn man irgendeines findet.“

Jetzt tat sich die Tür auf und vier Mädchen aus dem Verein erschienen auf der Bildfläche.

„Meine Güte“, sagte Frau Braun überrascht, „was ist denn das für ein Tag heute. So etwas habe ich lange nicht erlebt. Nun, da haben gnädige Frau ja die Auswahl.“

Die Mädchen sahen alle etwas rot und verlegen aus, als sie Fräulein Olga erblickten. Diese legte verstohlen den Finger auf den Mund, eine Warnung, sie nicht zu verraten.

Die gnädige Frau musterte sie alle nach der Reihe, aber Olga mochte ihr doch am besten gefallen, denn sie wandte sich wieder an diese und sagte: „Können Sie gleich bei mir eintreten? Darum ist es mir hauptsächlich zu tun.“

„Gewiss, gnädige Frau, heute Abend stehe ich zu Diensten.“

Es wurde nun die Geldfrage erörtert, und nachdem noch über die zu übernehmenden Pflichten gesprochen war, gab die Dame ihre Adresse an Olga, mit der Bitte, sie nicht sitzen zu lassen. Darauf entfernte sich Frau Geheimrat von Busch, so lautete Titel und Name, und Olga wartete noch ein wenig, um zu sehen, an welche Adressen die übrigen Mädchen sich wenden sollten; sie stand ihnen ratend und helfend zur Seite.

„Wir kennen uns nämlich“, sagte Olga zu der Stellenvermittlerin, „und helfen einander.“

„Ist schon recht“, sagte diese. „Das Geschäft macht sich heute.“

Als Olga auf die Straße trat, begegnete sie einigen andern, die auch in das Haus wollten. „Ich habe mich vermietet, ich gehe in das Haus einer Frau Geheimrat auf der Forststraße“, sagte sie munter und nickte ihnen zu. „Nun wollen wir sehen, wer am längsten aushält.“

„Sie tut es wirklich“, flüsterten sie einander zu. „Ich hätte es nicht geglaubt, ein solches Fräulein und dann in Dienst gehen!“

„Sie tut es ja nur, um uns Lust zu machen, wenn es ihr nicht zu gering ist, schadet es uns auch nicht. Kommt, wir wollen sehen, ob es nicht in der Nähe vom Fräulein Stellen gibt; ich möchte sie doch gern sehen, wie sie sich als ‚unsereins‘ macht.“ So hatte das Beispiel schon gewirkt, noch ehe die Tat zur Ausführung kam!

Befriedigt ging Olga nach Hause. „Alles in Richtigkeit, liebste Tante, heute Abend geht's fort.“ Mit diesen Worten betrat sie das Wohnzimmer und berichtete der Tante von ihren Erlebnissen.

Inzwischen kam Alfred triumphierend nach Hause. Er ging nicht, wie sonst, in sein Zimmer, sondern stürzte zur Tante mit den Worten: „Tante, ich habe ihn! Ich habe den Preis für eine Arbeit bekommen, ein schönes Geschichtswerk, sieh nur.“

„Das ist mir eine herzliche Freude, mein Junge; treue Pflichterfüllung bringt immer Lohn mit sich, und je fleißiger man arbeitet, desto mehr Freude hat man am Studium. Herrn Dahlburg hast du jedenfalls zu danken; er hat dir Lust zum Arbeiten gemacht."

„Ja, das ist ein famoser Mann, er weiß einem das Faulenzen so schimpflich zu machen, wie interessant sind die Spaziergänge mit ihm, er ist erschrecklich klug und weiß alles."

„Dann geh' nur so bald als möglich zu ihm und verkündige ihm dein Glück –."

„Er weiß es schon, ich habe auf ihn gewartet, als er aus der Mädchenschule kam und bin mit ihm nach Hause gegangen."

Alfred ging seine Bücher abzulegen, und Olga sagte sinnend zur Tante: „Dahlburgs sind doch eigentlich sehr glückliche Leute."

„Das sind sie, mein liebes Kind. Die alten Eltern haben nicht viel irdische Güter, aber der Sohn und die Tochter machen ihnen Ehre und Freude. Was für größere Reichtümer können Eltern wohl haben, als dass ihre Kinder im Glauben stehen und beide für das Reich Gottes arbeiten."

Olga lehnte sich an die Tante und sagte: „Ich möchte wohl Margarete ähnlich werden."

„Wir müssen nichts Absonderliches tun wollen, sondern still und demütig den Weg gehen, den Gott uns zeigt. Ich kann noch nicht einsehen, dass der Weg, den du einschlagen willst, ein von Gott gewollter ist. Aber deine Eltern und ich, wir haben unsere Zustimmung gegeben, also gehst du mit unserm Segen. Demütigungen werden dir nicht erspart bleiben, im Gegenteil, du ahnst nicht, wie viel und auf wie mancherlei Weise du gedemütigt wirst, aber wenn du treu deine Pflicht tust und durch dein gutes Beispiel andern Mädchen ein Vorbild sein kannst, so wird Gottes Segen nicht ausbleiben. Du wirst umso mehr den Wert des Elternhauses schätzen, wenn du aus der Fremde dahin zurückkehrst und ihnen als Tochter des Hauses dienst."

Tante und Nichte sprachen dann noch von nötigen Dingen, die besorgt sein mussten. Der Tante war die Familie des Geheimrats von Busch dem Namen nach bekannt, sie wusste nichts Nachteiliges über sie, ließ also die Nichte in Gottes Namen ziehen. „Bei uns", sagte sie, „kannst du jederzeit und zu jeder Stunde einkehren; wenn du des Rates bedarfst, wende dich an mich."

Niemand hatte bedacht, dass die Wände Ohren haben, weder Tante noch Nichte hatten in der letzten Zeit darauf geachtet, dass Alfreds Stube in nächster Nähe war und dass die Tür oft nicht fest geschlossen war. An demselben Nachmittag, als Tante Susanne mit Olga Einkäufe in der Stadt machte, sauste er davon, stracks zu Dahlburgs. Ziemlich unsanft fuhr er bei den alten Leuten in die Tür. „Ruhig, nicht so laut", bat das Mütterchen, „mein Mann ist nicht wohl, er ruht ein wenig im Lehnstuhl."

„Pardon", rief der feurige Jüngling, „ist Herr Dahlburg zu sprechen?"

„Er ist in seinem Arbeitszimmer." Alfred klopfte. „Herein!", rief eine wohlbekannte Stimme. Herr Dahlburg saß vor einem großen Haufen von Heften, um sie durchzusehen. „Was gibt's, junger Freund, nicht so stürmisch, wenn ich bitten darf."

„Ganz etwas Neues, Vetter Dahlburg. Denken Sie sich nur – nein, denken können Sie sich's nicht –"

Herr Dahlburg nahm seine Brille ab und sah den aufgeregten Jüngling fragend an.

„Sie kennen doch die Olga bei uns? Interessieren Sie sich für sie?"

„Warum denn nicht. Ist ja ein nettes Mädchen, was ist mit ihr?"

Alfred erzählte alles, was wir wissen, mit großem Pathos.

„Ist denn das wahr?", fragte Herr Dahlburg.

„Natürlich ist's wahr; ich habe feine Ohren, und als ich merkte, dass Verhandlungen im Gange waren, habe ich die Ohren gespitzt und weiß von allem genau Bescheid."

Herr Dahlburg putzte seine Brille und sagte erst gar nichts. Auf einmal entfuhren ihm die Worte: „Überspanntes Frauenzimmer!"

„Nicht wahr? Verrückt! Das sage ich auch", stimmte Alfred bei. Herr Dahlburg putzte noch immer an der Brille und schüttelte den Kopf. Plötzlich rief er: „Sag' einmal, mein Junge, hat dich jemand beauftragt, mir dies zu berichten?"

„Um alles in der Welt nicht. Es soll tiefstes Geheimnis bleiben."

„Und dann kommst du her und plauderst es hier aus? Du bist ja gar kein Sekundaner!"

„Mir ist nichts gesagt und nichts verboten. Ich habe, was ich weiß, zufällig gehört, und dachte, es würde Sie interessieren. Gegen einen Menschen musste ich mich aussprechen."

„Nun, dann rate ich dir, jetzt darüber zu schweigen."

„Das versteht sich doch von selbst. Ich wollte nur einmal sehen, was für ein Gesicht Sie dazu machen."

„Beinahe hätte Herr Dahlburg über den Jungen gelacht. „Bei wem hat sich denn die junge Dame vermietet?"

„Bei einer Familie von Busch in der Forststraße."

„Dort!", rief Herr Dahlburg, „aus der Familie habe ich zwei Mädchen in meiner ersten Klasse. Ich verkehre mitunter dort, es ist möglich, ich sehe das Fräulein einmal in seiner neuen Stellung."

„Lassen Sie sich aber nichts merken, dass ich es Ihnen gesagt habe, liebster Vetter."

„Im Gegenteil, jetzt ist's mir lieb. Hätte ich nichts geahnt, hätte ich das Fräulein sehr in Verlegenheit setzen können, wenn ich bei Geheimrats Besuch mache. Nun werde ich mich vorsehen. Doch, du wirst zu arbeiten haben, Vetter, und ich", er deutete auf den Haufen vor sich, „habe auch zu tun, wie du siehst. Adieu, Vetterchen, Sonntag Nachmittag machen wir einen Bummel zusammen, was?"

Alfred beugte sich über den Haufen Bücher und sagte interessiert: „O, Mädchenhefte, darf ich hineinsehen?"

„Das ist bei Strafe verboten. Schülerhände dürfen sich nicht dran vergreifen. Du willst ja überhaupt nichts mehr mit Mädchen zu tun haben, also –"

„Sind mir alle sehr gleichgültig! Können mir alle gewogen bleiben! Vetter, glauben Sie, ob die Tante mir noch einmal ein Rad schenken wird?"

„Wenn ich Tante Susanne wäre, würde ich es erst tun, wenn du dein Abiturium glücklich bestanden hast. Aber, Vetterchen, wirklich, nun lass mich allein."

„Sie sind gerade nicht sehr höflich."

„Weil mir die Zeit auf den Nägeln brennt. Aber, nenne mich nur auch du, wir sind ja doch ein bisschen verwandt."

„Dazu habe ich jetzt noch zu viel Respekt. Wenn ich Ihnen im Alter erst ein bisschen näher gerückt bin, dann erlaube ich es mir wohl. Jetzt noch nicht. Adieu, Vetter."

„Adieu, mein Junge, gehab' dich wohl."

14. Im Dienst

Am Abend desselben Tages zog Olga ein. Tante Susanne und Hanne begleiteten sie. Es war ziemlich entfernt, in einem ganz andern Stadtteil, aber umso besser, hier war sie ganz unbekannt.

„Gott behüte dich, liebes Kind. Er wende alles zum Besten.“ Mit diesen Worten schloss Tante Susanne sie in die Arme. Hanne drückte ihr die Hände und übergab ihr ein Paket, das die nötigsten Sachen enthielt. Der Koffer sollte später von einem Dienstmann gebracht werden.

Frau Doktor sah ihr nach, als sie leichten Schrittes ins Haus schlüpfte. Dann sah sie nach den erleuchteten Fenstern im ersten Stock und wandte sich mit Hanne dem Heimweg zu.

Inzwischen hatte Olga die breite, hell erleuchtete Treppe erstiegen und läutete. Es wurde sofort geöffnet von einer jungen Dame, die sie mit den Worten empfing: „Sie sind gewiss das Mädchen, welches meine Mutter heute Morgen angestellt hat. Mutter, das Mädchen ist hier.“

Es durchzuckte Olga recht, als die junge Dame, mit der sie sich auf gleicher Stufe wähnte, in diesem Ton mit ihr und von ihr sprach. Doch das hätte sie sich vorher sagen können. Jetzt hieß es: Wer A sagt, muss auch B sagen; nun durch!

Die Frau Geheimrat erschien, gefolgt von zwei größeren, noch nicht erwachsenen Mädchen, die sie mit neugierigen Augen musterten.

„Olga, so war ja wohl der Name, Olga, hier ist Ihr

kleines Zimmer, legen Sie Ihre Sachen ab und machen Sie sich häuslich, dann will ich Ihnen Ihre Pflichten und Arbeiten, die Sie zu verrichten haben, klarmachen. Kommen Sie nur, wenn Sie fertig sind, in das Zimmer, welches da offen steht."

Olga betrat ein kleines, schmuckloses Zimmer und packte das Mitgebrachte aus. Frau Geheimrat sah wieder hinein.

„Liegt Ihnen daran, mit der Köchin zusammenzuschlafen? So kann das Nähmädchen dies Zimmer haben. Aber die beiden sind sehr befreundet und haben mich gebeten, sie zusammenzulassen."

„Ich danke sehr, gnädige Frau, ich bleibe gern allein."

„Das Mädchen hat etwas außerordentlich Angenehmes, gar nicht das Ungeschickte, was die Mädchen vom Lande oft mitbringen. Im Gegenteil, sie ist zierlich –"

„Und hat etwas sehr Anständiges", fügte die älteste Tochter hinzu. „Auch sieht sie niedlich aus. Mutter, du hast Glück gehabt –"

„Wollen es hoffen. Der Schein trügt nur zu oft."

Olga fand sich bald in dem Hause zurecht. Die Frau hatte etwas Ruhiges, Verständiges. Sie verlangte nicht zu viel von ihren Untergebenen und merkte bald, dass Olga die feine Stubenarbeit nicht nur gut verstand, sondern auch ordentlich und gewissenhaft besorgte; das hatte sie von der strengen Mutter früh gelernt. Nur das Leben mit der Dienerschaft, die sie natürlich für ihresgleichen hielt, wurde ihr anfangs schwer, aber der Gedanke, dass es einem guten Zweck galt, stärkte und belebte sie.

„Wo sind Sie eigentlich her, Olga?", fragte die Köchin neugierig.

„Vom Lande, Marie“, antwortete Olga freundlich. „Dort ist’s zur Sommerszeit schön.“

„Ja, besser als in der dumpfen Stadt. Ich bin eigentlich auch vom Lande, aber es ist ja viel gebildeter, in der Stadt zu dienen, auf dem Lande ist nicht viel los. Kommen Sie sonntags auch mit uns?“

„Ich werde wohl mitunter eine Tante besuchen, die weit draußen in der Vorstadt wohnt“, entgegnete Olga.

„Viele Mädchen gehen jetzt in die Vereine, aber da muss es langweilig sein, da wird ja nicht getanzt.“

„Trotzdem geht es dort sehr munter und vergnügt zu. Kommen Sie nur einmal mit, es wird Ihnen schon gefallen.“

„Ach, Sie sind auch eine, die dort hingeht“, sagte die Köchin gedehnt. „Na, ich will mir’s einmal überlegen, vielleicht gehe ich mit. Warum ziehen Sie sich morgens immer so düster an, Olga?“

Olga lachte. „Es ist nur ein praktisches Kleid zur Arbeit, meine Mutter liebte es nicht, wenn wir in hellen Blusen Hausarbeit machten.“

„Die Mädchen tun es jetzt aber alle; sie sehen einen für nichts an, wenn man so ein dunkles Kleid anhat.“

„Aus den andern Mädchen mache ich mir nichts, wenn ich nichts Böses tue. Ich hüte mich nur, ihnen ein böses Beispiel zu geben.“

Die Köchin sah Olga verwundert an und meinte später zum Nähmädchen: „Das scheint eine ganz Aparte zu sein, die macht sich aus gar nischt nichts.“

Als Olga am ersten Morgen Staub wischte in Geheimrats Salon, sah sie gegenüber die Fenster geöffnet und jemand energisch, mit einem Besen bewaffnet, die Stuben kehren. Der Jemand kam ihr bekannt vor; sie sah näher hin und erkannte – Fräulein Siemig. Also, die war hier auch gestrandet! Da hatte sie doch eine teilnehmende, mitfühlende Seele. Auch diese ihre Gefährtin war, der Arbeit entsprechend, mit einem praktischen Kleid angetan und schien in ihre Aufgabe vertieft. Olga blieb ein Weilchen am offenen Fenster stehen und räusperte sich. Fräulein Siemig sah auf und erkannte sie.

Sie nickte ihr freudig zu, anders konnte sie ja ihren Gefühlen keinen Ausdruck geben. Aber das Bewusstsein, einander nahe zu sein, war ein großer Trost für sie.

Am Abend – sie hatte abgedeckt und die Speisen weggesetzt, sie hatte in den Schlafgemächern alles in Ordnung gebracht, und Frau Geheimrat hatte gesagt, wenn sie allen Pflichten genügt habe, gehöre der Abend ihr – versuchte sie, zu Fräulein Siemig zu gelangen. Sie traf sie drüben schon auf der Treppe.

„Ich wollte eben zu Ihnen, Olga. Es ist aber ein so schöner Abend, lassen Sie uns ein wenig in den Anlagen auf- und abgehen. Nennen Sie mich bitte Luise, oder noch besser, wir wollen uns ‚du' nennen, wir sind ja in gleicher Lage."

Sie teilten sich mit, wie sie es getroffen, dass es ihnen leidlich gehe und dass sie hofften, die kleine Probe gut zu überstehen.

„Die Mädchen sind heutzutage alle bemüht, höhere Stufen zu erklimmen; sie suchen den Beruf der Frau ganz woanders als wir beide", sagte Luise Siemig. „Wir sind einige Stufen hinuntergestiegen; es wird uns wohl nicht schaden, und Leute, die Anstoß daran nehmen könnten, sind nicht vorhanden. Also, nun wollen wir versuchen, mit Gottes Hilfe einen guten Einfluss auf die mit uns Dienenden auszuüben."

Sie trafen denselben Abend noch zwei Mädchen aus ihrem Verein, die in der Nähe Stellen angenommen hatten. Sie begrüßten sie, erkundigten sich freundlich nach ihrem Ergehen und ermahnten sie, treu, gewissenhaft und willig zu sein.

„Wir haben doch schon mehrere durch unsere Handlungsweise überwunden, ich denke, es wird noch andere nach sich ziehen“, sagte Fräulein Siemig im Weitergehen zu Olga, während die andern Mädchen flüsterten: „Es ist wirklich viel von den Damen, dass sie das getan haben.“

„Ja“, sagte eine andere, „ich habe nur deswegen den Dienst hier angenommen.“

Nach einigen Tagen, es war noch ziemlich früh, die Köchin war zum Bäcker gegangen, war Olga in den Zimmern beschäftigt, da hörte sie gedämpfte Schritte auf dem mit Teppichen belegten Korridor. Sie sieht hinaus; wer beschreibt ihr Erstaunen, als sie Alfred vor sich sieht.

„Guten Morgen, Olga, ich wollte nur einmal sehen, wie es dir geht.“

„Aber, Alfred, wer hat dir denn gesagt, dass ich hier bin? Mach, dass du fortkommst, du setzest mich in die größte Verlegenheit.“

„Ich wollte dir nur sagen, dass die gute Tante mir ein Rad geschenkt hat. Damit bin ich hergesaust, nun geht's in die Schule, hurra!“

„Alfred, woher weißt du –“

„Nun, ich habe alles durch die Tür gehört, ich weiß es schon lange –“

„Aber du schweigst doch wohl, du plauderst es nicht aus?“

„Keinem Menschen hab' ich's gesagt, außer –"

„Außer – was! Du hast es doch etwa jemandem gesagt?"

„Nur dem Vetter Dahlburg. Er sagt, du bist ein überspanntes Frauenzimmer, und ich finde diese Idee auch höchst sonderbar –"

„Nicht so laut, Alfred; die Herrschaften schlafen noch. Nur zwei Mädchen, die zur Schule gehen, sind beim Ankleiden. Aber, nun geh', bitte. Ich bin böse auf dich. Es ist schändlich von dir, mich anzugeben."

„Ich hab' mir nichts Böses dabei gedacht. Du fehlst mir aber bei der Tante, komm bald wieder."

Jetzt ließen sich die Tritte der heimkehrenden Köchin vernehmen. „Alfred, du machst, dass du hinauskommst, sonst –"

„Wollte nur einmal sehen, wie du dich als Zofe machst.

Adio!" Er eilte von dannen, traf aber in der Tür mit der Köchin zusammen.

„Wer war der hübsche Schüler, der an mir vorbeirannte?", sagte diese.

„Ein Bekannter von mir."

„Ach, gewiss der Sohn einer früheren Herrschaft. Die Kinder von Doktors, wo ich früher diente, besuchen mich auch noch mitunter. Kinder und junge Leute haben immer eine große Anhänglichkeit." Mit diesen Worten ging sie in die Küche, und Olga besorgte ihre Arbeit weiter. Sie war böse auf Alfred, dass er geschwatzt hatte. Diese Äußerung von Herrn Dahlburg war ihr nicht gleichgültig. Sie wiederholte sich noch einige Male, was er gesagt; es nahm ihre Gedanken ein; sie musste sich in Acht nehmen, dass sie nichts vergaß an diesem Morgen. „Ein überspanntes Frauenzimmer!“, das war der Lohn für alles, was sie aufgegeben hatte. Eine große Demütigung, fürwahr! Sie hatte gemeint, die moderne Frau mit ihren hochfliegenden Ideen könnte man eher so nennen. Aber wenn ein Mädchen sich für kurze Zeit unter die Dienenden mischt, sich ihnen gleichstellt, um sie willig zu machen, das kann man doch nicht überspannt nennen. Dieser Gedanke beherrschte sie so, dass sie beschloss, mit aller Macht dagegen anzukämpfen. Sie lief in ihre Stube und las noch einmal die Betrachtung, die für den heutigen Tag vorgeschrieben war. Eine Stelle, die ihr besonders gefallen hatte, lautete: „Darum ist der dienende Stand kein geringer Stand, sondern, wenn er nur im Geiste Christi angesehen wird, ein ehrenvoller, seliger Stand. Wenn wir um Christi willen willig dienen, so tun wir ein Gotteswerk und werden einst dafür Gottes Lohn empfangen. Sehen wir unser Dienen an als einen Dienst, nicht Menschen, sondern Gott getan, dann wird alle unsere Arbeit, auch die geringste, unscheinbarste, groß und wichtig in diesem Lichte.“ Sie schlug das Buch zu, denn sie wurde gerufen. Getröstet ging sie von dannen.

„Olga, plätten Sie mir dies weiße Kleid“, bat Fräulein Luise, die älteste Tochter des Hauses. „Ich habe eine Einladung bekommen und habe das Kleid erst einmal getragen. Ich denke, es geht noch, wenn es aufgeplättet wird.“ Olga traf die nötigen Vorkehrungen. Es war keine leichte Arbeit, denn es gab viele kleine Säume und gekräuselte Spitzen, aber sie machte alles zur Zufriedenheit des gnädigen Fräuleins. Diese sagte sogar: „Ei, das haben Sie hübsch gemacht, so gut verstand es die Minna nicht.“.

Während des Plättens überdachte sie das Gelesene und nahm sich vor, sich nicht irre machen zu lassen durch die überbrachte Äußerung. Wenn Herr Dahlburg, den sie hoch verehrte, von ihr geringschätzig dachte, so musste sie es demütig ertragen. Tante Susanne hatte sie ja darauf vorbereitet, dass Demütigungen ihr nicht erspart bleiben würden. Hatte sie sich etwas eingebrockt, so musste sie es ausessen. Sie wollte sich nur hüten, gedankenlos zu sein, es gab viel zu merken in dem feinen Haushalt. Das Nähmädchen, welches zugleich als Jungfer die persönliche Bedienung der Damen hatte, musste auch mitunter bei der Hausarbeit helfen; Olga war froh, dass sie mit dem Frisieren nichts zu tun hatte, dazu, meinte sie, fehlte ihr Übung und Geschick.

So eilte die Zeit schnell dahin, ein Tag reihte sich an den andern, eine Woche verdrängte die andere.

„Nun gibt's bald Ferien“, riefen eines Tages die jungen Mädchen, die auf sehr gutem Fuß mit Olga standen. „Olga, Sommerferien! Wir reisen zur Großmama. Aber, denken Sie sich nur, unser liebster Lehrer geht fort.“

„Wie heißt denn der?“, fragte Olga.

„Nun, doch Herr Dahlburg! Wenn Sie den kennten, Olga! Ein entzückender Lehrer!“

„Ein süßer Mensch“, fügte die andere hinzu und himmelte. „Wir schwärmen nämlich alle für ihn.“

„So“, sagte Olga, „da lässt er Ihnen wohl alles durchgehen?“

„Nein, eben gar nicht, er ist furchtbar streng, aber so interessant!“

„Und sieht so reizend aus!“

„Nein, Lotti, er sieht immer sehr ernst aus. Aber wenn

er eine einmal freundlich anlacht, die ist acht Tage lang vergnügt darüber. Zu schade, dass er abgeht."

Mit diesen Worten eilten sie zur Mutter, um ihr auch die Trauerkunde zu überbringen. Sie bestürmten dieselbe, Herrn Dahlburg vor seinem Abgang noch einmal einzuladen. Dies geschah, aber leider erfolgte eine abschlägige Antwort, da der Herr an dem Abend schon anderweitig in Anspruch genommen war.

Einige Tage danach klingelte es. Olga eilte, zu öffnen. Sie erschrak, als sie Herrn Dahlburg gegenüberstand. Doch schnell entschlossen fragte sie: „Wen darf ich melden?"

Er hatte höflich den Hut abgenommen und antwortete schnell: „Pastor Dahlburg."

Fragend sah sie ihn an, aber nur einen Augenblick, dann ging sie, ihn anzumelden. Sofort stürzten seine beiden Schülerinnen heraus; entzückt über den Besuch und doch verlegen ihm gegenüber, baten sie ihn, näher zu kommen.

Olga seufzte erleichtert auf: „Das wäre überstanden." Da, nach wenigen Minuten, rief's: „Olga, bitte, schnell eine Flasche Wein und einige Gläser."

Sie musste, wohl oder übel. Aber nahe bei der Tür war ein Tischchen, dorthin stellte sie alles.

„Hierher, liebes Kind", rief die gnädige Frau. Doch schon kamen Lotti und Anni, bemächtigten sich der Flasche und der Gläser und sagten zu Olga: „Das wollen wir wohl besorgen."

Sie verließ das Zimmer, nicht ohne einen Seitenblick auf Herrn Dahlburg geworfen zu haben. Er schien sie nicht zu bemerken, denn er unterhielt sich sehr angelegentlich mit der Frau Geheimrat.

„Pastor Dahlburg? Ist er denn auf einmal Pastor geworden?“, fragte sie sich. „Auch gut; dann geht er natürlich fort, und ich habe nicht zu fürchten, ihn bei der Tante zu treffen. Seit ich weiß, wie er über mich denkt, mag ich ihm nicht wieder begegnen.“

15. Ein Ausflug

Olga hatte nicht gedacht, dass es so schwierig sein würde, zur Tante zu gelangen. An den freien Sonntagen widmete sie sich gern den Mädchen in diesem Stadtteil. Fräulein Siemig hatte es mit Olga besprochen, dass sie versuchen wollten, mit den jungen Mädchen Ausflüge zu machen.

„Gerade jetzt, wo wir unter ihnen leben, ist es am leichtesten, sie zu beeinflussen. Wenn sie von den Vereinsdamen aufgefordert werden, haben sie oft Entschuldigungen, sind verlegen und geben sich nicht, wie sie sind. Wenn wir nun diesen oder jenen Ort vorschlagen, so folgen sie uns williger, und wir verhindern, ohne dass sie es merken, dass sie zum Tanz gehen oder unerlaubte Dinge tun." Und so war es. Von ihresgleichen ließen sie sich überreden, mitzugehen. Fräulein Siemig hatte eine so köstliche Art zu erzählen und zu amüsieren, und Olga unterstützte sie darin treulich, sodass sie diese Ausgänge sehr liebten und sich immer mehr Anhängerinnen fanden.

„Nein, Olga", sagte eines Montags Geheimrats Köchin, „Sie verstehen es aber! So schön wie gestern hab' ich mich in meinem ganzen Leben noch nicht vergnügt, es war ja im Walde viel hübscher als in den Restaurants beim Bier. Und es bekommt auch viel besser, wenn man zur rechten Zeit nach Hause kommt und nicht die ganze Nacht durchtanzt."

So dachten nun freilich nicht alle, aber es war für Olga eine Freude und Befriedigung. Als nun Fräulein Siemig auch bestätigte, dass viele Mädchen von der irrigen Ansicht, Dienen sei eine Erniedrigung, bekehrt seien, meinte Olga, dann sei ja ihre Aufgabe eigentlich erfüllt.

„Für dich jedenfalls bald, Olga. Du hast Eltern und Geschwister und hast andere Pflichten."

„Ich möchte aber auch nicht stracks davonlaufen und meine Herrschaft in Verlegenheit setzen."

„Das meine ich nicht", war Fräulein Siemigs Antwort. „Aber es lässt sich das Verhältnis ja auf andere Weise lösen; du wartest natürlich, bis sich eine günstige Gelegenheit findet. Ich halte noch etwas länger aus. Ich stehe allein in der Welt, und die Arbeit an den Mädchen in dieser Weise macht mir Freude. Sie sind alle so zutraulich und nett; ich lerne sie viel besser kennen und gewinne mehr Einfluss auf sie, als wenn ich ihnen als Dame gegenüberstände."

„Dann willst du immer in dieser Stellung bleiben?"

„Nein, das nicht, aber vielleicht ein Jahr; ich will sehen, wie die Sache fortgeht."

Olga, welche ihre Tante bis jetzt nur auf Augenblicke gesehen hatte, war dennoch immer mit ihr in Verbindung geblieben durch die treue Hanne, die unbeirrt als altes Mädchen Olga besuchen konnte. Die letztere hatte den Vorzug, ein eigenes Stübchen inne zu haben, so fand sie oft abends, wenn ihre Arbeit getan war und sie in ihr Zimmer kam, die Alte ihrer harrend. Es fiel niemand auf; man hielt sie einfach für eine Tante oder Bekannte des Stubenmädchens. Sie sorgte treulich für Olga. War an der Kleidung etwas auszubessern, so nahm sie es mit und brachte es fertig zurück. Sie erzählte von der Tante, ging auch, wenn das Wetter schön war und es im Stübchen zu schwül, mit ihr in die Anlagen.

Es regte sich aber doch das Verlangen, einmal einen ganzen Nachmittag mit Tante Susanne zusammen zu sein. Fräulein Siemig hatte es übernommen, den nächsten Sonntag den Spaziergang mit den Mädchen zu leiten, so meldete Olga sich bei der Tante an. Als sie gegen drei Uhr an das Haus kam, hielt ein schöner Zweispänner vor der Tür; die Tante trat eben heraus mit Hanne, die einen verdeckten Korb trug. Olga flog ihr in die Arme.

„Mein liebes Kind", sagte sie mit mütterlich zärtlichem Tone, „wir wollen ein wenig ausfahren, um den köstlichen Sommertag ordentlich zu genießen." Sie stieg ein und winkte Olga, neben ihr Platz zu nehmen. Dann strich sie mit der weichen Hand über ihre heißen Wangen und sagte mit besorgtem Ton: „Du bist gewiss recht schnell gegangen."

„Das bin ich, aber das tut mir doch nichts. Tante, ich bin gesund und frisch, sieh mich nicht so mitleidig an, mir geht's sehr gut. Ich tummle mich recht, die Arbeit macht mir Freude. Es währt ja auch nicht mehr allzu lange. O, da kommen Annemarie und Lucie!"

Lachend, mit strahlenden Gesichtern kamen die Freundinnen aus dem Hause. „Ist es nicht reizend von deiner Tante, dass sie uns mitnehmen will; wir dürfen den ganzen Nachmittag mit dir zusammen sein. O Olga, wir haben oft Sehnsucht nach dir gehabt, komm nur bald wieder."

„Die Zeit wird bald vergehen", rief Olga fröhlich. „Aber es ist gar nicht so schlimm, wie ihr vielleicht alle meint. Wenn ich an Margarete Dahlburg denke, da kommt mir meine Arbeit sehr gering und unscheinbar vor."

„Sie hat aber doch ihr Gutes gewirkt“, riefen beide zugleich. „Du glaubst nicht, was es für Aufsehen gemacht hat unter den Mädchen im Verein; es herrscht seitdem ein ganz anderer Ton, das haben wir dir und Fräulein Siemig zu danken.“

„Mir weniger als ihr; sie ist die Ältere, an die ich mich immer anlehnen konnte“, sagte Olga bescheiden. „Aber nun wollen wir uns des schönen Tages freuen, Tantchen, wie bin ich glücklich.“

Die Tante war es auch, besonders innerlich, weil sie sich über ihren Liebling freuen konnte, der nicht traurig und verkümmert dasaß, sondern sich in jeder Lage des Lebens zufrieden und glücklich fühlte.

Man rollte auf der Landstraße dahin an Feldern und Wiesen vorbei. Auf den Feldern standen die goldenen Ähren in Hocken zusammengebunden, um reif in die Scheune gefahren zu werden; über ihnen der blaue Himmel und in der Ferne der grüne Wald, wo man sich niederlassen wollte. Die Mädchen plauderten unaufhörlich, die Tante hörte meist schweigend zu und erfreute sich an dem Schwatzen, das dem Vogelgezwitscher zu vergleichen war.

Jetzt war man im Walde, leise fuhren die Räder über den moosigen Grund, nur Knistern hörte man, wenn es über trockene Zweige hinwegging. Waldeinsamkeit umfing sie, auch in dem „Grünen Jäger“, einem kleinen Restaurant, war es sehr still. Man stieg ab, Hanne, die oben beim Kutscher thronte, hob vorsichtig ihren Korb herunter und half dann den Herrschaften aussteigen.

„Nun, Hanne, packe deine Schätze aus und besorge einen guten Kaffee, wir wollen bis dahin einen Spaziergang nach dem Bächlein machen, das in nächster Nähe vorüberrauscht." So entschied die Tante.

Die jungen Mädchen stimmten ein Lied an, und die Vögel in den Zweigen sangen dazu, sogar die Tante, die früher eine schöne Altstimme gehabt, fiel mit ein. Alles atmete Friede und Freude. Jetzt war man an dem Lieblingsplatz der Tante angekommen, eine grüne Wiese mit wunderschönen Fichten, die in gleichmäßiger Entfernung voneinander stehend, sich ganz nach Willkür, ohne eingeengt zu werden, ausbreiten konnten. Sie standen da wie die schönsten Christbäume, die man sich gern in ein hohes Gotteshaus versetzt dachte. Zu ihren Füßen floss ein munteres Bächlein, klar bis auf den Grund. Hier ließ man sich nieder und freute sich der Herrlichkeit Gottes, in der Natur geoffenbart.

Nach einer Weile erhoben sich die beiden Schwestern, um Blumen zu einem Strauß zu winden, während Tante Susanne Olga nach Briefen aus der Heimat fragte.

„Eltern und Geschwistern geht es gut", sagte diese, „aber unser alter Herr Pfarrer ist gestorben. Seine Lebensgefährtin ist schon im Frühling heimgegangen. Nun sei das Pfarrhaus leer und die Gemeinde ohne Seelsorger. Ein junger Vikar besorge die Amtsgeschäfte, aber man hoffe, dass zum Herbst ein anderer Pfarrer nach Buschtal berufen würde."

„Wir sind alle bei ihm getauft und konfirmiert", sagte Olga traurig, „ich kann mir das Pfarrhaus gar nicht ohne die lieben alten Leute denken; ich verdanke Herrn Pfarrer so viel."

„Es muss ein ganz vortrefflicher Mann gewesen sein", sagte die Tante sinnend. „Wie geht's den Schwestern?"

„Elvira schreibt mir immer sehr ausführlich, Rika hat

viel im Haushalt zu helfen und kann nur kürzere Briefe senden. Sie kann auch nicht so, wie Elvira, ihre Gefühle ausdrücken. Sie meint es gewiss ebenso gut – aber –"

„Sie ist älter als ihr. Du und Elvira, ihr passt darum besser zusammen."

„Wir haben uns beide so sehr, sehr lieb; oft habe ich großes Heimweh nach ihr. Du müsstest sie kennen, Tante Susanne, sie hat etwas so Engelhaftes."

„Nun, und Riekchen?"

„Sie ist eigentlich besser als wir beide, denn sie nimmt uns gern alles Schwere ab, und wenn sie im Dorfe Kranke weiß, so geht sie und pflegt, bleibt auch wohl die Nacht zum Trost der Angehörigen. – Nun schreibt mir Elvira etwas, das mich in Verwunderung setzt. Sie meint: Rika und unser Bruder Rudolf müssten sich wohl veruneinigt haben, denn sie gingen sich aus dem Wege, seien gar nicht mehr so herzlich, so vertraulich miteinander wie ehedem."

„Nicht wahr, es ist der Pflegebruder."

„Ja, verwandt ist er eigentlich gar nicht mit uns, aber er ist der Eltern Sohn und unser Bruder."

Die Tante schwieg. Jetzt kamen Annemarie und Lucie mit hübschen Sträußchen, die sie der Frau Doktor verehrten. Von der andern Seite ertönte Hannes Stimme, die die Herrschaften zum Kaffee rief.

„Wo bleibt nur der Alfred?", fragte die Tante. „Er müsste längst hier sein."

„Kommt er auch?", fragte Olga. „Ich denke, er geht sonntags mit Herrn Dahlburg spazieren?"

„Unser Dahlburg ist lange fort; er ist hier in der Nähe in einer kleinen Stadt Hilfsprediger geworden. Er ist, seit du fort bist, nur einmal bei mir gewesen, um Abschied zu nehmen, er ist so sehr mit Arbeiten überhäuft gewesen."

„Hat er – hat er etwas über mich gesagt?"

„Über dich, Kleine? Nein, wir haben in der kurzen Zeit nicht über dich gesprochen; er hat wohl gar nicht gemerkt, dass du nicht mehr bei mir bist."

„Er weiß es. Alfred hat ihm alles gesagt, und er hat eine Bemerkung darüber gemacht."

„Und das hat der Junge dir gleich übermittelt? Wo hat er dich überhaupt gesehen?"

Olga berichtete von seinem Besuch am frühen Morgen und wie er ihr erzählt habe, dass er von ihrem Vorhaben längst gehört habe.

„Das hat er mir auch gebeichtet, und ich habe ihm streng verboten, über diese Angelegenheit zu sprechen. Er ist ein unverbesserlicher Schelm. Was hat denn Dahlburg über dich geäußert?"

„Was hat denn Alfred wieder verbrochen?", fragte Lucie, die mit Annemarie vorausgegangen war, um Olga noch ein wenig mit der Tante allein zu lassen.

„O, es ist nichts von Bedeutung", wehrte Olga ab, die nicht gern von dieser Sache weiter gesprochen haben mochte.

„Wo bleibt nur der Junge wieder?", rief noch einmal die Tante, als sie sich mit den jungen Mädchen an den Kaffeetisch gesetzt hatte, den Hanne unter den grünen Bäumen gedeckt hatte.

„Da!", rief Lucie, „da ist er ja." Sie hoben die Augen auf, da kamen sechs stattliche Radfahrer daher. Voran Alfred, der sich elegant vom Rade schwang und den andern zuredete, ein Gleiches zu tun. Etwas verlegen, als sie die Damen erblickten, folgten sie doch seiner

Weisung, stiegen von den Rädern, lehnten sie gegen die Bäume und stellten sich bescheiden im Hintergrund auf, während Alfred, mit zierlicher Verbeugung nach den jungen Damen hin, Tante Susanne die Hand reichte und bittend sagte: „Tante, wir haben alle sechs so schrecklichen Durst, haben eine großartige Tour gemacht, nicht wahr, wir bekommen etwas gegen den Durst?"

Tante Susanne war eigentlich unmutig, dies lag nicht in ihrem Plan. Doch wer konnte dem Schlingel widerstehen?

„Hanne, sieh, ob es noch Kaffee gibt."

„Den gibt's allemal, man darf ihn nur bestellen."

„Gut, dann hole noch eine Kanne."

„Aber eine recht große", flüsterte Alfred ihr ins Ohr, „Kuchen und Semmel sind ja eine Menge mitgenommen."

„Wollt ihr einen Tisch anschieben oder lieber für euch bleiben?"

„Lieber für uns, Tante, wenn es dir recht ist; wir setzen uns dort, wo meine Freunde stehen."

„Große Anerkennung für uns", kicherte Annemarie.

„Es schmeckt besser, wenn sie allein sind", meinte die Tante. Und so war es. Nachdem der Teller mit Kuchen verschwunden war, wurde noch eine riesige Schüssel mit Butterbroten geholt, und die Kanne musste durch eine zweite ersetzt werden. Dann aber, nachdem die Sättigung vollbracht war, folgten sie einem innern Gefühl, standen auf, kamen auf die Damen zu, reichten Tante Susanne die Hand mit wohlgelungener Verbeugung und sprachen ihren ehrerbietigen Dank aus.

Die Tante forderte dann zum Spielen im Walde auf,

was allseitig freudig aufgenommen wurde. Hell erklangen die jugendlichen Stimmen im Walde; Tante Susanne sah in der Ferne dem fröhlichen Treiben zu. Doch, die Augustabende waren nicht mehr allzu lang, es musste aufgebrochen werden. Die Radler gedachten wieder auf Umwegen zur Stadt zu gelangen; der Kutscher hielt vor der Tür, und heiter belebt stieg die weibliche Jugend ein, nachdem die Tante Platz genommen hatte.

Gern hätte die Tante ihr liebes Kind in den andern Stadtteil fahren lassen, aber es musste Aufsehen vermieden werden, und Olga ging ebenso gern. „Vielen, vielen Dank für den frohen Nachmittag, liebste Tante!" Und leichtfüßig trippelte sie davon.

Tante Susanne ging, nachdem die beiden Schwestern sie verlassen hatten, mit Hanne nach oben. Als sie eben ihre Wohnung aufschließen wollte, öffnete sich gegenüber die Vorsaaltüre und Fräulein Müller, die Sprachlehrerin, trat heraus.

„Frau Doktor, einen Augenblick! Würden Sie wohl zu uns hereinkommen? Meine Schwester ist plötzlich erkrankt."

„Gern, Fräulein Ulrike." Sie gab Hanne die Schlüssel und folgte der Dame.

„Ich weiß gar nicht, was es ist. Agathe wurde mir gestern ohnmächtig, heute fiebert sie und ist so unruhig."

Tante Susanne stand an ihrem Bett. Sie ergriff ihre Hand, fühlte den Puls und sagte: „Schlimm ist das Fieber nicht. Es wird eine starke Erkältung sein. Wenn Sie ängstlich sind, rufen Sie den Arzt, sonst nehmen Sie etwas zum Schwitzen ein, dann ist's vielleicht morgen wieder besser."

„Ich werde ihr, während Sie bei ihr sind, Frau Doktor, etwas zum Schwitzen bereiten." Damit ging Fräulein Ulrike in die Küche.

„Es ist gut, dass ich mit Ihnen allein bin, Frau Doktor. Ihre Nichte, die eine Zeit lang bei Ihnen war und Klavierstunden bei mir nahm, sagte einmal etwas zu mir, was mich recht beunruhigt hat."

Verwundert fragte die Doktorin, was es gewesen sei. Sie sagte: ‚Wir müssten Leib und Seele jeden Abend Gott befehlen, denn wir könnten nicht wissen, ob die Nacht die letzte für uns sei.'

„Wie kam sie dazu, das Ihnen zu sagen?"

„Ich will es Ihnen offen sagen, Frau Doktor. Ich hatte Sie drüben singen hören und hielt mich etwas darüber auf, dass Sie so fromm wären. Aber seit das junge Mädchen mir das gesagt hat, denke ich viel da-rüber nach, ob Sie nicht am Ende Recht haben und wir Unrecht."

„Ja, ganz gewiss, mein liebes Fräulein, haben wir Recht, wenn wir nicht nur abends, sondern auch morgens Leib und Seele in Gottes treue Hände befehlen." Sie nahm ihre beiden Hände in die ihren, sah sie liebevoll und freundlich an und sagte dann: „Wollen wir einmal zusammen beten?"

Die Kranke nickte. Darauf bat die Frau Doktor in kindlich gläubigem Gebet, der Herr wolle sich dieser Seele, die nach ihm fragte, annehmen, er wolle ihr sein Heil offenbaren.

„Nun seien Sie getrost und still. Ich bringe Ihnen morgen ein Büchlein, das schon manchem Trost gebracht hat, will Ihnen auch gern, solange Sie krank sind, daraus vorlesen.

Wer sucht, der findet, wer anklopft, dem wird aufgetan, es klopft niemand vergebens an."

„Kommen Sie oft, recht oft zu mir; ich fühle es, Sie tun mir wohl. Was Sie in sich haben, das kann Trost und Frieden bringen." Tante Susanne drängte sich niemandem auf. Wenn aber jemand ihre Hilfe begehrte, war sie gleich zur Stelle und spendete gern aus dem reichen Schatz ihres Herzens.

Als sie in ihre Wohnung kam, war Alfred eben eingetroffen. Er bekam einen kleinen Verweis, dass er eine Menge ungeladener Gäste mitgebracht hatte, und den Rat, künftig die Tante vorher um Erlaubnis zu bitten. Eine Entschuldigung murmelnd, trollte er von dannen.

„An ihm muss noch vieles anders werden", dachte die Tante. „Aber er ist fleißig und hat ein unverdorbenes Gemüt." Dann dachte sie an Fräulein Müller. Wie leicht zündet ein hingeworfenes Wort, ohne dass man es ahnt. Olga, die von Jugend auf in Gottes Wort erzogen und von christlichen Eltern recht geführt worden war, hatte die Antwort auf Fräulein Müllers Frage so selbstverständlich gefunden, und nun musste diese kurze Antwort Wurzel fassen in dem Herzen der alten Jungfer und vielleicht der Anfang werden zu einem neuen Leben.

Am andern Tage fand sie sie bedeutend besser. Aber das unruhige Fragen nach dem, was Frau Doktor den inneren Frieden gebracht, war wieder da, doch Tante Susanne freute sich darüber; es war ein Zeichen, dass Gottes Geist an der Seele arbeitete. Von da ab wurden diese oberen Hausgenossen in den Freundesbund der Tante aufgenommen.

16. Reisepläne

Der August war vergangen. Er hatte noch viele heiße Tage gebracht, und Olga hatte inmitten der Arbeit gar oft des lieblichen Sonntagnachmittags gedacht, den sie mit ihrer Tante und den Freundinnen im Walde zugebracht hatte. Die Abende fingen an, kürzer zu werden und namentlich im September auch rauer. Dann saß sie gern in ihrem Stübchen, wenn abends die Arbeit getan war, forderte auch die andern beiden Mädchen auf, wenn sie ein hübsches Buch zum Vorlesen hatte. War die Herrschaft aus und kehrte spät heim, so musste die Jungfer warten, um beim Zubettgehen die gnädige Frau zu bedienen. Da wurde sie oft müde und verdrossen, gab es aber ein schönes Buch bei Olga, so verging die Zeit angenehm und das vorher mürrische Gesicht des Mädchens verwandelte sich in ein freundliches.

Der September war schon über die Hälfte dahin. Da begann man von Reisen zu sprechen. Olga hörte dann und wann, wenn sie durch die Zimmer ging, wie Herr Geheimrat zu seiner Frau von Italien sprach. Er hatte im vorigen Winter eine schwere Lungenentzündung gehabt, und der Arzt hatte schon damals gesagt, es sei am besten, er gehe den nächsten Winter nach dem Süden. Er hatte es damals gänzlich verworfen, aber als er nun noch vor Herbstesanfang an einem rauen Tage sich abermals eine hartnäckige Erkältung zuzog, bestand der Arzt darauf, und da ein halbjähriger Urlaub bewilligt war und die Mittel zur Reise vorhanden, so wurde beschlossen, Anfang Oktober abzureisen, und zwar nach der Riviera. Frau und Töchter sollten ihn begleiten, die

Jungfer sollte mitgenommen werden und die Köchin im Hause bleiben.

„Sie, Olga, können, wenn Sie mögen, bis Weihnacht zu Ihren Eltern gehen", sagte die Geheimrätin. „Sie bekommen natürlich Lohn und Kostgeld für die Zeit, denn um keinen Preis möchte ich Sie verlieren. Ich werde nämlich, wenn mein Mann sich so weit wohl befindet und sich eingelebt hat, mit meinen Töchtern nach Weihnachten zurückkommen, schon der Schule wegen, welche Lotti und Anni nicht so lange versäumen dürfen."

Olga lächelte. „Wenn Sie es nicht übel nehmen, gnädige Frau, möchte ich dann lieber ganz aus dem Dienst gehen. Meine Eltern wünschen, dass ich noch eine Zeit lang bei einer Tante hier in der Stadt bleiben soll."

„Lassen Sie doch die Tante einmal herkommen", rief die Geheimrätin, „ich will mit der Frau sprechen. Sie können ja gern bis Weihnachten bei ihr sein; sie bekommt ein gutes Kostgeld, und Weihnachten kommen Sie wieder zu uns. Sie wissen, ich bin zufrieden mit Ihren Leistungen, sehr zufrieden, und möchte Sie gern festhalten. Oder wollen Sie lieber mit der Köchin hier allein hausen? Soll mir auch recht sein, nur dass ich Sie behalte."

„Ich will an meine Eltern schreiben."

„Das Mädchen hat so etwas Anständiges, fast Feines, möchte man sagen, man kann sie wirklich gern haben", sagte später Frau von Busch zu ihrer ältesten Tochter.

„Man sollte gar nicht denken, dass auf dem Lande unter den Leuten solche zarten Pflanzen gedeihen, sie ist doch unter Bauern groß geworden!", war Fräulein Luisens Antwort.

Olga aber dachte vergnügt: „Das kommt doch nicht von ungefähr. Die Eltern werden sich wirklich sehr freuen, wenn die Probe bestanden und der Zweck erreicht ist."

So ging wieder einige Zeit dahin; es war etwa eine Woche vor der Abreise. Gewaltig war schon gerüstet worden, man hatte geschneidert, gewaschen und geplättet, die großen Koffer standen schon bereit, da kam die gnädige Frau noch einmal und sagte: „Ich habe immer auf Bescheid gewartet, Olga, will denn Ihre Tante nicht kommen? Es wird nun höchste Zeit, dass wir die Sache besprechen."

„Wenn Sie erlauben, gnädige Frau, gehe ich heute Abend einmal zu meiner Tante; sie wohnt weit von hier, im andern Stadtteil."

„Aber natürlich, Kind, das hätten Sie längst tun sollen. Gehen Sie nur, sobald Sie können; ich gebe Ihnen gern eine Stunde früher frei, wir sind ja mit allem soweit fertig. Sie haben tapfer geholfen."

Nun war es Zeit, die Tante um Rat zu fragen, was tun? Ob sie einfach sagen sollte, die Eltern wünschten nicht, dass sie weiter dienen solle, oder was die Tante sonst raten würde.

Während sie fort war, kam Fräulein Luise aus einem Jungendamenkaffee nach Hause und hatte Wichtiges zu berichten.

„Denke dir nur, Mutter, was ich heute Nachmittag erfahren habe. Es sollen sich zwei Damen unter die Dienstboten gemischt haben; sie haben den Mädchen zeigen wollen, dass es keine Schande ist, in Dienst zu gehen und haben sich, wenigstens die eine, von ihren Eltern die Erlaubnis erbeten, auf einige Monate als Dienende in ein Haus zu gehen, nur um ein Beispiel zu geben, ist das nicht sehr edel?“

„Eine absurde Idee“, meinte die Geheimrätin geringschätzig. „Ich würde doch nie zugeben, dass meine Tochter Dienerin würde.“

„O ja, ich würde es, glaub’ ich, auch tun. Es ist ja nur auf kurze Zeit, Mutter.“

„Ihr jungen Mädchen seid immer zu allerlei Streichen aufgelegt. Wer sind denn die jungen Damen, wenn ich fragen darf?“

„Sie sollen hier in diesem Stadtteil sein. Mutter!“, rief sie plötzlich, „unsere Olga!“

„Olga?“, sagte die Geheimrätin, verwundert aufsehend. „Du meinst, unsere Olga sollte die verkleidete Dame sein? Und doch –“ fuhr sie sinnend fort, „du könntest Recht haben. Die zierliche Gestalt, das feine Wesen – es wäre nicht unmöglich! Nun, dann dürfen wir sie nicht zu halten suchen.“

„Willst du etwas davon sagen, Mutter?“

„Das nicht, aber wir wollen sie in der Stille beobachten und sie ruhig ziehen lassen, wenn sie zu gehen begehrt. Es sind ja nur noch acht Tage, ich möchte die Hilfe nicht gleich missen, auch würde es für sie und uns Verlegenheit bringen, wenn wir es aufdeckten. Es ist die beste Lösung, dass wir verreisen.“

Spät am Abend klopfte Olga bei der Geheimrätin und sagte ihr, dass die Tante und auch die Eltern wünschten, sie möchte die Stellung aufgeben, sie wolle aber sorgen, dass Frau Geheimrat zu Weihnachten bei ihrer Rückkehr einen guten Ersatz finde.

Olga hatte gefürchtet, dass ihr noch viele Vorstellungen gemacht werden würden zum Bleiben. Dies geschah nicht, im Gegenteil, Frau Geheimrat sagte freundlich, dass sie natürlich dem Willen ihrer Eltern nicht entgegen sei, aber es mit Dank annehmen würde, wenn sie für Ersatz sorgen wolle.

Olga stutzte. Dies hatte sie nicht erwartet. Auch war der Ton, den die gnädige Frau angenommen hatte, ein anderer als sonst. Sie wünschte „Gute Nacht!“ und ging.

„Sie ist es, Mutter, du kannst es glauben. Die ganze Art und Weise ist eine andere, als man gewöhnlich bei den Dienenden findet. Es ist mir schon immer etwas aufgefallen, aber man hat sich nichts dabei gedacht.“

Olga merkte recht gut, dass sie in den letzten Tagen sehr beobachtet wurde und dass der Ton, den man gegen sie annahm, ein anderer war. Sollte jemand doch etwas verraten haben? Sollte etwas durchgesickert sein? Jedenfalls war sie dankbar, dass man die Sache nicht ans Licht zog. Sie bemühte sich, in den letzten Tagen allen ihren Pflichten nachzukommen und nahm den Damen recht viel ab, sodass Frau von Busch, die sie abends spät noch an einer Bluse nähend traf, ihr liebkosend über die Wangen strich und sagte: „Sie sind ein gutes Kind.“

Sie erglühte unter dieser Liebkosung, sagte aber nichts.

Am Abend vor der Abreise der Herrschaft, die am andern Morgen früh erfolgen sollte, erschien die alte Hanne, um die nötigsten Sachen für Olga mitzunehmen.

„Ich habe es ganz deutlich jetzt gehört“, sagte Fräulein Luise zur Mutter, „die Alte, die schon früher oft gekommen ist, sagte ‚Fräulein Olga‘ zu ihr und sprach von der ‚Frau Tante‘. Natürlich ist Olga eine der Damen und keine eigentliche Dienerin, ich begreife nur gar nicht, wie sie alles so gut verstanden und sich so willig in alles geschickt hat."

„Sie muss von der Mutter außerordentlich gut angehalten sein."

Ein peinlicher Augenblick war die Lohnzahlung und der Abschied. Aber Olga erleichterte es durch ihr unbefangenes, angenehmes Wesen.

Als sie fort war, sagte die Geheimrätin: „Dieses Mädchen müssen wir später genauer kennen lernen, wenn wir nur die Adresse wüssten."

„Dafür ist gesorgt, Mutter", entgegnete Fräulein Luise triumphierend. „Als Olga eben bei dir war, habe ich mir von der Alten alles sagen lassen."

„Wenn Sie es doch einmal wissen, kann ich Ihnen ja die Adresse geben, meinte diese alte Hanne. Die Tante ist eine Frau Dr. Norden, die sich eben eine Villa in der Waldstraße gekauft hat, der Vater hat das Gut Altenhorst zu eigen, also Leute von Ansehen. Dass sie sich der hier herrschenden Mädchennot angenommen, finde ich ausgezeichnet, du weißt doch selbst, Mutter, wie wir darunter gelitten haben. Wenn wir nach Weihnachten wiederkommen, müssen wir jedenfalls Frau Dr. Norden und ihre Nichte Olga besuchen."

Olga schritt wieder, wie damals, als sie zuerst zur Tante kam, neben der alten Hanne her. Diese trug in der linken Hand die Reisetasche und mit der rechten griff sie dann und wann bei Straßenübergängen nach der Hand des jungen Mädchens und führte sie durch Wagen und Straßenbahnen mit sicherer Hand hindurch. Olga klopfte das Herz vor Freuden, jetzt kannte und liebte sie die Tante und wusste, was ihrer wartete.

Als sie oben ankam, war die Tür bekränzt. Ein schönes ‚Willkommen' prangte auf farbigem Grund, drinnen war alles erleuchtet. Die Tante breitete die Arme aus und empfing ihr Kind mit großer Zärtlichkeit; hinter ihr standen Annemarie und Lucie und jubelten ihr entgegen.

Auch der Alfred erschien und hielt eine kleine Anrede voll Witz und Humor, und Tante Susanne bemerkte, dass er das ‚Willkommen' aus eigenem Antrieb gemalt habe.

Wie froh begrüßte Olga diesen Abend wieder ihr kleines Gemach, das ihr gegen das, was sie bei Geheimrats besessen, geräumig vorkam. Sie zog die Gardinen zu und freute sich, in ihrem kleinen Reich alles unverändert wiederzufinden. Da erinnerte sie sich ihres verdienten Geldes. Sie zog den Beutel aus der Tasche, schüttete das Geld auf die Kommode, dass es klirrte, da – ein Klopfen an der Tür und eine bekannte Stimme: „Na, na, nicht so laut." Sie hatte den alten Hirsch vergessen, wie konnte sie nur! Sie musste lachen. Alles noch wie sonst, sie wollte die Nachbarn morgen besuchen, auch Fräulein Müllers, die alten Damen, es waren ja alles bekannte Leute.

Tante Susanne teilte ihr im Laufe des Vormittags mit, dass sie nach Tisch einen Spaziergang mit ihr vorhabe, und zwar in die neue Wohnung, wohin sie zu ziehen gedenke.

„Du willst umziehen, Tante Susanne? Aus der kleinen gemütlichen Wohnung fort, die mir so lieb und heimatlich geworden ist? Zuerst allerdings, als ich aus dem großen Hause meiner Eltern kam, fand ich alles sehr eng und klein, aber nun möchte ich nirgends anders sein."

„Das Häuschen, welches ich mir gekauft habe, wird dir schon gefallen, liebe Olga. Ich möchte so gern noch mit dir ein Weilchen drin wohnen, du weißt, bald nach Weihnachten ist das Jahr um, dann musst du wieder zu deinen lieben Eltern zurückkehren."

„Du hast dir ein eigenes Haus gekauft", rief Olga verwundert und sah die Tante so eigen an, als wollte sie sagen: „Du bist doch vielleicht eine reiche Tante?"

Es war ein sonnenklarer Herbsttag. Sie schritten die Straße entlang und kamen bald in die Vorstadt, wo es einzeln liegende Häuser und Villen gab mit kleineren und größeren Gärten. Etliche waren mit wildem Wein umrankt, dessen Blätter eine herbstliche bunte Färbung zeigten, in den Gärten blühten noch Georginen, Astern und hochstöckige Malven. „Wie hübsch ist es hier", rief Olga. „Wirst du in dieser Straße wohnen?"

„Hier noch nicht, mein Kind, aber in jener dort, die sich abzweigt. Es stehen nur auf einer Seite Häuser, und von dieser hat man einen freien Blick über das Wasser und den daran grenzenden Wald. Den Blick ins Weite liebe ich so, ich habe ihn lange entbehrt."

Sie gingen noch ein Stück und kamen bald in die Waldstraße. Beim zweiten Hause machte die Tante Halt und sagte: „Hier ist es." Es war die reizendste kleine Villa, die man sich denken konnte, der Garten sauber und zierlich gehalten.

„O Tante", sagte Olga und drückte die Hand der Geliebten vor inniger Freude, „hier wollen wir künftig wohnen? Wer hat denn alles so hübsch in Ordnung gehalten?"

„Das wirst du gleich sehen." Sie zog die Klingel an der Gartentür, da kam aus einem Häuschen in der Nähe der Pforte ein junger Mann, der höflich die Mütze zog und die Damen einließ. „Dies ist unser Wächter und Gärtner in einer Person, kurz, unser Faktotum“, sagte Tante Susanne und war bald mit dem Mann in eifriger Unterhaltung.

„Sie sollen nur sehen, Frau Doktor, was wir für einen schönen Garten zurechtbringen werden.“ Und nun rühmte er, wie viel er von der Gärtnerei verstünde, wie er nicht nur die Blumen, sondern auch den Gemüsegarten zur größten Zufriedenheit der Herrschaften besorgen wolle. „Und was ich nicht weiß, das versteht der alte Hirsch, der hat mir schon manchen guten Rat gegeben“, fügte er hinzu.

„Der alte Hirsch?“, fragte Olga. „Ist das der alte Herr, der oben bei uns wohnt?“

„Ja, das ist er. Er weiß, dass das Grundstück jetzt der Frau Dr. Norden gehört, und interessiert sich dafür.“

„Ergebenster Diener, meine Damen“, ertönte jetzt eine bekannte Stimme aus dem Hintergrund. Der alte Herr kam näher und sagte: „Sie werden es nicht für ungut nehmen, Frau Doktor, indem dass ich mich ein wenig um den Garten kümmere. Die jungen Leute haben ja nicht die Erfahrung wie unsereins. Ich bin, wie Sie wissen, gelernter Gärtner, weiß mit die Düngungsgeschichten, mit allens gut Bescheid. Frau Doktor, es is nich genug Humanität im Erdboden, wir müssen sorgen, dass wir mehr hineinbringen, sonst nützt alles Pflanzen und Säen nichts.“

Wäre Frau Weber da gewesen, so hätte sie ‚Humanität‘ in ‚Humus‘ übersetzt, aber die Damen kannten schon die Sprechweise des Alten und lächelten stillvergnügt.

„Da bin ich ja gut beraten, wenn ich einen alten und einen jungen Gärtner habe", meinte Tante Susanne. „Wir sind für jeden guten Rat dankbar, Herr Hirsch."

„Das wusst' ich im Voraus. Darum tat ich mich schon immer ein bisschen hier umsehen. Und im Frühjahr, will ich Ihnen sagen, Frau Doktor, im Frühjahr beginnen wir den Krieg gegen das Raupenzeug, gegen die Käfer und Raupen und Würmer. Das hat alles einen hartnäckigen Tod, aber ich krieg' sie alle unter. Es is mich gut, wenn ich mir en bisschen in der frischen Luft aufhalte, immer in der dumpfen Stube bei der alten Webern zu sitzen bekommt mich auch nich. Da is ja das kleine Fräulein auch wieder. Na, ich dacht' es doch, als gestern Abend das Klimpern mit dem Geld losging. Nu soll ich mir doch wohl allmählich dran gewöhnen –"

„Ich werde musterhaft stille sein, solange wir noch in Ihrer Nachbarschaft wohnen, damit Sie mich in gutem Andenken behalten."

Er zog seinen grünen Jägerhut, den er gewöhnlich trug, rief sein: „Ergebenster Diener, meine Damen", und spazierte zum Gartentor hinaus, während Tante Susanne sich die Schlüssel vom Hause geben ließ und die Räume mit Olga betrat.

„Wie elegant, wie vornehm", rief sie aus. „Tantchen, das ist ja gerade wie bei Geheimrats."

„Liebes Kind, unser Haus in England war noch schöner und größer. Ich gebe nicht viel auf irdischen Reichtum, aber da Onkel ihn ehrlich und durch Fleiß erworben hat, will ich mir hier ein hübsches Heim gründen, ein Heim, in dem alle, die mich lieb haben, die mich wirklich lieb haben, aus- und eingehen sollen." Bewundernd schritt Olga durch die Räume, die zum Teil schon geschmackvoll eingerichtet waren.

„Du darfst dir in den oberen Räumen ein Zimmer aussuchen, welches du, solange du bei mir bist, innehaben kannst."

„Liebste Tante, du bist zu gütig." Sie gingen miteinander nach oben. Es gab dort kleinere Zimmer, aber alle mit schöner Aussicht. Olga wählte eines mit einem Balkon, von dem man zur Rechten die Blicke über das Häusermeer der Stadt, zur Linken über Feld und Wald schweifen lassen konnte. Hier musste es doch wunderschön sein.

Tante Susanne freute sich über das Entzücken des jungen Mädchens. Sie erzählte ihm auf dem Rückweg von ihrem Heim in England, was sie bis dahin unterlassen hatte, da sie nicht gern früher von ihren Verhältnissen sprechen wollte.

Als sie nach Hause kamen, berichtete Hanne, dass Pastor Dahlburg da gewesen sei, um sich ganz zu verabschieden. Er habe die Hilfspredigerstelle in der Nähe kaum zwei Monate innegehabt und sei schon jetzt zum Pfarrer irgendwo ernannt, Hanne hatte den Namen vergessen. Es habe ihm sehr Leid getan, Frau Doktor nicht getroffen zu haben, wieder kommen könne er leider nicht, da er heute Abend wieder abreisen müsse, er habe nur seine alten Eltern noch einmal sehen wollen.

Es tat Tante Susanne aufrichtig Leid. Olga hätte ihn im Grunde auch ganz gern einmal wieder gesehen, wenngleich sie ihm die über sie gemachte Äußerung nicht verzeihen konnte.

17. Ein Wiedersehen

Der Umzug war geschehen. Auf eine Woche unruhigen Schaffens und Einrichtens war eine behagliche Ruhe gefolgt. Man war aus dem Getöse der Stadt heraus und doch der Stadt nahe, so dass man die Vorzüge derselben genießen konnte. Natürlich wurde die Freundschaft mit Annemarie und Lucie aufrechterhalten. Olga ging wöchentlich wieder mit in den Verein, und die Augen der Mädchen hingen mit Bewunderung an dem Fräulein, als sie von ihrem Dienen erzählte; es machte großen Eindruck auf sie.

Tante Susanne ließ es sich angelegen sein, Olga mit den Kunstschätzen der Stadt bekannt zu machen, sie an Konzerten und musikalischen Aufführungen teilnehmen zu lassen; sie besuchte auch Vorträge mit ihr, die ihrem Verständnis angemessen waren. Olga hatte für alles ein offenes Auge und Ohr und konnte ihrer Freude an allem Edlen und Schönen so unverhohlen Ausdruck geben, dass es der Tante doppelten Genuss gewährte, mit ihr zusammen etwas vorzunehmen. Alfred war natürlich, seit er Villenbewohner geworden, in seiner eigenen Würde sehr gestiegen, doch die Tante verstand es, ihn hier und da ein wenig zu dämpfen. Auch Herr Hirsch, der sich in der Herbstzeit fleißig im Garten sehen ließ, rief oft einmal das junge Herrchen zu Hilfe, wenn junge Kräfte nötig waren. „Immer ziehen Sie das Röckchen ab, Herr Alfred", pflegte er zu sagen, „es arbeitet sich besser in Hemdsärmeln, Sie bleiben deshalb, was Sie sind."

„Wenn wir im neuen Hause eingerichtet sind, sollen

Vater, Mutter und alle Geschwister einmal kommen", hatte Tante Susanne dem Neffen versprochen. So erfolgte die Einladung.

Es war ein großer, aber sehr unruhvoller Tag, als die Familie des Aktuar P. einrückte. Der Herr Aktuar, ein langer, hagerer Mann, etwas pedantisch und steif, in langen Perioden redend; die Gattin, eine kleine, bewegliche Frau, die ihr Möglichstes getan hatte, um bei der reichen Frau Schwägerin glanzvoll zu erscheinen, sie hatte sogar ihr ehemaliges Hochzeitskleid, ein braunseidenes, angelegt und ihre gute Samtmantille umgetan; die erwachsenen Töchter in Weiß, mit großen Blumengewinden auf den Hüten, die kleinen Kinder, fünf an der Zahl, in den besten Staatsgewändern, so zogen sie ein. Die Mutter ermahnte fortwährend, sich ja in Acht zu nehmen, damit nichts mit den Sonntagskleidern passierte. Und schließlich passierte sehr viel. Dem einen wurden die Höschen zerrissen von einem ungezogenen Hund, ein anderer fiel mit dem Samtkittel in die Pfütze, ein kleines Mädchen ritzte sich an einem Dorn das Fingerchen blutig; es gab viel Geschrei und Aufregung, die kleine Frau war in beständiger Unruhe, während der Vater alles vornehm ignorierte, um ein mit der Tante eben begonnenes Gespräch nicht zu unterbrechen. Die Kinder schienen nicht an pünktlichen Gehorsam gewöhnt, jeder tat, was ihm gut schien, und Alfred, der schon eine Zeit der Zucht hier durchgemacht hatte, sagte verlegen zu Olga: „Das ist es ja eben, mit der ganzen Gesellschaft ist nichts anzufangen, der Vater kümmert sich wenig darum, und die Mutter – die Mutter ist eben zu klein, der steigen sie alle auf den Kopf."

Tante Susanne war froh, als der Tag vorüber war. Ihr wurde jetzt vieles klar, was in Alfreds Erziehung versäumt worden war. Sie nahm sich aber vor, ferner für diesen ihren Paten treu zu sorgen und dem Vater die große Last etwas zu erleichtern. Was sie in der Stille noch tat, wusste nur die Frau Aktuar, die immer wieder versicherte: „Ja, wenn wir dich nicht hätten, liebe Susanne, wir wüssten nicht, wie wir es machen sollten." Es wurde beschlossen, dass eine Schwester Alfreds nach Olgas Abgang auf ein Jahr zur Tante solle. Sie sollte in der Großstadt irgendeinen Kursus durchmachen, um später womöglich auf eigenen Füßen stehen zu können.

Der Herbst verging, es wurde Winter. Erst kamen die Nachtfröste, dann stellten sich Schneeschauer ein, und nicht lange währte es, so war die Stadt in ein weißes Wintergewand gehüllt. Die Tage wurden kürzer und dunkler, und das liebe Weihnachtsfest rückte heran. Tante Susanne war im Armenverein und linderte gern die Not der Bedürftigen, Olga unterstützte sie darin.

Für Frau Weber hatte die Tante ein warmes Kleid eingekauft, der alte Hirsch sollte ein Kistchen Zigarren haben. Olga freute sich schon lange darauf, es den früheren Mitbewohnern hinzutragen. Am Abend vor Weihnachten wurde ein Körbchen mit Äpfeln und Nüssen dazugepackt, und Olga wanderte ab. Es war ein stiller Wintertag, leise fielen die Schneeflocken zur Erde. Fröhliche Kinder vergnügten sich mit Schneebällen, eilige Leute liefen aneinander vorüber, jeder hatte zum morgenden Tage noch Besorgungen zu machen, hell leuchteten die Läden, prangend im Weihnachtsschmuck. Olga mochte gern hier und da stehen bleiben, um die Pracht und Herrlichkeit anzustaunen. Sie hatte noch nie eine Weihnachtszeit in der Stadt verlebt, deshalb hatten auch die Eltern dem Wunsch der Tante, sie über Weihnachten dort zu lassen, nachgegeben, zumal sie im Februar ganz nach Hause sollte.

Olga hatte bald den Weg zurückgelegt und näherte sich dem Hause, das ihr lieb und heimisch geworden war. Kurz vor ihr her ging eine Gestalt langsamen Schrittes, wie wenn sie fremd sei, es dunkelte bereits, sodass Olga die Persönlichkeit nicht mehr genau sehen konnte. Tatsache war aber, dass die Gestalt vor ihr in das Haus ging, dasselbe durchschritt und dann in der Hoftür verschwand. Da sie wusste, dass im Hintergebäude auch Leute wohnten, so glaubte sie, sie gehöre dahin und erstieg die Treppen. Oben klingelte sie an der bekannten kleinen Wohnung, Frau Weber öffnete die Tür. Heute lag auf dem Gesicht ein kleiner Freudenschimmer.

„O Fräulein Olga, wie lieb, dass Sie kommen! Ich bin allein, mein alter Herr hat erlaubt, dass ich ein Christbäumchen anputze; sehen Sie nur, wie lieblich es aussieht, mit dem Engel da oben, mit den Gold- und Silbersternen und dem ‚Ehre sei Gott in der Höhe‘ .“

Mit diesen Worten hatte die blasse Frau das junge Mädchen in das Zimmer gezogen, wo das Bäumchen stand. „Ich denke“, fuhr sie fort, „wir werden nun auch einmal einen hübschen Heiligen Abend haben; ich möchte so gern, dass der alte Herr nicht, wie bisher, Weihnacht in der Kneipe feierte mit seinen Gefährten, sondern dass wir hier, beim brennenden Christbaum, uns die Geschenke geben. Auf meine Bitte hat er mir’s zugesagt, seine beiden besten Freunde sind eingeladen;

ich will mein Möglichstes tun, um es den alten Herren gemütlich und behaglich zu machen."

„Ja, und an sich selber denken Sie gar nicht, Frau Weber. Aber die Tante denkt an Sie. Dies Paket sollen Sie morgen Abend öffnen, was darin ist, gehört Ihnen, Tante Susanne hat es für Sie ausgesucht. Dies Kistchen mit Zigarren sollen Sie Herrn Hirsch hinstellen, Äpfel und Nüsse sind für beide."

„O, nun kann ich ihn ordentlich bescheren, haben Sie vielen Dank. Ich selbst strickte Strümpfe für den alten Herrn und wollene Unterärmel, hoffentlich macht es ihm ein wenig Freude. Ich bin so glücklich, dass er den Baum erlaubt hat. Ach, Fräulein Olga, es wäre alles gut, wenn ich nur von meinem Sohne Nachricht hätte –"

Als sie mit vielen Dankesworten entlassen war, klopfte sie bei Fräulein Müllers, denen sie eine Einladung zum Heiligen Abend überbrachte, die mit großer Freude von den beiden alten Damen angenommen wurde.

Eben wollte sie die Treppe hinuntersteigen, da kam die Gestalt, die sie vorhin durch die Hoftür hatte verschwinden sehen, langsam herauf. Nun wurde es ihr doch ein wenig unheimlich. Sie trat zur Seite, um den Mann vorbeizulassen. Er hatte ein langes, schmächtiges Gesicht, dunkles Haar und dunkle Augen, die das Gesicht noch blasser erscheinen ließen. Der Fremde war ordentlich gekleidet, sodass Olgas frühere Vermutung, es möchte ein Bettler sein, hinfällig war. Er kam auf sie zu und fragte, ob wohl eine Frau Weber hier wohne.

Olga bejahte es und zeigte nach der Tür. Er ging darauf zu und klingelte. Olga blieb wie gebannt stehen. Sie hörte, wie geöffnet wurde. Es folgte eine Pause und dann ein lauter Schrei, sodass das junge Mädchen hineilte. Was sah sie? Frau Weber hielt den jungen, blassen Menschen fest umschlungen und schluchzte laut: „Mein Sohn, mein Sohn!“ Dann Olga gewahrend: „Fräulein, gehen Sie jetzt nicht fort, bleiben Sie! Sehen Sie nur, Hugo ist wieder da! O Hugo, warum hast du mir das angetan, Hugo, mein Sohn?“

Er stammelte etwas vom jungen Mann Edgar, den er nicht hätte in Verlegenheit bringen wollen, sonst gab er nicht viel heraus, sagte nur von Zeit zu Zeit: „Mutter, weine nur nicht so, ich bin ja wieder da!“

Jetzt hörte man energische Schritte. „Herr Hirsch“, stammelte Frau Weber und sah sich ängstlich nach einem Versteck für den Sohn um. Aber es war zu spät, der Alte stand schon an der Tür.

„Nanu“, sagte er. „Was bedeutet dieses?“

„Mein Sohn, Herr Hirsch.“

„Na, das ist ja eine schöne Bescherung.“ Er schnaufte wie nach Luft, drehte dem Jüngling den Rücken und sagte endlich: „Sie sehen auch nicht aus, als ob Sie –“

„Herr Hirsch, mein Sohn kann sich vor jedermann sehen lassen.“

„Webern, Sie wissen, was wir für einen Kontrakt gemacht haben; Sie wissen es.“

„Aber Herr Hirsch“, mischte sich Olga ein, „Sie können doch Mutter und Sohn jetzt nicht aus dem Hause lassen, dann muss ich meine Tante bitten, dass sie die beiden aufnimmt. Sie lässt keinen Bittenden von der Tür.“

„Ergebenster Diener, aber, was Sie sind, Fräulein, Sie haben in diese Angelegenheit gar nicht hineinzureden, insofern als Ihnen die Sache nicht im Geringsten angeht. Wo wollten wir denn diesen jungen, mir höchst unangenehmen Taugenichts schlafen lassen?"

„Sieht er denn aus wie ein Taugenichts?", jammerte die blasse Frau, auf deren Gesicht trotz alledem ein verklärter Zug lag.

Der Alte drehte sich um und guckte den jungen Mann zum ersten Mal von oben bis unten an. Er konnte nicht sagen, dass er einem Bettler ähnlich sah, er hatte sich aber, solange er mit Frau Weber zusammen war, steif und fest eingebildet, dass jener eines Tages zerlumpt wieder erscheinen würde. Da dies nun aber nicht der Fall war, er aber stets Recht behalten musste, so wusste er sich in diesem Augenblick nicht zu helfen. Er schnaufte ein paar Mal recht laut, warf sich in die Sofaecke und rief: „Webern, meine Pfeife."

Die kleine Frau flog, um die schon gestopfte Pfeife zu holen; der junge Mann griff in die Tasche, holte ein Kästchen heraus, entnahm demselben ein Streichholz, zündete es an und reichte es geschickt dem Alten, der verwundert ausrief:

„Ja, sehen Sie einmal an!" Dann zur Mutter gewendet: „Holen Sie dem jungen Menschen nur eine Tasse Kaffee, so was friert doch, wenn's lange im Schneewetter gewandert ist –."

„Ich bin gar nicht gewandert, bin mit der Bahn gekommen, Herr."

Der Alte machte verwunderte Augen. „Hatten Sie denn so viel Geld?"

Der Jüngling holte einen Beutel aus der Tasche, ziemlich gefüllt, und zeigte ihn schweigend dem Alten.

„Webern, machen Sie oben ein Bett für den jungen Mann."

Olga hatte in einer Ecke des Zimmers gesessen und schweigend die Szene beobachtet. Sie wollte eigentlich gehen, aber ein gewisses Etwas hielt sie zurück. Nun klopfte es energisch; die alte Hanne erschien auf der Bildfläche. Die Frau Doktor sei schon in Sorge über das lange Ausbleiben des Fräuleins.

Der Alte, in eifrigem Gespräch mit dem Jüngling, achtete gar nicht auf den weiblichen Teil.

Frau Weber begleitete beide hinaus und machte dort ihrem gepressten Herzen Luft. „Gott sei Dank, dass wir so weit sind“, rief sie aus, als sie Hanne in Kürze berichtet hatte, was geschehen war. „Ich kenne Herrn Hirsch. Im tiefsten Grunde hat er ein gutes Herz, er würde meinen Sohn zuletzt auch behalten haben, wenn er nichts mitgebracht hätte. Aber“, fügte sie klagend hinzu, „statt dass er ihn mir nun lässt, nimmt er ihn ganz in Beschlag. Nun, heute Abend, wenn er zu Bett ist, muss Hugo mir seine Erlebnisse erzählen.“

„Sie sehen, er ist nicht verkommen“, sagte Olga. „Er macht sogar einen sehr soliden, verständigen Eindruck. Nur recht blass sieht er aus.“

„Er ist gewiss krank gewesen, recht krank“, meinte die sorgende Mutter.

Olga forderte Frau Weber auf, mit ihrem Sohn einmal zur Tante zu kommen, was diese gern versprach.

Tante Susanne hörte mit Interesse alles, was Olga erlebt hatte, und war einverstanden mit dem Besuch.

Am Heiligen Abend strahlte in Tante Susannes schönem Saal ein großer Christbaum in hellem Lichterglanz. Am weiß gedeckten Weihnachtstisch fand nicht nur Olga eine reiche Bescherung, auch für die beiden Fräulein Müllers gab es Überraschungen. Hanne, Minna, das neue Hausmädchen, und der junge Portier, alle wurden reich beschenkt. Alfred, der in den Ferien zu Hause weilte, hatte seine Bescherung vor der Abreise erhalten. Was dem Abend die rechte Weihe gab, waren die schönen Weihnachtslieder und das Lesen des Weihnachtsevangeliums; Tante Susanne hatte eine eigene Gabe, die Herzen himmelwärts zu lenken. Fräulein Müllers gewannen von diesem Heiligen Abend einen bleibenden Eindruck. Sie pflegten noch in späteren Jahren zu sagen, dass dieser Abend von entscheidendem Einfluss auf ihr Leben gewesen sei. Als am ers-ten Feiertag die hellen Kirchenglocken erklangen, sah man sie beide dem Gotteshaus zueilen, während sie sonst in behaglicher Ruhe in der warmen Stube sich an den irdischen Gaben genügen ließen.

Olga sah mit wachsender Ungeduld dem Besuch der Frau Weber entgegen, da zwischen ihnen ein Zusammenhang mit der Heimat bestand. Auch interessierte sie die unaufgeklärte Feuergeschichte, von der Frau Weber ihr ausführlich erzählt hatte.

Sie erschien denn auch einen Tag nach dem Fest. Was war in der kurzen Zeit aus der stillen, blassen Frau geworden! Der trübe, melancholische Zug war aus dem Gesicht gewichen, es lag ein stiller Friede auf dem Antlitz. Ihr Gang, der oft etwas Müdes, Schleppendes hatte, war fest und sicher, die Sprache hatte den traurigen Klang verloren, kurz, es war, als sei sie zu einem neuen Leben erwacht. Der Grundton, der ihr ganzes Wesen durchzog, war der Jubel: „Mein Sohn, mein einziges Kind, das Kind unablässiger Sorge, ist kein Taugenichts geworden, wie Herr Hirsch mir jeden Tag meines Lebens prophezeit hat und wie ich selber fürchten musste, er ist ein ordentlicher, solider Mensch, der in der Fremde seinen Gott gefunden hat und sich nun in der Heimat eine ehrliche Existenz gründen will."

Nachdem Mutter und Sohn freundlich von der Tante bewirtet worden waren und sie einige Worte mit dem jungen Mann gesprochen hatte, forderte sie ihn auf, den Portier zu besuchen, sich von ihm das Gewächshaus und was ihn sonst interessieren mochte, zeigen zu lassen. Als Hugo sie verlassen hatte, erzählte die Mutter Folgendes: „Sie waren eben gegangen, Fräulein Olga, da eilte ich nach oben, um für meinen Hugo in unserer Dachkammer ein Nachtlager herzurichten. Dort habe ich erst meine Knie gebeugt vor dem allmächtigen Gott und habe ihm gedankt, dass er mir meinen Sohn wiedergeschenkt hat. Hier oben konnte ich weinen, unten würde ich es nicht getan haben. Ich war so glücklich, dass Herr Hirsch meinem Hugo zu bleiben erlaubte, ja, es schien mir, als ich wieder nach unten kam, als ob er an dem Jungen ein gewisses Wohlgefallen hätte. Ich besorgte das Abendbrot, und als ich bescheiden fragte, ob er erlaubte, dass Hugo mitäße, schnauzte er mich an und meinte, ich sei eine Rabenmutter, dass ich meinem Sohn, der eben aus der Fremde komme, das Mitessen nicht gönne."

„Ach, es war mir heute seine grobe Ausdrucksweise wie Musik, weil ich heraushörte, dass er den Jungen gern behielt. Als Herr Hirsch endlich zur Ruhe war, nahm ich den Hugo mit in mein Stübchen, da hat er mir alles gebeichtet."

„Hat sich denn das mit dem Feuer aufgeklärt?", fragte Olga gespannt. „Weiß die Tante davon?"

„Ich habe es ihr gestern erzählt." Mein Hugo ist unschuldig, wie er mir gleich den ersten Abend sagte. Der junge Herr hat da oben auf dem Boden in aller Gemütsruhe eine Zigarre geraucht, obwohl der Herr Vater es streng verboten hatte. Er kommt vom Heuboden, um abzumarschieren ins nahe Städtchen, und flüstert Hugo zu: ‚Lauf schnell mal hinauf, mir ist ein Stück von der Zigarre weggefallen, damit nichts passiert.' Er sagt ihm noch, wo er gesessen, aber mein Hugo findet nichts. Als das Feuer anging, wusste mein Sohn natürlich, woher es kam. Ihm wurde angst, und um nicht gegen den jungen Herrn auszusagen, ist er blindlings geflohen, ohne zu wissen wohin. Etwas Geld, das er sich auf dem Hofe verdient hatte, hat er mitgenommen und hat sich damit bis zur Küste durchgeschlagen, wo es ihm geglückt ist, von einem Schiffer, der gerade einen Schiffsjungen gebrauchen konnte, mitgenommen zu werden. Da hat er schwere Zeiten durchgemacht, denn der Dienst war hart und der Herr ein strenger. Aber er sieht selbst ein, dass die harte Schule gut für ihn war. Er ist ein paarmal mit dem Schiff von hier nach England gefahren. Als er das dritte Mal zurückfährt, trifft er mit einem älteren Mann zusammen, seines Handwerks ein Tischler. Da nun mein Hugo immer den Wunsch gehabt hat, Tischler zu werden, und der Mann Gefallen an ihm fand, weil er geschickt und zuverlässig war, so bot er ihm an, er wolle ihn umsonst in die Lehre nehmen, nachdem Hugo ihm, der Wahrheit gemäß, seine Schicksale erzählt hatte. Der Tischler, ein guter, christlich gesinnter Mann, stellte Hugo sein Unrecht vor, dass er die Mutter verlassen habe und ohne ihr Wissen in die weite Welt gegangen sei. Er stellte ihm die Bedingung, dass er erst der Mutter schreiben und ihre Verzeihung erbitten müsse, eh' er ihn als Lehrling in sein Geschäft nehme. Er nahm ihn jedoch mit in sein in einer Hafenstadt gelegenes Haus, damit er dort die Antwort der Mutter abwarte. Der Brief kam als unbestellbar zurück. Nun hat der Mann viel an meinem Sohn getan, Hugo hat seine Lehrzeit dort durchgemacht und, wie er sagt, zur vollen Zufriedenheit des Meisters und ist gut gehalten worden. Herr Rieß, so heißt der Mann, hat ihn dann noch als Gesellen behalten, da hat er sich ein schönes Geld verdient. Früher, sagte er, hat er mir nicht unter die Augen treten wollen, bis er etwas geworden sei, nun aber sei das Heimweh groß geworden, da habe er sich aufgemacht und sei nach Buschtal gefahren, wo ihn niemand mehr gekannt hat, denn aus dem Jungen war ein Mann geworden. Er wollte sich auch nicht zu erkennen geben, nur in einer Familie, die mit mir befreundet war, ist er eingekehrt, dort hat er erfahren, dass ich in die Hauptstadt gezogen bin, aber da das Schreiben keine Mode bei uns ist, haben sie natürlich nicht gewusst, wo ich zu finden sei. Aber in der großen Stadt ist ja alles ausfindig zu machen, da wird ja jeder Mensch angeschrieben, da hat er mich denn endlich gefunden, und das Übrige weiß Fräulein Olga am besten, sie ist ja dabei gewesen."

„Der Mann sieht aber blass aus, war er krank?"

„Ja, er hat im Herbst den Typhus gehabt, ist aber im Krankenhaus gut verpflegt worden. Er fühlt sich wieder ganz kräftig und meint, die frische Farbe werde schon wiederkommen. Sie können sich aber denken, wie glücklich ich bin, Frau Doktor, dass mein Sohn so wiedergekommen ist und nicht so, wie Herr Hirsch ihn mir täglich vorgemalt hat."

„Wir freuen uns mit Ihnen, gute Frau Weber", sagte Tante Susanne und drückte ihr die Hand, während Olga fragte:

„Hat er denn seinen ehemaligen Freund Edgar nicht wiedergesehen, als er in Buschtal war?"

„Nein, er hat sich nur ganz kurz dort aufgehalten, weil er Verlangen nach mir hatte. Er hat nur gehört, dass Edgar hoffnungslos krank ist, deshalb möchte er noch einmal hin und ihn besuchen, zumal er gehört hat, dass die Feuergeschichte längst vergessen und nichts danach gekommen ist."

„Ja, Edgar ist sehr krank, so schrieben die Meinen, sein Ende steht nahe bevor, die Eltern sind sehr betrübt", sagte Olga.

Die Frage, ob Hugo hier bleiben und sich Arbeit suchen würde, bejahte Frau Weber. Er wollte jedenfalls in der Mutter Nähe bleiben und ihren Lebensabend erleichtern.

18. In Buschtal

Wie sah es nun in Buschtal aus, woher der junge Mann eben kam?

Es war etwa acht Tage nach Weihnachten, Neujahr war vorüber. Viel Schnee brachte dieser Winter, davon gab das Dörfchen Zeugnis mit seinen weißen Dächern, verschneiten Wegen und Gärten. Die Häuser waren alle klein und unansehnlich, mit Ausnahme des Pfarrhauses, das mit seiner Scheune und den Stallgebäuden ziemlich am Ende des Dorfes lag, in der Nähe der Kirche. Am stattlichsten aber ragte am andern Ende des Dorfes, auf einer kleinen Anhöhe liegend, das Herrenhaus hervor mit seinen hohen Fenstern und den verzierten Erkern. Es herrschte kein fröhliches Leben im Schloss, wie die Leute es nannten, vielmehr eine feierliche Stille. Die Dienerschaft trat leise auf, und der sonst laute Ton des Hausherrn hatte heute einen gedämpften Klang. In einem der oberen Zimmer lag ein hoffnungslos Kranker. Sein schmales blasses Gesicht, die leuchtenden Augen, die abgezehrten Hände, alles deutete auf ein nahes Ende.

Edgar lag auf einem Ruhebett, das so gerückt war, dass er den Blick nach dem Erker hatte, dessen hohe Bogenfenster ihm die Winterlandschaft zeigten, die gestern im Sonnenschein prangte, heute ein düsteres graues Bild darbot. Zu beiden Seiten des Ruhebettes saßen die Eltern. Die Mutter hatte die fieberheiße Hand des Kranken in die ihre genommen und strich von Zeit zu Zeit mit der andern liebkosend darüber hin.

„Es ist gut, dass Elvira gestern hier war mit ihren Eltern; sie hatten eine schöne Fahrt im Sonnenschein; heute gibt's gewiss noch Sturm, ich fühle es in den Gliedern", sagte der Kranke.

„Die gute Elvira", rühmte Frau Walsleben, „sie hat dir doch oft wohl getan mit ihren Besuchen, unermüdlich hat sie dir vorgelesen, wenn ich nicht konnte."

„Ja, Mutter, sie hat mir auch sonst viel Gutes getan. Ihr frommes Gemüt, ihr Glaube hat mich auch wieder zurechtgebracht. Ich glaube, ich hätte es nicht für ein so großes Unrecht gehalten, dass ich euch das Rauchen auf dem Heuboden verheimlicht habe, wenn sie, der ich es anvertraut hatte, mich nicht darauf hingeführt hätte, dass ich es euch sagen müsste."

„Ach, lass doch die Geschichte mit dem Feuer, mein Sohn. Die alte Scheune war so baufällig, dass ich sie doch über kurz oder lang hätte niederreißen lassen. Natürlich war es Unrecht, großes Unrecht von dir, dass du trotz meines strengen Verbotes es zum zweiten Male wagtest, dort zu rauchen, und hätte ich es gleich erfahren, so hätte dich eine empfindliche Strafe getroffen. Aber du hast nun unsere volle Vergebung, nachdem du ein reumütiges Geständnis abgelegt hast. Sei nun ruhig, mein Sohn, wir wollen uns die letzten Tage deines Lebens nicht mehr trüben. Denke, was für eine schöne Feier wir heute haben werden im heiligen Abendmahl, Gemeinschaft mit dem Herrn und untereinander und Vergebung aller unserer Sünden durch Christi Blut."

Edgar reichte dem Vater die andere Hand.

„Ich danke dir, Vater; was du gesagt hast, gibt mir Frieden." Er lag eine Weile ganz still. Vater und Mutter sagten auch kein Wort; sie waren beide zu bewegt, um sprechen zu können.

Plötzlich wurde der Kranke wieder unruhig. „Eins quält mich noch", begann er, „wenn ich doch wüsste, was aus Hugo geworden ist. Er ist ganz unschuldig an der Sache, aber ich glaube bestimmt, er ist um meinetwillen geflohen, um nicht gegen mich auszusagen. Ich kenne ihn; er hat oft Schelte aufgeladen, wenn ich der Hauptschuldige war bei dummen Streichen. Wenn ich doch wüsste, was aus Hugo geworden ist!"

„Es hat mir Leid getan, dass die Webern so bald danach hier fortzog", sagte die Mutter. „Ich habe nie wieder von ihr gehört, aber vielleicht könnte man sich im Dorf einmal erkundigen –"

„Ja, bitte, Mutter, wenn du das wolltest!"

Ein leises Klopfen an der Tür ließ sich vernehmen. Der Vater stand auf, um nachzusehen.

„Ein junger Mann steht unten, er möchte den Herrn gern sprechen", meldete der alte Diener.

Herr Walsleben ging hinaus. Es währte geraume Zeit, bis er wiederkam, nicht allein, sondern in Begleitung eines jungen, hoch aufgeschossenen Mannes, der im besten Sonntagsstaat erschienen war, um seinen ehemaligen Freund und Gefährten noch einmal zu sehen.

„Mutter", sagte Herr Walsleben, „hier ist Gottes Hand. Es wird und kann unserm Jungen nicht schaden, wenn er seinen Freund, nach dem er sich soeben gesehnt hat, begrüßt. Komm, Hugo, setz' dich zu ihm."

Nachdem Frau Walsleben Hugo freundlich begrüßt hatte, verließen beide Eltern das Zimmer, um Edgar die Aussprache mit dem Freund zu erleichtern.

Als sie wieder hineinkamen, stand Hugo am Fenster und weinte, während Edgar erschöpft auf seinem Lager lag.

Die Mutter streichelte ihm liebevoll die Wangen. „Es ist am besten, wir gehen jetzt alle fort, und du versuchst zu schlafen."

„Ja, ich bin müde, sehr müde. Noch eins, Mutter, Hugo möchte an der Feier teilnehmen, und ich wäre glücklich, wenn ihr es erlaubtet."

„Von Herzen sehr gern, mein Sohn. Ist es bei ihm Herzenssache, oder tut er es dir zuliebe? Im letzteren Fall –"

„Er hat in der Fremde seinen Heiland gefunden, Mutter; er ist ein lieber, prächtiger Mensch."

Diese Worte wurden zwischen Mutter und Sohn gewechselt, während der Vater zu Hugo in den Erker gegangen war und sich mit ihm unterhielt.

Als es dunkelte, wurde das Zimmer zum Empfang des Geistlichen hergerichtet. Die Vorhänge an den Fenstern wurden zugezogen, ein Tisch als Altar hergerichtet und schöne Blumen aus dem Gewächshaus darauf gestellt. Die Mutter legte rings um den Tisch grüne Tannenzweige, dann schmückte sie sich selbst zu der Feier. Es herrschte eine friedevolle, wehmütige Stimmung. Der Vater las gerade eine kurze Abendmahlsbetrachtung, als der Pfarrer gemeldet wurde.

Eine hohe, kräftige Gestalt betrat das Zimmer. Wir sind ihr schon öfters begegnet, es ist Pastor Dahlburg, der jetzige Pfarrer von Buschtal.

Nachdem er die Anwesenden begrüßt und den Wunsch des Sterbenden vernommen hatte, begab er sich mit Hugo Weber in den Erker und sprach leise einige Worte mit ihm. Am Schluss reichte er ihm die Hand und sagte ihm, dass er nichts dawider habe, ihn an der Feier teilnehmen zu lassen.

Es war eine Stunde später, da sah man den jungen Pfarrer auf dem Rückweg vom Schloss gegen Sturm und Schnee ankämpfen. Ein eisig kalter Wind blies ihm die Schneeflocken ins Gesicht, die wie scharfe Nadeln die Haut trafen. Er hüllte sich fester in seinen Mantel und stampfte tapfer durch den Schnee, der an manchen Stellen schon zu Schanzen zusammengetrieben war. Endlich sah er die Umrisse seines Pfarrhauses im Dunkel auftauchen, aber gleichzeitig blieb er stehen und schlug sich vor die Stirn. „Wie konnte ich das vergessen? Ich wollte doch zu den alten Muschows gehen, der Mann ist schwer krank, ich muss noch heute Abend zu ihm!" Er stand einen Augenblick still. Noch einmal in dem schlimmen Wetter das halbe Dorf zurück? Doch die Pflicht geht allem voran, er folgte der Pflicht und stampfte zurück, bis er vor dem Häuschen stand. Er hatte die alten Leute gern; sie waren kirchlich gesinnt, soviel er in der kurzen Zeit seines Hierseins beurteilen konnte. Er trat gebückt durch die niedrige Haustür und dann in die Stube, wo eine glühende Hitze ihn umfing. Er legte schnell seinen Mantel ab und trat ans Krankenbett. Dort lag ein Sterbender, das sah man. Die Frau saß dicht an seinem Bett und hatte auf dem Schoß eine große Schüssel mit Milchsuppe. Sie aß die Suppe und dabei fielen große Tränen in die Schüssel. „Herr Pfarrer, Sie haben sich gefreut, als Sie uns einmal trafen, beide miteinander aus der Schüssel unsere Suppe essend. Über 40 Jahre hab' ich mit ihm zusammen gelöffelt, nun muss ich allein essen. Wenn nur unser Herrgott ihn nicht mehr lange zappeln lässt, sterben muss er nun doch einmal, aber ich möchte, wenn's möglich wäre, noch gern mit ihm das heilige Nachtmahl haben."

Der Pfarrer sagte, dass es jetzt, da er ohne Bewusstsein sei, unmöglich wäre; sie möge nur schicken, sobald er klar sei und danach verlange. Dann redete er mit ihr tröstende Worte und machte sich zum zweiten Mal auf, mit dem tobenden Wetter zu kämpfen. Diesmal kam er glücklich nach Hause. Er zog seinen Hausschlüssel und schloss auf. Schauernd betrat er das große, kalte Haus. Es war still und einsam darin, seit man die alten Pfarrersleute, die nahe an vierzig Jahre hier gewaltet, hinausgetragen hatte. Nun war seit dem Spätherbst Pastor Dahlburg alleiniger Bewohner des ziemlich geräumigen Pfarrhauses. Eine alte Frau aus dem Dorf besorgte ihm das Notwendigste, war sie fertig, verließ sie ihn auch.

Er dachte aber ernstlich daran, sich eine Wirtschafterin anzustellen, denn auf die Dauer ging es nicht, es musste jemand ganz im Hause sein.

Dahlburg ging in sein Studierzimmer und zündete seine Lampe an. Dann schritt er zum Ofen, auf den er eine Kanne mit Tee, den er vorher bereitet hatte, gestellt. Er hoffte sich damit zu erwärmen, aber das Feuer im Ofen war erloschen und der Tee kaum lauwarm. Da er nicht Lust hatte, noch einmal Feuer anzumachen, zog er den warmen Hausrock an und setzte sich an sein Pult, um die Predigt zum kommenden Sonntag zu beginnen.

Aber die Gedanken wanderten immer umher. Bald waren sie im Herrenhaus bei dem sterbenden Jüngling, dessen Seele nun Frieden gefunden, nachdem er sein Unrecht bekannt und bereut hatte, bald waren sie in dem ärmlichen Häuschen bei den alten Leuten, die den Weg des Lebens miteinander gepilgert waren durch

Freud und Leid, und die sich nun trennen sollten. Bald tauchten heitere Bilder vor seiner Seele auf. Er sah sich als Lehrer einer frohen, übermütigen Mädchenschar gegenüber und bei mancher kleinen drolligen Szene, an die er sich erinnerte, stahl sich ein feines Lächeln über seine Züge. Oder er sah seine Lieblingsschwester Margarete in heißer Arbeit da draußen unter den Hindufrauen in der Senanamission. Auch der alten Eltern, die er so gern mitgenommen hätte, gedachte er. Aber sie mochten nicht mehr verpflanzt werden, zumal der hochbetagte Vater, der in letzter Zeit sehr leidend gewesen war, sich entschieden wehrte gegen das Umziehen an einen andern Ort. Und doch – wie gern hätte er sie hier. Es war so einsam, er fühlte sich noch fremd in der Gemeinde, wiewohl er alles tat, was einem treuen Seelsorger zukam. Der alte Pfarrer war zu lange am Ort gewesen, die Herzen gehörten ihm noch ungeteilt. „Der Herr Pfarrer hat's so gemacht", oder „der Herr Pfarrer meinte anders als Sie", musste er oft hören, so dass ihm zuweilen der Mut sinken wollte, und er dachte, er käme nicht vorwärts.

Aber nur treu! war seine Losung. „Mache dich auf und werde licht, denn dein Licht kommt und die Herrlichkeit des Herrn gehet auf über dir", ein schöner Text, es ließ sich viel darüber sagen. Er sann und schrieb, und während die Feder schnell über das Papier glitt, heulte der Sturm draußen und trieb den Schnee gegen die Fenster, dass es knisterte. Ein unheimliches, tosendes Wetter, das sich auch in dem leeren Hause bemerkbar machte durch Knarren der Türen, durch Ächzen in den Kaminen und Rütteln an den morschen Fenstern. Jetzt ging's kaum mehr mit dem Schreiben. Die Finger versagten den Dienst, sie waren steif und kalt geworden in der notdürftig erwärmten Stube. Er stand auf, ging auf und ab und rieb sich die erstarrten Hände.

Horch, was war das! Es rüttelte an der Haustür. Nein, es war der Sturm. Jetzt klopfte es ans Fenster, fast wollte es dem einsamen Manne unheimlich werden. „Herr Pastor, in dem alten Hause spukt es, der alte Herr Pfarrer geht um", hatten die Leute gesagt. Er glaubte natürlich nicht an solche Dinge, aber dass irgendetwas in oder außer dem Hause war, was nicht mit dem Sturm zusammenhing, das merkte er. Er öffnete die Tür und sah in den Flur hinaus. Dort war alles still. Er ging an die Haustür, sie war verschlossen, er hatte gleich hinter sich zugemacht.

Als er in das Studierzimmer zurückkam, hörte er es wieder deutlich ans Fenster pochen. Er zog die Zuggardinen zurück und sah hinaus. Da regte sich draußen, so weit er in der Dunkelheit zu unterscheiden vermochte, etwas Ungeheuerliches. Viel größer als ein Mensch war's anzusehen, und doch musste es etwas Menschenartiges sein, denn es ging oder wogte vielmehr hin und her und – sprach! „Herr Pastor, machen Sie doch einmal auf", klang es dumpf und hohl. Und nun war es wieder an der Haustür und rüttelte laut und vernehmlich. Etwas gruselig war's unserm jungen Pfarrer, aber: in Gottes Namen, dachte er, nahm die Lampe und schloss auf.

Und herein kam's, das Ungeheuer. Unten wie eine verhüllte Frauengestalt und oben, wo der Kopf bei den Menschen zu sitzen pflegt, war's wie eine große, viereckige Platte, und eine Stimme, wie aus dem Grabe kommend, sagte:

„Nehmen Sie mir doch einmal das Ding da oben ab, es ist für Sie."

Und nun packte er zu. Er griff in etwas Weiches, Warmes, das sich wie ein großes Bett anfühlte; nun hatte er es herunter, und siehe da, in ein großes Tuch gehüllt, das nass von Schnee trieft, kommt ein schönes, warmes Bett zum Vorschein. Behutsam legt er es auf einen in der Nähe stehenden Tisch und sieht sich nun das, was unter dem Bett hervorkriecht, an. Es ist ein schlichtes, einfaches Weib, das also anhebt:

„Herr Pastor, nehmen Sie's nicht für ungut. Die Wilken, was Ihre Aufwartung ist, hat mir gesagt, dass Sie nur eine wollene Decke haben, das ist doch bei dem gruseligen Wetter nichts für Sie. Ich habe viele Betten daheim auf dem Bauernhof drüben, da hab' ich Sie eins hergebracht, das können Sie gern behalten, wenn Sie mögen."

Jetzt war der Pfarrer gerührt von solcher Liebe. Beide Hände streckte er der braven Frau entgegen und dankte mit warmen Worten. Er forderte sie auf, näher zu kommen, sie lehnte es ab mit den Worten: „Zu Hause warten sie auf mich, es hat lange gedauert, eh' Sie aufmachten. Es soll mir eine Freud' sein, wenn ich Ihnen einen Dienst getan."

Sie schlug sich ein Tuch um den Kopf und ging. Das war das erste Liebeszeichen aus der noch fremden Gemeinde.

Und wirklich ein Liebeszeichen, denn unser Pfarrer hatte seit einiger Zeit die Unzulänglichkeit der Decke empfunden bei diesem besonders kalten Winter, aber als unpraktischer Junggeselle nicht gleich gewusst, wie dem abzuhelfen sei. Die Wilken hatte es der Bauersfrau geklagt, welch' ein dürftiges Bett der Herr Pfarrer habe, und jene wusste Rat.

Diese kleine Szene erhob den Mann so, dass er sich flugs an seine Predigt setzte und voll Feuer und Eifer, voll Dank gegen Gott und Menschen sie in einem Zuge zu Ende schrieb.

19. Der erste Besuch in Altenhorst

Einige Wochen weiter. Ein schöner klarer Frosttag. Sturm und Schnee peitschen nicht mehr gegen die Fenster des Pfarrhauses, und wenn auch noch viel Schnee draußen liegt, so gleicht er einer weichen, warmen Decke, die sorgsam die Saaten verhüllt.

Im Studierzimmer des Pfarrers ist heute eine behagliche Wärme. Er hat's an jenem Abend eingesehen, so ganz allein geht's nicht länger und hat eine ältere, tüchtige Person gefunden, die willens ist, ganz im Pfarrhaus zu bleiben und den Herrn Pfarrer leiblich zu versorgen. Vor allen Dingen sorgt sie für Wärme und ist so beflissen, ihren Herrn nicht frieren zu lassen, dass sie es fast zu gut macht. Er kann oft nicht anders, als ein Fenster öffnen, was die Alte beinahe als Sünde ansieht, denn: „Wie kann man nur im Winter ein Fenster auftun", jammert sie und schlägt die Hände zusammen. „Aber er ist einmal der Herr und kann tun, was er will."

Er steht sinnend am Fenster und sieht in die klare Winterlandschaft. Der Jüngling im Herrenhaus und der Greis in der Hütte, sie sind beide zur Ruhe getragen. Durch den Tod des Sohnes ist Dahlburg den Eltern näher getreten, er hofft, dass er mit der Zeit dort mehr Anschluss finden wird. Einige Pastoren der Umgegend kennt er schon, es hat sich bereits ein regelmäßiger Verkehr mit ihnen angebahnt. Ein Dorf, das zu seiner Gemeinde gehört, hat einen Gutsherrn, den er persönlich noch nicht kennt. Er glaubt, die Familie schon öfter in der Kirche gesehen zu haben, auch ist ihm gesagt, dass eine Tochter vom Altenhorster Herrn häufig nach

Buschtal gekommen sei, um den Kranken, der in jüngeren Jahren ihr Spielgefährte gewesen sei, zu besuchen. Gesehen hatte er sie nie dort. Aber es wurde höchste Zeit, dass er in Altenhorst Besuch machte, auf dem Hofe sowohl als auch im Dorf. Heute wäre ein Tag dazu, das klare Wetter, die festen Wege, der Mondschein, alles ist günstig. Er bestellte sein Mittagessen eine Stunde früher, und nachdem er der Alten Anweisung gegeben, was zu tun, wenn Meldungen kämen, machte er sich auf den Weg nach Altenhorst. Er musste einen Wald passieren und an einem See vorüber; es musste ja wunderschön im Sommer sein, wenn er sich die Bäume belaubt dachte, wenn der See, der jetzt mit einer starren Eisdecke überzogen war, mit seinen Fluten die Ufer bespülte. Wie hübsch lag das Dorf Altenhorst an seinen Ufern. Drüben das stattliche Herrenhaus, das vor allen andern hervorragte. Wie hieß doch der Besitzer? Start oder Stark, es war ein kurzer, bekannter Name.

Munter schritt er vorwärts, bald hatte er sein Ziel erreicht. Frau Stark kam ihm sehr freundlich entgegen, man kannte ja den Herrn Pfarrer schon von der Kirche her, hatte längst auf seinen Besuch gewartet. Bald saß er im großen gemütlichen Wohnzimmer mit der Familie zusammen.

„Unser Sohn oder vielmehr Pflegesohn Rudolf ist Gerichtsassessor im Nachbarstädtchen, und eine Tochter haben wir noch", sagte Herr Stark im Laufe des Gesprächs, „die ist bei der Tante in der Hauptstadt."

Da war's plötzlich, als ob dem jungen Pfarrer ein Licht aufging. „Stark?", fragte er nachsinnend, „ein Fräulein Stark habe ich in M. kennen gelernt. War ein Fräulein Olga Stark einmal längere Zeit bei Frau Dr. Norden?"

„Gewiss, da ist sie noch, aber wir hoffen sehr, Olga bald wieder hier zu haben."

„Hatte – hatte Fräulein Olga nicht eine Stelle angenommen?"

„Haben Sie davon auch gehört?", lachte Herr Stark. „Ja, sie hat den dummen Mädels zeigen wollen, dass Dienen keine Schande sei, und hat sich deshalb mit einer andern Dame entschlossen, auf kurze Zeit einen Dienst anzunehmen, natürlich mit unserer Erlaubnis. Jetzt ist sie längst wieder bei der Tante."

„Frau Doktor ist auch eine Tante von mir, allerdings entfernter verwandt", sagte der junge Mann. Das interessierte natürlich sehr, man kam auf die Verwandtschaftsgrade zu sprechen, und wie man nie von einer Familie Dahlburg gehört, was sich daraus erklärte, dass Nordens sehr bald nach England übergesiedelt waren und man daher von den Verwandten von Tante Susannes Mann wenig oder nichts gehört hatte.

„Sehen Sie, Herr Pfarrer, da sind wir auch noch ein bisschen verwandt", meinte Frau Stark, „und müssen gute Nachbarschaft miteinander halten."

„Ich bin Ihnen sehr dankbar, wenn ich in Ihrer Familie verkehren darf, da ich mich daheim natürlich sehr einsam fühle."

Dahlburg fügte hinzu, dass er sich auch bei Walslebens jetzt schon heimischer fühle, besonders seit dem Tode des jüngsten Sohnes.

Damit war das Gespräch auf diese Familie gelenkt und wie sich denken lässt, kam man auf alles, was die Gemüter dort in letzter Zeit bewegt hatte, zu sprechen.

„Wie gut", rief Frau Stark, „dass Edgar vor seinem Tode noch bekannt hat. Es ahnte ja niemand, dass er der Schuldige sei, die Geschichte wäre überhaupt ganz in Vergessenheit geraten, wenn – das Gewissen nicht wäre."

„Ja, das Gewissen", versetzte der Pfarrer ernst, „das ist ein zartes Ding, bei Tag und bei Nacht, wohl dem, der auf seine Stimme hört."

„Bei Edgar ist es aber erst spät erwacht", wandte Herr Stark ein. „Er hat sich die ersten Jahre nach dem Brand in seiner Sorglosigkeit und Leichtlebigkeit überhaupt kein Gewissen daraus gemacht, weil er merkte, dass alles, bis auf die Scheune, verschont geblieben war und weil der Vater einmal in seiner Gegenwart geäußert hatte, er würde das alte, morsche baufällige Ding sowieso im nächsten Jahr niederreißen lassen. Und, hat er gedacht – wir wissen es durch Elvira – ich weiß ja gar nicht einmal, ob ich überhaupt schuld bin, ich weiß nur, dass mir der Zigarrenstummel entfallen ist, ob nun dieser oder etwas anderes schuld ist, ich weiß es nicht. Dabei hat er sich beruhigt, bis er krank wurde und mehr in die Tiefe geführt wurde, da ist alles in ihm erwacht; er hat seine Schuld erkannt und nicht eher Ruhe gefunden, als bis er sie bekannt hatte."

„Auf das Erkennen muss unbedingt das Bekennen folgen, wenn die Reue rechter Art ist", versetzte der Pfarrer ernst, „sonst ist es um den Frieden der Seele geschehen."

Elviras Blicke hingen wie gebannt an den Lippen des Pfarrers. Sie stimmte ja ganz mit dem, was er sagte, überein und wagte deshalb leise hinzuzufügen: „Den Frieden hat aber Edgar Walsleben gefunden."

Pastor Dahlburg wandte sich freundlich an das lieblich errötende Mädchen und sagte: „Freilich hat seine

Seele Frieden gefunden, und ihm ist von Gott und Eltern völlige Vergebung zuteil geworden." Dann erzählte er, was die Familie noch nicht wusste, dass sein früherer Freund und Spielgefährte Hugo Weber gerade zu rechter Zeit heimgekehrt sei, sodass er auch diesen hatte um Verzeihung bitten können, weil Hugo durch ihn eine Zeit lang in falschen Verdacht gekommen war. Aber mit diesem habe Gott alles wohl gemacht, er sei als ordentlicher Tischlergeselle heimgekehrt und habe seiner schwer geprüften Mutter dadurch die große Sorgenlast vom Herzen genommen."

„Ich könnte mir nicht denken, dass eins unserer Kinder den Eltern etwas verheimlichte", nahm Herr Stark nach einer Pause das Wort wieder auf.

Niemand hatte bemerkt, dass Rika erbleicht war und sich tief über ihre Arbeit gebeugt hatte, auch fiel es jetzt nicht auf, dass sie hinausging, da sie öfter aus und ein ging und auch mitunter abgerufen wurde. Nur Pastor Dahlburgs ernste Augen folgten ihr. Man sprach weiter und vergaß bald, dass sie nicht im Zimmer war.

Sie flüchtete nach oben, warf sich in ihren Lehnstuhl, bedeckte das Gesicht mit den Händen und weinte. „O mein Gott", seufzte sie aus tiefstem Herzen, „du weißt, dass meine Reue tief und ernst ist. Aber Pastor Dahlburg sagt, das Erkennen genügt nicht, wenn nicht das Bekennen dazukommt, ist es um den Frieden der Seele geschehen. Habe ich denn Frieden? Nein, nur Unruhe und Herzensqual! Ich muss bekennen, was mich seit Jahren drückt, wenn es auch viel schwerer ist als Edgars Vergehen. Woher soll ich den Mut nehmen? Sie werden mich alle verachten, ich werde keine Eltern und Geschwister mehr haben."

Es hämmerte im Kopf; Augen und Stirn schmerzten; mit Gewalt drängte sie die Tränen zurück; sie konnte ja nicht oben bleiben, musste wieder zur Gesellschaft, wenn es nicht auffallen sollte.

Da klopfte es. Ein Mädchen meldete, die Milch sei da, sie habe Fräulein schon gesucht, ob sie nicht kommen wolle und ausmessen.

Sie zwang sich zur Ruhe, besorgte mit Umsicht, was es in den Wirtschaftsräumen zu tun gab. Und als Elvira kam und meldete, dass der Herr Pfarrer zum Abend bleiben wolle, Riekchen möchte für ihn decken lassen und noch eine warme Speise machen, antwortete sie ruhig und freundlich wie immer. Elvira sah sie forschend an. „Rika, hast du Kopfschmerzen?", fragte sie und streichelte ihr sanft die Wangen. „Etwas", war die Antwort. Elvira hörte es dem Ton an, dass sie nicht liebte, weiter darüber zu sprechen.

Spät am Abend, als der Pfarrer durch den Wald ging, war es ihm, als habe er viel erlebt. Der Mond schien hell auf die bereiften Bäume, die ihre Schatten über den Weg warfen. Es war eine traumhafte Landschaft und ihm selbst war, als sei er von einem Traum umfangen. Wie wohl und heimisch war es ihm in dieser sympathischen Familie geworden.

Und welche Entdeckung, dass diese Starks die Eltern von Fräulein Olga waren! Er würde es gewiss erfahren haben, wenn er Tante Susanne, als er Abschied nehmen wollte, zu Hause getroffen hätte. So war nichts bekannt geworden, und er hatte bis heute nicht gewusst, was für liebe Leute das Herrenhaus zu Altenhorst barg. Wann hatte er Fräulein Olga zuletzt gesehen? Er wusste es gar gut. Reizend hatte sie ausgesehen in ihrem Kostüm als geheimrätliches Stubenmädchen. Wie schalkhaft hatte sie ihn angeblitzt, als sie ihn gefragt: „Wen darf ich melden?" Es hatte ihm riesig gefallen, dass sie nicht aus ihrer Rolle gefallen war. Und dass sie es wirklich eine bestimmte Zeit durchgeführt hatte, das imponierte ihm noch mehr. Und die zarte Schwester mit dem lieblichen Gesicht und der klangreichen Stimme! Wie schade, dass sie so gebrechlich war, und doch, welch ein Segen war sie nicht nur für ihre Eltern, auch für das Dorf. Sie hatte von den einzelnen Kranken genau Bescheid gewusst, er hatte gemerkt, dass sie der gute tröstende Engel war in Altenhorst. Die ältere Tochter mit dem ernsten Gesicht und den schwermütigen Augen mochte gewiss auch ein vortreffliches Mädchen sein, aber es gehörte wohl mehr Zeit dazu, sie kennen zu lernen.

Die Gedanken nahmen ihn so ein, dass er ganz überrascht war, als er sich dicht vor Buschtal befand. Noch wenige Minuten, und er war daheim. Wohltuende Wärme umfing ihn in seiner Arbeitsstube, es war doch anders, seit er jemand im Hause hatte, der für ihn sorgte. Die Alte kam mit der Lampe aus ihrem Stübchen, berichtete, was gekommen war; er las mit ihr den Abendsegen, und sie ging zur Ruhe. Er wanderte, noch mit seinen Gedanken beschäftigt, im Zimmer auf und ab. Wie würde es sein, wenn die leeren Räume des Pfarrhauses einmal bewohnt sein würden? Eine lichte Gestalt trat vor seine Seele, es war die Gestalt des geheimrätlichen Stubenmädchens, das sich heute als Fräulein Olga Stark aus Altenhorst entpuppt hatte. Er befahl sein Wünschen und Hoffen Gott dem Herrn.

20. Das Geständnis

„Riekchen, bist du krank, du siehst schlecht aus", sagte Frau Stark am nächsten Morgen, als sie mit ihrer Tochter in den Wirtschaftsräumen war.

„Ich habe etwas Kopfweh, liebe Mutter."

„Du hast gewiss schlecht geschlafen?"

„Nicht gut", war die Antwort. Dass sie die ganze Nacht kein Auge zugetan hatte, mochte sie nicht sagen.

„Du solltest dich ein Stündchen legen, dann wird es am ersten besser."

„Ja, ich will dann hinaufgehen, wenn ich hier fertig bin." Die Mutter bestand darauf, sie solle gleich gehen, und müden Schrittes schlich sie nach oben.

Sie hatte den festen Entschluss gefasst, heute mit den Eltern zu sprechen, koste es, was es wolle. Dieser Zustand musste ein Ende nehmen. Wenn nur nicht der Vater ihr gegenüber immer etwas so Strenges gehabt hätte! Sie hatte von jeher Furcht vor ihm gehabt. Aber es musste überwunden werden, nur wer seine Schuld bekennt, findet Frieden für seine Seele. Und nach Frieden dürstete ihr Herz, diese ewige Qual und Unruhe tötete sie fast.

Da kam Elvira. „Riekchen, möchtest du mit mir auf den See gehen? Allein wollen die Eltern mich nicht lassen. Mutter meint, es könnte deinem Kopf gut sein."

Riekchen, die am Fenster gesessen, sprang auf. „Gewiss, gern, Elvira, ich gehe mit dir, es ist wieder so schönes Wetter, kein Wind, gerade Wetter für dich." Sie machten sich fertig und wanderten ab, die Schlittschuhe über den Arm.

Die frische Luft tat dem Kopf wohl, es wurde ihr etwas freier und leichter zu Sinn. Als sie die Schlittschuhe angelegt hatten, fasste Riekchen Elvira bei der Hand und glitt mit ihr über die spiegelglatte Fläche hin. Plötzlich rief Elvira:

„Sieh, da hinten, vom andern Ufer des Sees kommt noch ein Schlittschuhläufer, das ist doch bestimmt Rudolf!"

„Ja, er ist es", rief sie, machte sich von Riekchens Hand los und lief ihm entgegen.

Rika zögerte, blieb mit Absicht zurück, doch auf einmal rief sie mit angstvoller Stimme: „Elvira!" Während diese die Blicke nach dem Bruder gerichtet hatte, bemerkte Riekchen ein Loch im See, das die Fischer gehauen hatten, und welches Elvira nicht zu bemerken schien. Schnell eilte sie ihr nach. Doch ehe sie sie erreichen konnte, krachte es unter Elvira, sie brach ein. Aber die Angst hatte Rikas Schritte beflügelt, kaum war Elvira im Wasser, streckte ihr auch schon Rika die hilfreichen Hände entgegen, und mit Aufbietung aller Kräfte zog sie die erschrockene und an allen Gliedern zitternde Elvira aus dem Wasser. Doch schon war Rudolf zur Stelle.

„Um Gottes willen, Kinder, was macht ihr?" Mit diesen Worten riss er beide Schwestern von der gefährlichen Stelle fort, nahm, ohne ein Wort zu sagen, die jüngere Schwester auf seine Arme und trug sie, mit Riekchens Hilfe, dem Hause zu. Sie wurde gleich ins Bett gebracht und bekam Heißes zu trinken, alle fürchteten für sie das Schlimmste. Doch wider alles Erwarten erklärte sie nach einer Weile, es sei ihr ganz wohl. Wenn die Schwester nicht gleich zur Stelle gewesen wäre und ihr herausgeholfen hätte, dann wäre sie gewiss ertrunken, aber ihr verdanke sie, dass sie nicht ganz gesunken, sie sei ja nur teilweise im Wasser gewesen, die Eltern sollten keine Sorge haben.

Aber die erschrockenen Eltern beruhigten sich nicht so leicht. Bei Elviras zarter Konstitution fürchteten sie noch immer ein Nachspiel, wunderten sich aber, als Elvira nach etwa einer Stunde wieder unten erschien und behauptete, sie sei ganz wohl, es habe ihr nichts geschadet.

„Wo ist denn aber Rika?“, fragte Rudolf besorgt. „Sie hat sich hoffentlich auch umgezogen, denn ich sah, dass sie ganz durchnässt war.“

„So ist es immer“, rief Frau Stark. „Man ist es gewohnt, dass Riekchen immer für sich selbst sorgt und fragt gar nicht danach, ob sie auch Schaden genommen hat. Sie wäre gewiss bei Elvira, wenn sie wohl und munter wäre.“

Frau Stark eilte nach Rikas Zimmer. Da stand ihre älteste Tochter und schüttelte eben das Bett auf. „Ich hatte mich ein Weilchen gelegt, Mutter; der Schreck, die Angst und vielleicht auch das Gehen in den nassen Schuhen hatten mich etwas angegriffen, aber nun ist's wieder gut, Mutter, lass uns zu Elvira gehen. Wie geht es ihr?“

„Sie ist wieder unten, mein liebes Kind. Sie sagt, sie verdankt es dir, dass sie gerettet ist.“

„O, Mutter!“, sagte Riekchen mit einem Ton, der der Mutter zu Herzen ging.

„Liebes, liebes Schwesterchen“, sagte sie dann voll Innigkeit und Wärme und umschlang Elvira, die unten im Wohnzimmer auf dem Ruhebett lag, zärtlich,

„wie froh und dankbar bin ich, dass es dir nicht geschadet hat."

„Wenn es dir nur nicht geschadet hat, Rika", sagte Rudolf, „du siehst blass und elend aus und hättest liegen bleiben müssen."

„Ich hatte solche Unruhe wegen Vira, bin übrigens nun auch wieder ganz wohl."

Ihr Aussehen strafte ihre Worte Lügen, das dachten Rudolf und die Mutter, beide. Der Vater war, nachdem er sich wegen Elvira beruhigt hatte, wieder hinausgegangen, da ihn jemand hatte sprechen wollen.

Elvira war von dem ganzen Erlebnis so erschöpft, dass sie, als Frau Stark das Zimmer verlassen hatte und Rudolf sich in die andere Stube zurückgezogen hatte, eingeschlafen war. Riekchen saß neben ihr und hatte ihre Hand fest in der ihren.

Als sie sah, dass das Schwesterchen schlief, löste sie leise die Hand aus der Elviras und wollte auch hinausgehen. Da trat Rudolf ihr entgegen.

„Meine liebe Rika", sagte er und legte den Arm um sie, „wie glücklich bin ich, dass ich dich gesund vor mir sehe."

Sanft entwand sie sich seinem Arm. Traurig sagte er:

„Das war früher das Recht des Bruders, auch das lässt du mir nicht mehr?"

„Unser Verhältnis zueinander ist nicht mehr geschwisterlich", sagte sie errötend.

„Rika, also bist du willens, in ein anderes Verhältnis zu mir zu treten?"

„Du irrst. Du wirst bald nichts mehr von mir wissen wollen."

„Was hast du nur, Liebste? Sage mir, was ist es, das

dich drückt und quält. Lass mich die Last mittragen, ich bitte dich inständig."

„Die Eltern sollen es noch heute erfahren. Ihnen bin ich das Geständnis schuldig, nicht dir. Aber ich bitte dich, lass dir nichts merken, du wirst es früh genug erfahren, und ihr werdet mich alle verachten."

Elvira erwachte und gleichzeitig trat die Mutter ein. „Vater ist mit einem Herrn nach Gründorf gefahren, um dort Pferde anzusehen, kommt erst abends spät heim. Rika, du siehst aber noch jämmerlich blass aus, du solltest dich legen."

„Es geht schon, Mutter, ich bin so froh, dass es unserer Elvira nichts geschadet hat."

„Sie denkt eben nur an andere", sagte Rudolf, der neben ihr stand. „Nur von mir mag sie nichts wissen", fügte er so leise hinzu, dass nur sie es hörte.

„O, wenn er nur wüsste, wie gern ich für ihn lebte, für ihn sorgte", dachte Rika.

„Wie geht es dir, Rudolf, wie kommt es, dass du dich freimachen konntest?", fragte Frau Stark.

„Ich muss es als eine besondere Fügung Gottes ansehen, dass ich gerade heute keinen Termin hatte und es mir einfiel, den Weg abzukürzen und über den See zu kommen. Sonst wäre es vielleicht um beide liebe Schwestern geschehen gewesen. Ja, Mutterchen, ich hatte Sehnsucht nach hier, du kannst dir nicht denken, wie einem einsamen Junggesellen zu Mute ist, wenn er in seinen vier Wänden sitzt und hört und sieht nichts von der Welt."

„Aber du hast doch Freunde?"

„Gewiss; ich verkehre auch gern mit ihnen, aber in der Häuslichkeit ist es so öde, wenn man kein liebendes Wesen um sich hat." Ein Seitenblick streifte wieder Rika, sie schien es nicht zu bemerken.

Frau Stark riet ihm, es zu machen wie Pastor Dahlburg, sich eine ältere Persönlichkeit ins Haus zu nehmen, die ihm wirtschafte.

Er meinte, er wolle es sich überlegen. Rudolf blieb den Tag über da. Es diente ihm zur Beruhigung, die Schwestern zu beobachten. Da es aber schien, als ob Elvira wirklich mit dem bloßen Schreck davongekommen sei und auch Rika nichts Besonderes zu fehlen schien, so verabschiedete er sich gegen Abend. Elvira wurde zeitig zu Bett geschickt, Rika, die auch gehen sollte, bat, bleiben zu dürfen.

So saß sie abends mit der Mutter allein; wie gern hätte sie ihr nun das Herz erschlossen, aber sie hatte sich vorgenommen, Vater und Mutter beiden zu sagen, was ihr seit Jahren auf dem Herzen lag. Sie seufzte innerlich, Gott möge ihr helfen; ihr Herz klopfte bang. Die Mutter sah sie von Zeit zu Zeit besorgt an und mahnte immer wieder, hinaufzugehen, sie bliebe gern allein, bis der Vater komme, aber Rika blieb fest.

Jetzt hörte man einen Wagen durchs Dorf fahren. „Da ist der Vater", sagte Frau Stark und stand auf, um ihm entgegenzugehen. „Kind, wie siehst du aus! Dir ist schlecht, ich sehe es dir an."

„Nein, Mutter, es hat nichts zu bedeuten, bitte, geh' dem Vater entgegen."

Der Wagen hielt schon. Herr Stark kam, wie es seine Art war, schnell die Hausstufen herauf und begrüßte die Gattin in der offenen Tür. Seine erste Frage war: „Wie geht's den Kindern?"

„Elvira ist Gott sei Dank ganz frisch und munter, ist

aber auf meinen Wunsch zeitig zu Bett gegangen. Rika ist nicht so frisch, ich habe Sorge um sie; sie wollte durchaus auf dich warten und ist hier."

„Meine gute Rika", sagte Herr Stark mit weicherem Ton, als er sonst anzunehmen pflegte, „du hast unsere Elvira gerettet, hättest du nicht die Geistesgegenwart gehabt, sie schnell und sicher zu fassen, so wäre sie vielleicht nicht mehr."

„Und doch", stieß Rika heftig heraus, „bin ich an Elviras Gebrechlichkeit schuld. Nicht Tina, das Kindermädchen, sondern ich habe sie damals, obwohl es mir verboten war, aus dem Wagen genommen und habe sie fallen lassen. Das ist der Kummer meines Lebens, der dunkle Schatten, der mein Dasein trübt. Könnt ihr mir verzeihen –"

Mit diesen Worten warf sie sich vor ihre Eltern nieder, die erst ganz stumm waren vor Schreck und Staunen. Endlich brachte der Vater die Worte hervor: „Und das – das konntest du deinen Eltern jahrelang verheimlichen! Da hört denn doch alles auf –"

Nun, da einmal der Damm durchbrochen war, bekannte sie, warum sie geschwiegen. Zuerst, als das Kind gefallen war, hatte es geschrieen, dann war es bald still geworden, und Rika, die erst sehr erschrocken gewesen, beruhigte sich, zumal die Eltern nicht zu Hause waren und nichts gemerkt hatten. Ja, sie vergaß die Geschichte ganz, bis später einmal der Arzt kam, die Verkrümmung entdeckte und erklärte, dass es von einem Fall herrühre. Man glaubte natürlich, das Kindermädchen habe es verschuldet, und der Vater hatte in seiner Heftigkeit gesagt, wenn er das Mädchen zur Stelle hätte – sie war nämlich mit ihren Eltern ausgewandert

– würde er ihr alle Knochen entzweischlagen. Das hatte Rika im Nebenzimmer gehört, und die Angst vor dem Vater war dermaßen gewesen, dass sie nicht wagte, sich als die Täterin zu bekennen. Allmählich fand man sich darein, und Rika dachte als Kind, es sei gut, dass sie so weggekommen sei, und wenn sie auch einige Gewissensbisse fühlte, so war sie doch im Ganzen ihres Lebens froh, bis sie älter wurde. Als sie sah, wie Elviras zarte, gebrechliche Gestalt sie in so vielem hinderte, was sie und Olga mit ihren gesunden Gliedern ausrichten konnten, als sie hörte, wie betrübt die Eltern sich oft äußerten über Elviras Schicksal, da begriff sie erst voll und ganz die Schwere ihres Unrechts, und doch – sie brachte es nicht übers Herz, es den Eltern zu bekennen. Oft war sie so weit, dann verließ sie die Kraft, sie konnte nicht. Und je länger sie zögerte, desto schwerer wurde es. Sie wurde immer verschlossener und stiller, es legte sich wie ein dunkler Schatten auf ihr Leben, und ihre Eltern und Geschwister litten sehr darunter. In anderer Weise war sie so selbstlos, so pflichttreu und um Elvira so besorgt, dass die Eltern sie deswegen hochhielten und lieb hatten, wiewohl dem Vater ihr Wesen unleidlich war, wie er dies oft merken ließ, dagegen Elvira, seinem Liebling den Vorzug gab. O, wie gönnte sie ihr dies, wie verlangte sie nichts für sich, wie ging all' ihr Tun und Handeln darin auf, ihre Schuld, wie sie meinte, zu büßen. Darum gönnte sie sich keine Freude und auch kein Vergnügen. Dass das alles unrecht war, wurde ihr immer klarer; sie fühlte, dass der Friede damit nicht erkauft werden konnte. Und als nun noch Pastor Dahlburg so ernst über das Bekennen der Schuld sprach, da war, wie wir wissen, der beste Entschluss gereift, nun alles zu sagen, es möge kommen, was da wolle.

„Ihr werdet mich verachten, ich habe es verdient, und wenn ihr mich aus dem Hause weist, ich gehe, denn ich bin nicht wert, dass ich euer Kind heiße. Elvira, meine heiß geliebte kleine Schwester, und Olga, sie werden nichts von mir wissen wollen, und Rudolf – ihr versteht jetzt alles, liebe Eltern."

„Kind, du bist zu erregt", sagte die besorgte Mutter, „lass es nun gut sein. Wir begreifen zwar nicht, dass du so wenig Vertrauen hattest; du hättest es ja gleich, als wir nach Hause kamen, sagen müssen, vielleicht hätte dann etwas geschehen können, aber lass es nun gut sein. Nicht wahr? Vater, wir verzeihen ihr, heute, wo sie unser Kind gerettet hat."

Herr Stark saß noch immer stumm, wie in Gedanken versunken. Er schwieg.

„Vater will mir nicht verzeihen, er kann es auch nicht! O, mein Gott", stöhnte sie, „ich habe es gewusst!"

Die Mutter schlang den Arm um sie und sagte: „Geh' jetzt hinauf, mein Kind, du bist zu erregt. Wir wollen morgen weiter davon sprechen." Mit diesen Worten führte sie sie hinauf. Willenlos ließ Rika es geschehen; sie fühlte sich zum Umsinken matt und krank. Frau Stark merkte es, war ihr behilflich beim Ausziehen, und als sie lag, legte sie die Hand auf ihre brennende Stirn und sagte: „Rika, du hast Fieber, ich will dir einen kühlenden Trank bringen."

Zuvor ging sie zu ihrem Mann, der immer noch regungslos dasaß: „Vater", sagte sie liebevoll und rückte zu ihm aufs Sofa: „Du hättest dem armen Kinde ein Wort sagen müssen."

„Ich kann es nicht, ich kann es noch nicht, denn ich begreife nicht, wie ein Kind so verschlossen gegen seine Eltern sein kann."

„Vater, du bist oft recht streng gewesen, besonders gegen unsere Älteste. Manches Gemüt verträgt keine Strenge, im Gegenteil, sie bringt Erbitterung oder Verschlossenheit. Dazu kommt, dass du dich mitunter derber Ausdrücke bedienst. Sie sagt ja, dass sie durch eine Äußerung von dir so in Angst geraten ist, dass sie nicht gewagt hat, die Schuld zu bekennen."

„Dass sie es nicht bekannt hat, jahrelang nicht bekannt hat, darüber kann ich nicht wegkommen, das kann ich ihr nicht verzeihen."

„Vielleicht nimmt sie uns Gott der Herr, ich fürchte, es ist eine ernste Krankheit bei ihr im Anzuge; ich muss noch einmal hinauf, nach ihr zu sehen. Vater, komm' mit."

„Nein, heute nicht. Ich muss Zeit haben, lass mich, Mutter."

Sie ging, bereitete einen kühlen Trunk und fand Rika im Halbschlummer. Diese fuhr auf, als die Mutter eintrat, und klagte über heftige Kopfschmerzen.

Herr Stark hatte einen anstrengenden Tag gehabt, fühlte sich erschöpft und müde, und da seine Frau vorzog zu kommen, begab er sich zur Ruhe in dem Gedanken, es werde so schlimm nicht sein mit Rikas Krankheit. Morgen wollte er die ganze Sache noch einmal gründlich mit ihr durchsprechen, zu schaffen machte es ihm doch. Sollte er wirklich durch seine Strenge das Mädchen so verschlossen gemacht haben? Wie konnte sie nur so wenig Vertrauen zu den Eltern haben? Er erinnerte sich doch, dass sie sofort das kleinste

Versehen eingestanden hatte. Wenn sie etwas zerbrach in der Wirtschaft oder irgendwie durch Unvorsichtigkeit Schaden anrichtete, sie kam sofort und bekannte es. Doch vielleicht war das eine Folge davon, dass sie die schwere Schuld nicht eingestanden hatte, sie glaubte vielleicht, diese in etwas dadurch zu sühnen. So dachte er hin und her, bis ihn endlich die Müdigkeit übermannte und er einschlief. Er schlief bis zum andern Morgen und war erstaunt, nichts von der Frau zu sehen und zu hören.

Als er ins Wohnzimmer kam, war der Kaffeetisch gedeckt und Elvira, die sonst immer später aufstand, kam ihm entgegen.

„Denke dir, lieber Vater, Rika ist sehr krank geworden in der Nacht. Mutter ist immer bei ihr. Hast du nichts gemerkt?"

Jetzt nahm sein Gesicht doch einen besorgten Ausdruck an. „Ist es sehr schlimm geworden? Was hat sie denn?"

„Mutter sagt, sie hat phantasiert, sie wolle zum Doktor schicken."

„Vira, komm einmal her." Er nahm sie in seine Arme. „Hast du Rika lieb, so recht von Herzen lieb?"

„O so sehr, lieber Vater; ich kann es dir gar nicht sagen, wie sehr. Sie ist meine beste Freundin; ich fühle mich so geborgen unter ihrem Schutz. Und ich habe immer das Gefühl, als ob –" sie zögerte.

„Nun, als ob?"

„Als ob ich ihr das Liebste auf der Welt bin. Sie schiebt mir alles Unangenehme aus dem Wege, behütet und beschützt mich, wo sie kann, und gestern hat sie mich mit eigener Lebensgefahr aus dem Wasser gezogen."

„Das ist alles wahr", entgegnete der Vater. „Aber ich dachte immer, Olga sei dir doch lieber."

„Deshalb mitunter, weil sie heiterer, fröhlicher ist; wir stimmen in allen Dingen so gut miteinander überein. Rika ist oft so traurig; es ist ein so melancholischer Blick in ihren Augen, das bedrückt mich und tut mir weh."

„Weißt du auch, warum sie so traurig ist, Vira, soll ich es dir sagen?"

„Weißt du es, lieber Vater, o, dann offenbare es mir. Wenn es in meiner Macht steht, will ich dazu helfen, dass sie fröhlich wird. Aber es wird wohl nicht in meiner Macht stehen."

„Es steht in deiner Macht." Und er sagte ihr alles. Elvira sah ihn, während er erzählte, starr an. Als er geendet, brach ein Strahl der Freude aus ihren schönen Augen. „Meinetwegen hat sie sich die Qualen gemacht! O, Rika, Rika, wenn ich das gewusst hätte! Keinen Augenblick soll sie sich mehr betrüben, ich bin ja so glücklich und zufrieden, habe es so gut, dass ich mich sonnen kann in der Liebe meiner Eltern und Geschwister. Wie kann sie nur deshalb jetzt noch traurig sein?"

„So verzeihst du ihr, dass sie dir das Leid angetan hat?"

„Von ganzem Herzen. Sie hat es doch nicht mit Absicht getan."

„Sie hat es uns aber verhehlt, und das war unrecht. Eltern darf man nichts verbergen. Aber wenn du ihr verzeihst, will ich ihr auch verzeihen. Komm, wir wollen beide miteinander nach oben gehen."

21. Abschied von der Tante

„Bei dir, liebe Tante, ist es wunderschön, und doch freue ich mich, wenn ich die lieben Meinen bald wiedersehen soll. Es ist ein ganzes Jahr, seit ich Abschied nahm."

„Ich verdenke es dir keinen Augenblick, meine liebe Olga", sagte Tante Susanne, „dass du dich auf die Heimat freust. Es wäre nicht gut, wenn es anders wäre. Aber ich bin traurig, wenn ich dich missen soll."

„Im Sommer musst du zu uns kommen, Tante Susanne." Und nun begann Olga der Tante auszumalen, wie schön es bei ihnen auf dem Lande sei, wie sie auch Fräulein Müllers eingeladen habe, die armen Damen, die im Sommer immer in der Stadt blieben, weil sie nicht die Mittel hatten, Badereisen zu unternehmen oder in die Sommerfrische zu gehen. Alfred sei auch vom Vater eingeladen, der Vater möge gern junge Leute zum Besuch haben, und Alfred freue sich schon jetzt darauf!

Es war an einem Vormittag, als die Tante mit Olga in einem Erker des linken Zimmers saß, jede an ihrem Fenster mit einer Handarbeit beschäftigt. Blühende Topfgewächse, Hyazinthen, Tulpen und Veilchen schmückten das Fenster, waren sie verblüht, brachte der junge Mann andere aus dem Gewächshaus, in dem unter der Oberaufsicht des alten Hirsch alles prächtig gedieh. Tante Susanne war sehr froh, dass der alte Herr sich der Blumen und des Gartens annahm; sie spendete ihm dann und wann ein Kistchen Zigarren oder ließ ihm Kaffee ins Portierhäuschen bringen, wenn er sich nicht entschließen konnte, den Damen seinen „ergebensten Diener" zu machen.

Auch heute hatte man ihn wieder kommen sehen, es gab im Garten ja noch nichts zu tun, als Bäume und Sträucher beschneiden, aber das Geschäft nahm er sehr ernst und belehrte den jungen Mann, der klettern konnte wie eine Katze, wie er alles regelrecht auszuführen habe.

„Es ist gut", begann Olga nach einer Weile, als sie vom Fenster aus zugesehen hatte, wie der Alte unter den Bäumen stand und dem Jungen Anweisung gab, „es ist gut, dass Herr Hirsch jetzt diese Beschäftigung hat, es wird Frau Weber lieb sein; sie ist gern allein."

„Sagte ich dir schon, dass Frau Weber gestern bei mir war, während du eine Besorgung in der Stadt machtest? Der junge Walsleben hat ihrem Sohn eine Summe vermacht, damit er sich selbständig machen kann. Er ist überglücklich und seine Mutter mit ihm, wahrscheinlich wird er sich hier als Tischler niederlassen."

„Dann zieht gewiss die Mutter zu ihm; was wird aber aus dem alten Herrn?"

„Hoffentlich verlassen sie ihn nicht, sondern nehmen ihn mit. Gesagt hat sie nichts darüber."

Ein lautes Bellen ließ sich vernehmen. „Was hat denn der Teckel wieder?", rief Olga ärgerlich.

„Alfred neckt ihn natürlich oder spielt mit ihm. Er nimmt jetzt einen großen Teil von Alfreds freier Zeit in Anspruch."

Außer Minna, dem Stubenmädchen, und dem jungen Mann im Portierhäuschen war noch ein neuer Hausgenosse hinzugekommen. Die Tante, die Hunde nicht besonders liebte, hatte gar nicht die Absicht gehabt, sich ein derartiges Haustier anzuschaffen, obwohl Alfred vom ersten Tage des Einzugs an erklärte, ein

Hund müsse da sein. Es sei der beste Wächter des Hauses, alle Villenbesitzer ringsum hätten solche Wache haltenden Tiere, es sei unumgänglich nötig. Tante Susanne ignorierte diesen Vorschlag, wiewohl er immer dringender wurde. Was geschah? Anfang Januar war der Tante Geburtstag. Der Sekundaner kam feierlich in das Zimmer, wo die Tante an ihrem reich mit Blumen geschmückten Geburtstagstisch stand. Er trug vorsichtig mit beiden Händen eine offene Kiste, darin saß ein schwarzer Teckel, mit rotseidenen Schleifen um den Hals, zwischen den Pfoten ein Sträußchen.

„Was bedeutet dies?“, fragte Tante Susanne verwundert.

„Mein Geschenk für dich, liebe Tante. Möge er dir viel Freude machen.“

„Aber Alfred, du weißt doch –“

„Tante, du sollst sehen, du gewinnst ihn lieb. Sieh nur, wie rührend er dich ansieht.“

Tante Susanne wusste nicht, sollte sie lachen oder böse sein. Aber der Teckel sah in diesem Augenblick wirklich niedlich aus, er sah die Herrin so bittend an, als wollte er sagen: „Behalte mich doch, ich bin nun einmal da.“

Und wirklich, die Tante sagte: „Angeschafft hätte ich mir keinen Hund, aber – er ist nun einmal da. Doch ich bitte mir aus, Alfred, dass du ihn gut erziehest, es ist noch ein junges Tier, und Teckel können sehr ungezogen sein.“

Das war Wasser auf unseres Alfreds Mühle. „Du kannst sicher sein, liebe Tante, ich erziehe ihn vorzüglich, das verstehe ich ausgezeichnet.“ Und nun zählte er her, wie viele Hunde er schon dressiert habe, und versprach, ihn nur ins Zimmer zu lassen, wenn er sich ganz artig betrage. Aber dessen ungeachtet waren schon manche Ärgernisse vorgekommen. Alfred hatte ihn trotz seiner Erziehungskünste noch nicht so weit bringen können, dass er einen Teller mit Fleisch ruhig stehen sehen konnte. Wenn er Derartiges witterte, begann er zu zittern, schlug nervös mit dem Schwanz auf die Erde, und in einem unbewachten Augenblick hatte er das größte Stück erwischt und verschlungen. Auch zu Ledersachen verspürte er großen Appetit, aus Handschuhen fraß er mit Vorliebe Finger heraus, wenn er ihrer habhaft werden konnte. Vorübergehende bellte er an, dass sie oft drohend ihre Stöcke erhoben, kurz, die Tante hatte schon einige Male erklärt, wenn der Ärger mit dem Hund nicht aufhöre, müsse er fort.

Alfreds ständige Rede blieb: „Tante, er wird noch." Einstweilen lag dies Werden in weiter Ferne. Es schien ihn zu beunruhigen, dass so viele Zweige von den Bäumen geschnitten wurden; er sah darin ebenso viele Stöcke, die seine großen Feinde waren, gegen welche er sich stets bellend auflehnte. Herrn Hirschs kräftige Ermahnungen zur Ruhe halfen nichts. Eben gebot Tante Susanne der Minna, die gerade im Zimmer war, den Hund einzusperren, da fuhr ein Wagen vor.

Jetzt schnellte unser Teckel hinweg von den Männern gerade auf den Wagen los. Alfred hatte von seinem Fenster oben dies Manöver gesehen, und da nun das Bellen in verstärktem Tempo anhob und er sah, dass, als Minna den Wagenschlag öffnete, einige junge Mädchen heraussprangen, da sauste er die Treppe hinunter, fuhr durch die offene Gartentür gerade auf den Hund los, packte ihn beim Kragen, machte den jungen, verwundert dreinschauenden Mädchen einen Diener, wie er in der Tanzstunde nicht besser gelernt werden kann, und verschwand mit dem Ruhestörer nach oben.

Inzwischen waren dem Wagen aber noch zwei Damen entstiegen, eine ältere und eine jüngere, die Minna fragten, ob Frau Dr. Norden und die Fräulein Nichte zu sprechen seien.

Minna ließ die Herrschaften in das Besuchszimmer treten und meldete die Namen.

„Das sind ja meine Geheimrats“, rief Olga, tief erglühend. „Tante, du musst allein gehen, ich lasse mich nicht sehen.“

„Gerade du, mein Kind, bist gemeint, sie machen dir den Besuch so gut wie mir.“ Mit diesen Worten ergriff sie Olga bei der Hand und ging mit ihr hinein zu dem Besuch.

Frau von Busch war mit ihren Töchtern aus Italien zurückgekehrt, während ihr Gemahl seiner Gesundheit wegen bis zum Frühling dort Aufenthalt nehmen musste. Die Töchter, besonders die beiden jüngsten, trieben, seit sie zurück waren, immer zu diesem Besuch. Nun endlich war es so weit; sie konnten es kaum erwarten, „ihre Olga“ wieder zu sehen.

„Wie schön sie wohnt“, flüsterten sie ihrer Mutter zu, als man sie in den Salon geführt hatte.

Und wie verwundert sah auch Frau Geheimrat auf, als sie der feinen, schlanken Dame, die sie sich als Olgas Tante lange als ehrsame Bürgersfrau vorgestellt hatte, gegenüberstand. Und nun verneigte sich Olga kunstgerecht, wenn auch tief errötend, vor ihrer ehemaligen Herrin und begrüßte lächelnd, wenn auch etwas verlegen, die jungen Mädchen.

„Nun lassen Sie sich erst einmal umarmen, liebes Fräulein Olga, für alle Dienste, die Sie uns geleistet, für alles Gute, das Sie unsern Leuten getan. Diese haben durch Ihr Beispiel viel gelernt und sprechen noch heute von Ihnen.“

Olga wehrte bescheiden alles Lob ab und wandte sich, während die älteren Damen bald in ein Gespräch miteinander kamen, an Fräulein Luise, die ihr, Olga, in sehr herzlicher Weise Freundschaft anbot. „Wir wohnen zwar ziemlich weit voneinander, aber es wäre hübsch, wenn wir jede Woche einmal zusammenkommen könnten; ich habe mit einigen Freundinnen ein Kränzchen, wenn Sie daran teilnehmen möchten?“

„Gewiss gerne“, meinte Olga, „aber ich werde nur noch kurze Zeit hier sein, da ich bald nach Hause gehe.“

Fräulein Luise beharrte auf ihrer Bitte und meinte, es sei noch einige Wochen hin, sie möge doch kommen, wenn es auch nur ein paar Mal sein könnte.

Lotti und Anni hatten sich ganz vertraulich an Olga geschmiegt, jede an eine Seite, und sahen bewundernd an ihr in die Höhe. Von Zeit zu Zeit streichelte ihr eine von ihnen die Wangen, und dann flüsterten sie: „O Olga, Sie haben uns sogar die Stuben gekehrt und die Kleider geplättet.“

„Das gehört alles zum Geschäft“, sagte Olga munter.

„Es heißt: Fräulein Olga, Lotti, merke dir das“, sagte die Geheimrätin.

„Sagen Sie nur ruhig Olga, es ist mir ebenso lieb.“

„Es macht Ihnen alle Ehre, Fräulein Stark, dass Sie so denken“, sagte Frau von Busch, sich erhebend. „Damit Sie aber sehen, dass wir Ihre Handlungsweise nicht belachen oder bespotten, sondern schätzen, so haben wir

Ihnen zur Erinnerung an die in unserm Hause verlebte Zeit ein kleines Andenken mitgebracht." Mit diesen Worten händigte sie Olga ein kleines Etui aus, in dem sich ein kostbarer Ring befand. Diese dankte hocherfreut und versprach, ihn stets zur Erinnerung an die Familie zu tragen, die ihr so viel Freundlichkeit entgegengebracht hatte. Das Gespräch wurde dann allgemein, es wurde auch Pastor Dahlburg erwähnt, und wie erstaunte man, als man hörte, dass er in der Nähe von Olgas Heimat Pastor geworden sei.

„Wenn Sie uns einmal besuchen mögen, Lotti und Anni, so können Sie ihn wiedersehen", sagte Olga, die wusste, wie sehr die beiden diesen ihren früheren Lehrer verehrten.

„O, Sie sind zu reizend. Nicht wahr, Mutter, wir dürfen einmal nach Altenhorst?" Frau Geheimrat gab es halb und halb zu.

Bei Tische wurde viel von dem liebenswürdigen Besuch gesprochen, und Olga freute sich, das wertvolle Andenken bald ihren Eltern zeigen zu dürfen. Sie entschloss sich, den Ring stets zur Erinnerung an ihre Dienstzeit tragen zu wollen.

„Was hast du denn mit der klingenden Münze gemacht, Olga, die dir dein Dienst eingetragen? Dafür solltest du eigentlich etwas zum Besten geben", riet Alfred.

„Tut mir Leid", war die Antwort, „ist alles schon verausgabt."

„Sehr verschwenderisch", tadelte der Jüngling, während die Tante schwieg. Sie wusste, dass das Geld an Margarete geschickt worden war für Zwecke der Mission. Mit Margarete stand Olga zu ihrer Freude in reger

Korrespondenz, solche Freundschaft konnte für das junge Mädchen nur förderlich sein.

„Es wundert mich", sagte Olga im Laufe des Nachmittags zur Tante, „dass ich so lange keine Briefe aus der Heimat habe, es wird hoffentlich niemand krank sein!"

Eine Stunde später hatte sie Nachricht. Ein Telegramm war gekommen mit den inhaltschweren Worten: „Komm sobald du kannst nach Hause, Rika schwer erkrankt."

Wie war mit einem Schlage alles so anders! An diesem Abend war es unmöglich abzureisen, aber am nächsten Morgen mit dem Schnellzug musste es sein.

Alles half einpacken, und traurig verlief der Abend des eben beschriebenen Tages. Kaum kam in der Nacht Schlaf in die Augen des betrübten und erregten Mädchens. Ebenso ging es der Tante, die am nächsten Morgen früh auf war, um ihr geliebtes Kind noch sehen und sprechen zu können. Tränen flossen von beiden Seiten reichlich. Olga dankte der Tante für alle empfangene Liebe und Fürsorge, es war ein reiches Jahr für sie gewesen. Viele gute Eindrücke hatte sie empfangen, sie kehrte nach Hause zurück, reifer und an Erfahrung reicher. Hanne und Alfred gaben ihr das Geleit an den Bahnhof. Als die Droschke mit ihnen davonfuhr, sagte die Tante, die am Fenster stand, leise: „Gott behüte dich, du teures Kind. Er segne deinen ferneren Lebensweg und schenke dir seinen Frieden."

22. Beim Bruder

Die lange Reise war ohne Zwischenfall zurückgelegt. Wie ganz anders hatte Olga sich das Nachhausekommen gedacht! Sie hatte es sich oft ausgemalt, wie die Schwestern sie im Städtchen empfangen würden, welch ein Jubel es sein würde, wenn sie alle drei wieder beisammen wären, wie der alte Christoph mit den Braunen außerhalb des Bahnhofes warten und sie schmunzelnd begrüßen und wie es dann in schnellem Trab dem väterlichen Gut zugehen würde. Sie kam an, stieg aus, es war niemand zu sehen. Traurigen Sinnes ging sie dem Ausgang zu, da kam ein Herr in eiligem Schritt daher.

„Rudolf", rief sie und lief auf den Bruder zu, „Rudolf, wie gut, dass du wenigstens da bist."

„Ich hätte es kaum erfahren, dass du heute kommst, liebes Schwesterchen, wollte eben ausgehen, als meine Hauswirtin mir nachkam und sagte, dass heute gegen Mittag, als ich im Amtsgericht war, der Altenhorster Kutscher vorgefahren sei und die Bestellung gemacht habe, ich möchte Fräulein Olga Stark mit dem Fünfuhrzug erwarten und sie mit nach meiner Wohnung nehmen, bis er abends komme und sie abhole."

„Weißt du, dass Rika krank ist?"

„Ja, seit heute, durch die Frau. Christoph hat berichtet, er müsse den Doktor holen, wisse aber nicht, wann er zurückfahren werde, jedenfalls solltest du bei mir warten, bis der Wagen käme. Sage nur, Olga, weißt du, was Rika fehlt? Ich bin ganz aufgeregt durch die Nachricht und fürchte, sie hat bei dem Einbrechen kürzlich eine starke Erkältung davongetragen." Olga, die von dieser Sache nichts wusste, ließ sich nun von dem Bruder erzählen, wie den beiden Schwestern beinahe ein Unglück auf dem See zugestoßen sei, wie er noch zu rechter Zeit gekommen sei, um ihnen beizustehen, wie aber Rika eigentlich die Schwester gerettet habe, und wie er sich wundere, dass Elvira ohne Nachteil für ihre Gesundheit davongekommen sei. „Ich habe seitdem nichts gehört und bin sehr erschrocken durch die Botschaft, die ich eben vernommen, und glaubte nun, durch dich Näheres zu erfahren."

Olga sagte, dass sie gestern gegen Abend das Telegramm bekommen habe, das nur die schwere Erkrankung Rikas gemeldet habe und die Bitte, sofort nach Hause zu kommen.

Die Geschwister waren beide bewegt durch die Nachricht und konnten von nichts anderem sprechen, als sie miteinander nach Rudolfs Wohnung schritten. Es war ein gutes Stück dahin, wiewohl die Entfernungen lange nicht so weit waren, wie Olga es im letzten Jahr gewohnt war. Sie überschritten den Marktplatz und bogen in die nächste Straße ein, die spärlich erleuchtet war. Vor einem der Häuser blieben sie stehen. „Hier ist meine Bude", sagte Rudolf, „ich will vorangehen und aufschließen." Er öffnete im Parterre rechts ein Zimmer, zündete die auf dem Tisch bereitstehende Lampe an und lud Olga ein, näher zu treten.

„Welch' ein trauliches, hübsches Zimmer, Rudolf", rief sie. „Ich habe mir eine Junggesellenwohnung ganz anders gedacht."

„Als Schüler wohnt man auch noch einfacher, wenn man aber ausstudiert hat und etwas geworden ist, kann man sich schon eine hübsche Wohnung leisten."

„Du bist nun in Amt und Würden, Rudolf, könntest schon ans Heiraten denken."

„Möchte es auch gern. Ja, Schwesterchen, das einsame Leben hat man satt."

„Ich könnte dir ein hübsches Frauchen vorschlagen, Rudolf. Aber auf Schwestern pflegt man nicht zu hören."

„Wen könnte denn mein Schwesterchen für mich ausgesucht haben?"

Sie sagte ihm leise, als fürchte sie, von andern gehört zu werden, einen Namen ins Ohr.

„Oberförsters Mariechen? Nein, meine Kleine, die würde ich mir nicht ausgesucht haben. Die ich zur Frau haben möchte, ist ihr weit überlegen. Sie ist ein ernstes, frommes Mädchen, tüchtig, gebildet und sehr selbstlos. Kannst du nicht raten, wer es ist?"

Olga dachte nach, riet einige Persönlichkeiten, aber die Rechte traf sie nicht.

„Dann sage ich es auch nicht. Aber, Olga, ich bin ein schlechter Wirt, du hast den ganzen Tag nichts Ordentliches gegessen, ich hätte dich längst mit Speise und Trank versorgen müssen."

Olga dankte für alles, meinte, die Tante habe sie so reichlich mit allem versorgt, dass sie keine Not gelitten habe, aber trotzdem holte der Junggeselle seine Spirituslampe, machte kochendes Wasser und goss Tee auf.

„Ganz kunstgerecht", lobte Olga. „Siehst du, du brauchst gar keine Frau, wenn du dir selbst so gut helfen kannst."

„Grausames Schwesterchen! Als ob man sich nur eine Frau nimmt um der leiblichen Versorgung willen. Ich will eine Frau, die meine Interessen teilt, mit der ich gediegene Gespräche führen kann. Doch, wie kommen wir wieder auf das Thema, komm, lass uns eine Tasse Tee trinken, er ist fertig."

„Dann will ich wenigstens alles Nötige herbeiholen", rief Olga, wusste Tassen und Teller zu finden, auch Brot und Butter, und ordnete alles zierlich und nett auf der über dem Tisch gebreiteten Serviette.

„Ich wollte aber doch, der Wagen käme", meinte sie unter dem Essen, „was kann ihn so aufhalten?"

„Es ist kein gutes Zeichen", sagte Rudolf besorgt. „Der Arzt ist entweder noch zu andern Kranken im Dorf gegangen, oder es steht schlimmer mit Rika, was wir nicht fürchten wollen."

„Leicht zu nehmen ist es nicht, sonst wäre das Telegramm nicht gekommen."

„Du fehlst Mutter natürlich; Elvira ist schwächlich, Rika liegt, Mutter wird viel bei ihr sein, darum musstest du kommen", sagte der Bruder sich selbst zur Beruhigung. Er wollte sich die Gefahr nicht eingestehen. Und doch ging er alle Augenblicke ans Fenster und horchte in die Dunkelheit hinaus, ob nicht ein Wagen zu hören sei.

Endlich ertönte in der Ferne ein Geräusch, als ob Räder über das Steinpflaster führen. „Jetzt kommt Christoph", rief er und wirklich, ein Wagen kam näher und hielt vor Rudolfs Haus.

Es war unterdes spät geworden. Die Nacht war kalt, es fror und die Sterne glänzten hell und klar am Himmel. Der Doktor sei noch nicht mitgekommen, berichtete Christoph; er sei noch zu einigen Kranken im Dorf gegangen, und als er noch einmal nach Fräulein Rika sehen wollte, sei sie so krank gewesen, dass er die Nacht bleiben müsse. „Die werden wir wohl auf den Gottesacker bringen müssen; ich glaub's nicht, dass wir sie wieder herausbringen“, schloss er lakonisch seine Rede.

„Dann fahre ich jedenfalls mit, wenn es so steht“, versetzte Rudolf erschrocken, machte sich schnell reisefertig, während Olga einstieg und sich warm einhüllte in alle Mäntel und Decken, die von den sorgsamen Eltern mitgeschickt waren.

Schweigend fuhren sie in die Nacht hinaus, jeder mit seinen Gedanken beschäftigt. Von Zeit zu Zeit stieß Rudolf einen tiefen Seufzer aus, der so schmerzlich klang, dass Olga seine Hand ergriff und sagte: „Rudolf, du hast auch viel von Rika gehalten.“

„Viel von ihr gehalten? Sie ist mir das Liebste auf Erden, wenn sie mir genommen wird, dann weiß ich nicht, wie ich das Leben ertragen soll.“

Da gingen Olga plötzlich die Augen auf: „Rudolf“, sagte sie zögernd, „du bist nicht unser rechter Bruder, solltest du dir Rika –“

„Du hast's getroffen, Schwester. Rika ist mir lieb und wert geworden; sie könnte längst meine Braut sein, wenn sie nicht immer behauptet hätte, sie sei meiner nicht wert, es läge ein Schatten auf ihrem Leben –“

„Ein Schatten?“, wiederholte Olga nachdenklich. „Sollte wirklich etwas Bestimmtes sie bedrücken, sollte sie deshalb oft so traurig und niedergeschlagen sein?“

„Sie hat mir, als ich das letzte Mal daheim war, gesagt, dass sie sich den Eltern offenbaren wolle, und zwar den folgenden Tag. Ob dies nun mit ihrer Erkrankung zusammenhängt, oder ob sie sich durch den Einbruch auf dem See eine ernste Erkrankung zugezogen hat, ob beides die Ursache der Krankheit ist, wer weiß es. Kurz, es ist sehr traurig und am allertraurigsten für mich, der ich schon so lange um ihre Liebe werbe."

„Armer Bruder", klagte Olga teilnehmend, „lass uns Gott bitten, dass Rika erhalten bleibt für uns alle, besonders aber für dich."

Sie fuhren in schnellem Trabe, schon tauchten die Lichter von Buschtal auf, das sie links liegen ließen. Rudolf sah zum Wagen hinaus. „Dort liegt das Pfarrhaus in tiefem Frieden. Aber einsam ist's drinnen, es waltet nur der junge Pfarrer mit seiner Haushälterin dort. Ich habe ihn kürzlich kennen gelernt, einen Mann, dessen Umgang mir wertvoll sein wird."

Olga schwieg.

„Er soll ja ein Verwandter von Tante Susanne sein. Hast du ihn nie dort gesehen?"

„O ja, ich kenne ihn."

„Du kennst ihn? Du hast ihn nie erwähnt."

„Seine Schwester ist ein sehr gediegenes Mädchen, mit der ich Freundschaft geschlossen habe. Sie ist nur leider so entfernt, dass wir persönlich kaum wieder zusammentreffen werden." Sie erzählte dem Bruder von Margarete Dahlburg und ihrem Beruf in Indien und lenkte so das Gespräch ab vom Bruder. Sie konnte sich noch kein Bild machen von ihrem gegenseitigen Verkehr, ihr wäre es lieber gewesen, er hätte eine andere Pfarrei bekommen. Doch sie konnte sich, wenn er die Eltern besuchte, ja möglichst fernhalten. Das ‚überspannte Frauenzimmer' konnte sie nicht so leicht überwinden. Jetzt allerdings nahmen ganz andere Gedanken sie in Anspruch, immer wieder kamen sie auf Rika zu sprechen und sorgten um ihr Leben.

Nun ging es an dem wohl bekannten See vorüber,

dessen gefrorene Oberfläche sich hell abhob von dem dunklen Tannenwald am jenseitigen Ufer. Die Lichter des Altenhorster Herrenhauses winkten freundlich zu ihnen herüber. Wie mochte es drinnen aussehen? Die Herzen klopften in ängstlicher Spannung, als der Wagen durchs Hoftor fuhr und in wenigen Sekunden vor dem Hause hielt.

Der Vater stand in der geöffneten Haustür und empfing sie, auch die Mutter kam und umarmte in zärtlicher Liebe ihr Töchterchen, das so lange abwesend gewesen war; beide Eltern mussten aber wieder zu der schwer kranken Rika, die in heftigen Fieberphantasien lag. Rudolf ging ihnen nach, während Olga mit Elvira, die glücklich war, die geliebte Schwester wieder zu haben, unten im Wohnzimmer blieb, wie die Eltern es gewünscht. Olga hatte den anstrengenden Reisetag hinter sich und sollte heute noch nicht zu der Schwerkranken.

Die beiden Schwestern saßen Hand in Hand auf dem kleinen Ecksofa, der immer ihr Lieblingsplatz gewesen war.

„Wieder daheim!", sagte Olga und sah sich im Wohnzimmer um. „Wie schaut mich alles so heimatlich, so traut an. Wenn nur das Nachhausekommen nicht eine so traurige Veranlassung gehabt hätte! Wie ist nur alles so plötzlich gekommen?"

Elvira fing nun an zu erzählen. Sie wurde immer lebhafter dabei und erregte sich sehr, denn die Geschichte ging ihr bis ins innerste Herz. Olga hörte mit Spannung auf den Bericht. Wie traf auch sie die Kunde von dem, was Rika bekannt hatte, unerwartet und tief. Das also war's, was der Schwester immer auf dem Herzen gelegen hatte. Und doch hatte sie nicht reden können, es war auch Olga unbegreiflich, die alles Unrecht von jeher freimütig zugestanden hatte. Sie sah Elvira traurig an. Sie konnte sich ja denken, wenn sie das Schwesterchen beobachtete in ihrer Schwachheit und Gebrechlichkeit, wie sehr Rika unter dem Gedanken, dass sie es verschuldet hatte, gelitten haben musste, und hatte inniges Mitleid mit ihr.

„Siehst du, Olga, als Vater es mir sagte, da war mir's, als ob jemand den Schleier von einem großen Geheimnis hinwegzöge, mir war plötzlich Rikas Wesen offenbar, und ich war so froh, dass es in meiner Hand lag, ihr Trost und Beruhigung zu bringen. Der Vater, der zuerst sehr ungehalten war und sich schwer entschließen konnte, auf ihre Bitte das Wort der Versöhnung zu sprechen, war, als er sah, dass ich nur den einen Wunsch hatte, Rika meine volle Liebe zu zeigen, bereit, mit mir zusammen zu ihr zu gehen und ihr die ersehnte Verzeihung zu bringen. Als wir hinaufkamen, hatte sie keine Besinnung mehr. Sie rief nach dem Vater in ihren Phantasien und flehte ihn an, ihr nicht mehr zu zürnen, fügte aber gleich hinzu: ‚Nein, er will es nicht, er tut es nicht, ich muss fort' – ach, es war ein trauriger Tag. Vater streichelte ihr sanft die Hände und tröstete sie mit freundlichen Worten, versicherte immer wieder, dass er ihr nicht zürne, aber es half nicht. Auch Rudolfs Namen nennt sie oft, ich weiß nicht, ob die beiden etwas miteinander gehabt haben, in ihren Phantasien beschäftigt er sie sehr."

„Vira, sie haben nichts gegeneinander. Sie haben sich lieb, Rudolf möchte Rika einst als seine Frau heimführen."

Elvira sah Olga erstaunt an: „Das ist es, was sie miteinander gehabt haben. Nun lösen sich ja alle Geheimnisse. Aber, Olga, ich fürchte, der arme Rudolf wird sein Ziel nicht erreichen. Unsere teure Schwester schwebt nach des Arztes Ausspruch in höchster Lebensgefahr. Und das alles um meinetwegen, das macht mir solche Pein." Ihre Augen füllten sich mit Tränen, auch Olga war durch alles, was sie gehört hatte, so ergriffen, dass auch sie ihren Tränen freien Lauf ließ.

„Ihr lieben Schwestern seid noch auf! Ihr solltet längst zu Bett sein", rief Rudolf, der eben eintrat und verwundert war, im Zimmer noch Sprechen zu hören. Er war bei der Kranken gewesen und war sehr traurig. Der Arzt, der mit den Eltern am Krankenbett weilte, zuckte die Achseln und konnte nicht viel Hoffnung auf Genesung geben. Rudolf ermahnte noch einmal die Schwestern, zur Ruhe zu gehen; obwohl sie versicherten, nicht schlafen zu können, fügten sie sich endlich, wenn auch ungern. Er selbst wanderte ruhelos im Zimmer auf und ab. Arme Rika! Welch' ein Leidensbild bot sie. Äußerlich die schwere Krankheit, innerlich die Anklage gegen sich selbst, die Schmerzensausbrüche über das, was sie ihrer lieben Schwester angetan. Es kam alles heraus, was sie seit Jahren allein für sich getragen hatte. Rudolf konnte es jetzt verstehen, dass ihr der frohe Mut, die unbefangene Heiterkeit der Jugend gefehlt hatte. Nur das konnte er nicht verstehen, dass sie nicht früher gesprochen, nicht schon als Kind den Unfall bekannt hatte, dann wären ihr alle diese Selbstquälereien erspart geblieben.

Aber trotz alledem liebte er sie und würde sie immer lieben, jetzt umso mehr, da sie krank war zum Sterben.

O, wenn sie ihm genommen würde! Er konnte es nicht ausdenken, lieber hielt er an der Hoffnung fest, dass Gott der Herr alles wenden und sie erretten könne. Dann wollte er sie auf Händen tragen, ihr allen Kummer der langen Jahre vergelten durch seine Liebe und Fürsorge.

23. Im Forsthaus

Am nächsten Morgen kamen die Eltern etwas beruhigter herunter. Das Schlafmittel hatte gewirkt, Rika hatte einige Stunden Ruhe gehabt, das Fieber war nicht mehr so hoch, es kam in aller Herzen ein leiser Hoffnungsschimmer auf.

„Mein liebes Kind“, wandte sich Frau Stark an Olga, „nun lege ich alle meine wirtschaftlichen Sorgen auf dich. Mamsell ist jung und unzuverlässig, du wirst dich um alles kümmern müssen.“ Olga versprach, ihr Möglichstes zu tun und fügte lächelnd hinzu: „Wenn man selbst in Stellung gewesen ist, kann man alles umso besser beurteilen. Aber wann kann ich Rika sehen? Soll ich sie gar nicht mitpflegen?“

Die Mutter versprach, sie solle heut noch zu ihr, ja, sie solle zeitweise auch die Pflege übernehmen, nur in der ersten schweren Zeit wollten die Eltern es sich nicht nehmen lassen, ihr Kind, um dessen Leben sie bangten, selbst zu pflegen.

Gott erhörte die Gebete aller und erhielt Rika am Leben. Der Arzt machte alles von der Krisis abhängig; es war ein schwerer Tag, aber die Kranke überstand ihn, die kräftige Natur siegte, und wiewohl die Schwäche sehr groß war, ging es von da an langsam der Genesung zu.

Es war eine ergreifende Szene gewesen, als Rika, wieder zum klaren Bewusstsein erwacht, den Vater am Krankenbett bemerkte. „Vater“, sagte sie mit leiser, zagender Stimme, „hast du mir verziehen?“ Und der Vater hatte ihre beiden Hände in die seinen genommen und gesagt: „Ja, von Herzen, mein liebes Kind.“ Und dann hatte es den starken Mann überwältigt, er schluchzte wie ein Kind.

„Wo ist Vira?“, fragte sie. Eben kam die zarte Gestalt herein, die gewöhnlich im Nebenzimmer war, um der Eltern Handlangerin zu sein, wenn sie oder die Kranke etwas bedurften; sie, die auf jeden Ton lauschte, hatte gemerkt, dass Rika etwas sagte, und als sie sah, dass die Kranke die Augen geöffnet hatte und der Vater ihre Hände in den seinen hielt, da eilte sie auf das Bett zu. Der Vater verließ, als er sie kommen sah, das Zimmer, sie aber umschlang die Schwester und flüsterte ihr heiße Liebesworte zu.

„Kannst du mich noch lieb haben, Engelskind?“

„Erst recht, meine liebe gute Rika. Nun musst du wieder fröhlich sein und alles vergessen.“ Sie streichelte ihr die Wangen und sagte: „Jetzt darfst du nicht mehr sprechen, liege ganz still, meine Rika, nun bin ich die Starke und du die Schwache, du musst mir folgen.“

Sie musste wohl folgen, denn eine Schwäche überkam sie, dass sie ins Kissen zurücksank und die Augen schloss. Elvira drückte einen Kuss auf ihre Stirn und machte der Mutter Platz, die eben eintrat.

Auch Olga, die sich in den schweren Wochen treu bewährt hatte, begrüßte die Kranke mit derselben Liebe. Viel Teilnahme wurde der Familie von nah und fern bezeugt. Täglich kamen Nachfragen, Herr Pastor Dahlburg war einige Male selbst da gewesen und hatte sich erkundigt. Er wunderte sich im Stillen, dass er nie Fräulein Olga, die doch angekommen sein sollte, getroffen hatte, sondern entweder Elvira oder die Eltern. Ja, er wunderte sich darüber, da er sie doch bei Tante

Susanne hatte kennen gelernt. Er hatte natürlich nicht die geringste Ahnung davon, dass der Schlingel, der Alfred, eine Äußerung, die ihm unbedachterweise entfahren war, ihr wieder überbracht hatte. Hätte er das gewusst! Kurz, Fräulein Olga blieb für ihn unsichtbar.

Als Rika kräftiger wurde, sprach sie das Verlangen aus, den Herrn Pfarrer zu haben, sie begehrte seinen Trost aus Gottes Wort gegen alle ihre Zweifel und Bedenken. Da kam er öfter; die stillen Stunden in der Krankenstube wurden ihm lieb und wert, und die Kranke, die begierig auf Gottes Wort aus seinem Munde lauschte, richtete sich auf an dem Wort:

„Fürwahr, er trug unsere Krankheit und lud auf sich unsere Schmerzen“, und weiter: „Die Strafe liegt auf ihm, auf dass wir Frieden hätten; durch seine Wunden sind wir geheilt.“

Diese Besuche wurden gewöhnlich in den Morgenstunden ausgeführt, in denen Olga in der Wirtschaft beschäftigt war. Aber es wäre trotzdem eine Begrüßung leicht herbeizuführen gewesen, wenn sie gewollt hätte. Aber sie wollte nicht, und hatte darin ein festes Köpfchen; bemerkt wurde es von den Ihrigen nicht.

Sie hatte, während die Mutter oben war, oft keinen leichten Stand in der Küche, so dass sie mitunter genötigt war, die Mutter zu holen, damit diese ein Machtwort spreche. So war ein Küchenmädchen da, das ihr viel Not machte. Diese versorgte zugleich das Federvieh. Einmal bekamen die Hühner nicht zu trinken, dann vergaß sie die Fütterung, sorgte nicht für Reinlichkeit in den Ställen, so dass Olga einmal ganz energisch auftrat und ihr die Nachlässigkeit vorwarf. Da begehrte sie auf:

„Glauben Fräulein, dass ich mir noch lange bei die Hühner abrackern will? Ihren Schmutz können andere Leute herausbesorgen, ich will mich die Hände nicht mehr einschmieren, ich gehe lieber in die Stadt und verkaufe schöne Sachen an die geputzten Stadtdamen." Schon wieder eine, die in die Stadt begehrte, und die auch enttäuscht werden würde, wie Lina. „Und Wilhelmine hat es auch satt mit die Schweine, die geht mit mir", fuhr sie fort.

„Weißt du auch, wie es Lina Jürß gegangen ist?", fragte Olga ruhig.

„Lina Jürß ist schon seit einem Jahr in der Stadt, die wollte auch ein Fräulein werden."

„Ist sie gar nicht geworden. Sie dient als braves Dienstmädchen in einer Familie, die ich sehr gut kenne. Sie fühlt sich glücklich und zufrieden und hat es dort sehr gut." Ella, so hieß das Mädchen, riss den Mund weit auf und starrte Olga ungläubig an.

„Hat Meister Jürß oder seine Frau dir das nicht erzählt?"

„Gar nichts haben sie gesagt. Wenn man sie fragt: ‚Nun, was ist aus Lina geworden?', antworten sie: ‚Sie ist in der Stadt, das weißt du ja.' Punktum. Weiter bekommt man nichts zu wissen."

„Ja, da haben sie Recht", sagte Olga lachend. „Sie ist in der Stadt; es fragt sich nur, was sie ist." Und nun erzählte Olga, wie es ihr ergangen, und fügte zum Schluss hinzu: „Lina ist ein braves Mädchen, und wenn sie einmal heiratet, versteht sie vom Haushalten mehr als alle die Fräuleins, die in die Läden gehen."

Ella sagte alles ihrer Freundin Wilhelmine wieder, was Fräulein Olga mit ihr geredet, und schließlich kamen die beiden überein, dass es dann besser sei, hier zu bleiben, da es ja eigentlich im Herrenhause ein guter Dienst sei; man könne es ja auch hier zur Köchin und zum Stubenmädchen bringen. Von da an wurden sie williger zur Arbeit und treuer und gewissenhafter.

Außer andern Bekannten der Umgegend war auch Olgas Jugendfreundin, Oberförsters Mariechen, oft gekommen, um sich nach Rikas Befinden zu erkundigen und mit der Freundin sprechen zu können. Sie meinte, Olga müsse unbedingt einmal einen ganzen Tag auf die Oberförsterei kommen, sie habe ihr viel Wichtiges und Interessantes mitzuteilen. Damit war auch Frau Stark einverstanden. „Denn“, sagte sie, „Olga ist, seit sie aus der Stadt zurück ist, wenig herausgekommen, sie hat mich so treulich unterstützt, dass ihr ein Tag im Forsthause wohl zu gönnen ist.“

Ein schöner Frühlingstag kam, und da Olga den Vater hatte sagen hören, der Herr Pfarrer wolle den Nachmittag kommen und eine Tasse Kaffee mit ihnen trinken, glaubte sie, keine bessere Gelegenheit gefunden zu haben.

„Muss es denn heute sein?“, fragte die Mutter, „der Pfarrer aus Buschtal will uns heute besuchen, da wäre es hübsch, er träfe die ganze Familie beieinander.“

„Wenn ich auch nicht dabei bin, Mütterchen“, war Olgas Antwort; und Elvira, die meinte, es liege Olga besonders viel an diesem Besuch bei der Freundin, fügte hinzu: „Lass sie nur gehen, Mutter, ich werde dem Herrn Pfarrer den Kaffee so gut kredenzen wie sie. Du weißt, ich zähle jetzt auch mit.“ Dabei reckte sie die kleine zarte Gestalt und tat, als ob sie viel ausrichten könne.

„Du solltest mitgehen, Kleine“, meinte der Vater, „die Luft ist dir auch nötig.“

„Ich muss meiner lieben Rika vorlesen“, sagte sie wieder mit solcher Würde, als sollte es heißen: „Ihr glaubt es nicht, wie viele Pflichten und Ämter es gibt.“ Rika konnte jetzt schon stundenlang auf sein, aber heruntergekommen war sie noch nicht, es musste also immer jemand für sie da sein.

Olga machte sich also im Laufe des Vormittags auf den Weg. Sie atmete mit Behagen die reine Märzluft ein und schritt rüstig am See entlang dem Walde zu. Die Bäume standen noch kahl und unbelaubt, aber die Äste und Zweige dehnten und streckten sich der Sonne entgegen; bald würde das Keimen und Sprossen beginnen. Olga brauchte nur eine kleine Strecke durch den Wald gehen, da sah sie das alte bekannte Forsthaus durch die Bäume schimmern. Es hatte einen weißen Anstrich und grüne Fensterläden, über der Haustür war ein mächtiges Hirschgeweih, vor dem Hause befand sich ein niedlicher Garten, der im Sommer schöne Rosen zeigte.

Mariechen, ein blondes frisches Mädchen, hatte gerade am Fenster gesessen, als sie Olga auf das Haus zukommen sah. Sie sprang auf und eilte der Freundin entgegen.

„Wie herrlich, dass du heute kommst“, rief sie, „es passt wunderschön. Ich bin mit Tante Minchen allein zu Hause; Vater ist mit verschiedenen Herren in einem andern Revier auf der Jagd, da können wir uns ungestört genießen.“ Sie führte sie in das große behagliche, etwas dunkle Wohnzimmer, küsste sie immer wieder und nahm ihr die Sachen ab. Dann kam das alte Tantchen herbei, trug Frühstück auf und sprach immer wieder ihre Freude aus, dass Olga nun wieder da und das Mariechen nicht mehr so allein sei.

Mariechens Mutter war schon lange tot. Seitdem war Tante Minchen, eine Schwester des Oberförsters, im Hause und versorgte den Haushalt mit großer Treue. Sie war aufopfernd im höchsten Grade, nur hätte sie bei Mariechens Erziehung ein wenig energischer sein müssen. Der Vater, der viel fort war, hatte ihr die Erziehung ganz überlassen; er wollte sich, wenn er nach Hause kam, nur an seinem Töchterchen freuen und kein Strafamt üben. So hatte das Kind nie gelernt, seinen eigenen Willen dem anderer unterzuordnen, hatte sich eine große Selbständigkeit gewahrt. Darum ließ sie sich als erwachsenes Mädchen wenig beeinflussen und handelte ganz nach ihren eigenen Wünschen und Ergebungen.

Tante Minchen lud vergeblich die jungen Mädchen ein, herbeizukommen und es sich schmecken zu lassen; sie hatten sich soviel zu erzählen, dass sie gar nicht auf Tantchens Stimme hörten. Endlich kam die Tante und fasste Olga am Arm. „Sie müssen mir jetzt folgen, Sie haben einen Marsch gemacht und werden hungrig sein."

Es war aber auch zu interessant, was Mariechen ihr mitteilte. Diese stand auf dem Punkt, sich zu verloben; sie konnte nicht genug rühmen, was es für ein feiner, gebildeter, geistreicher Mann sei, den sie sich erkoren. Freilich, der Vater habe erst nichts davon wissen wollen, aber seit er ihn gesehen und mit ihm gesprochen habe, denke er anders. Die Sache werde sich nächste Woche entscheiden, dann würde sie natürlich gleich kommen und Besuch mit ihm machen.

Tante Minchen, die merkte, wovon die Rede sei, mischte sich in das Gespräch und sagte in klagendem Tone: „Mein liebes Olgachen, ich bin gar nicht mit dieser Verlobung einverstanden. Mein Bruder hätte auch lieber einen Forstmann für seine einzige Tochter gehabt, oder wenn es der Buschtaler Herr Pfarrer wäre, ein lieber junger Mann, Fräulein Olga, Sie sollten ihn kennen, ein edler Mensch; aber nein, es muss der feine Stadtherr sein, der, ich weiß nicht, woher er ist; nein, ich bin mit dieser Wahl nicht zufrieden."

„Du sollst ihn auch nicht heiraten, Tante Minchen", fuhr ihr Mariechen in die Rede. „Nun nimmst du Olga auch gegen ihn ein, aber ich hoffe, Olga, du traust meinem Geschmack mehr als dem Tante Minchens."

Es wurde in der alten Dame Gegenwart nicht mehr über diese Angelegenheit gesprochen. Aber später im Garten, als sie nach Schneeglöckchen suchten, erzählte Mariechen weiter von dem großen Glück, das bei ihr eingezogen sei, als sie vor einiger Zeit diesen Herrn Schlick auf einem Ball in einer benachbarten größeren Stadt hatte kennen gelernt.

„Was ist er denn? Welchen Beruf hat er?", fragte Olga.

„Er ist vor allen Dingen furchtbar reich, ist schon in Australien, Südamerika und ich weiß nicht wo gewesen. Von Haus aus ist er Kaufmann, jetzt ist er Inhaber eines Bankgeschäftes eben in L., wo ich ihn kennen lernte."

„Du magst ja nicht in der Stadt wohnen, hast mir noch im vorigen Jahr gesagt, dass du immer Heimweh nach dem grünen Wald bekommst; warum hast du nicht lieber Förster Luwald genommen, er schien doch ernste Absichten zu haben?"

Mariechen wurde rot. „Ach der!“ sagte sie, „nun ja, ich hatte ihn ganz gern, aber – dieser ist ihm zuvorgekommen und viel annehmbarer.“

Olga dachte nicht so. Förster Luwald war ein fein gebildeter, in seinem Fach tüchtiger Mann, der von jedermann geschätzt wurde. Sie hatte bestimmt geglaubt, er und Mariechen würden dereinst ein Paar, da er viel dort verkehrt hatte.

Nun lag ihr noch etwas auf dem Herzen. „Ist denn dein Zukünftiger ein Christ?“

„Danach habe ich ihn nicht gefragt“, versetzte Mariechen leichthin. „Weißt du, Olga, ihr dort im Altenhorster Herrenhause habt zu strenge Ansichten. Das sagt jeder. Ich bin auch keine Heidin, aber allzu viel ist ungesund.“

„Ich möchte keinem Mann die Hand zum Bunde reichen, der nicht mit mir gemeinsam zum Himmel pilgerte. Ich kann mir keine Ehe glücklich denken, wo der Heiland fehlt.“

„Olga, lass nur das Predigen. Komm, wir wollen ein wenig in den Wald hineingehen, nachher will ich dir meine Hühner und Tauben zeigen, ich habe sehr schöne, seltene Exemplare.“

Sie gingen miteinander und Mariechen schlug ein anderes Thema an, erzählte von ihren Erlebnissen und ließ sich wieder erzählen. Aber Olga war durch alles, was sie gehört hatte, ernst gestimmt; Mariechens Denkweise, ihr Sein und Wesen war so ganz verschieden geworden von dem ihrigen.

Sonst verlief der Tag unter angenehmen Zerstreuungen. Tante Minchen tat alles, um Olga den Aufenthalt im Forsthause angenehm zu machen, die Zeit verlief nur zu schnell. Olga hatte strenge Weisung, vor Dunkelwerden nach Hause zu kommen, Mariechen begleitete sie ein Stück.

Als die Mädchen am See entlanggingen, sahen sie eine Gestalt, die ihnen entgegenkam.

„Das ist der Pfarrer von Buschtal", rief Mariechen, „er kommt von Altenhorst und will nach Hause. Vielleicht ist er bei euch gewesen."

Olga erschrak. Nichts weniger wünschte sie als diese Begegnung, doch was konnte es helfen, ausweichen war nicht möglich. Sie hätte nichts zu fürchten brauchen. Dahlburg ging höflich grüßend vorüber, seine ernsten Augen trafen Olga, so dass sie tief errötete.

Mariechen sah sie von der Seite an. Als er außer Hörweite war, sagte sie: „Olga, das wäre ein Mann für dich, du, mit deinen Ansichten, würdest zu einer Pfarrfrau passen."

„Nicht doch", wehrte Olga ab, „zu solchem Beruf bin ich lange nicht tüchtig genug. Doch, es beginnt zu dunkeln, gehst du nicht zu weit mit, Mariechen?"

„Tante Minchen will mir entgegenkommen, aber es ist besser, ich kehre jetzt um. Was ich dir anvertraut habe, bleibt zunächst ein Geheimnis, es wird bald offenbar werden."

Olga ging sinnend dem Dorfe zu. Der Tag war vergangen, auf den sie sich lange gefreut, aber sie hatte nicht die Befriedigung gefunden, die sie von dem ersten längeren Beisammensein mit der Freundin erhofft hatte. Sie waren als Kinder viel zusammengekommen, hatten den Konfirmandenunterricht bei dem alten Herrn Pfarrer zusammen gehabt und waren miteinander eingesegnet worden. Sie waren beide willens gewesen, in Gottes Wegen zu wandeln, ihrem Heiland treu zu bleiben. Und nun? Olga hatte mit Betrübnis wahrgenommen, dass Mariechen sehr leicht über alles dachte, dass es ihr gleichgültig sei, ob sie einen gläubigen oder ungläubigen Mann zum Lebensgefährten habe. Wie war es nur gekommen, dass sie in der Zeit der Trennung so ganz anderen Sinnes geworden war?

Und sie selber? Wie stand es um sie? Sie wusste, dass ihr noch viel mangelte, aber sie wollte gern ihren Heiland von Herzen lieben, war auch durch Tante Susannes Einfluss innerlich mehr gefestigt und gereift. Auch durch ihre liebe Freundin Margarete, mit der sie brieflich verkehrte, wurde sie immer wieder auf das Eine, was Not tut, hingeführt. Nun hatte sie lange keinen Brief gehabt. Ob Margarete wohl wusste, dass ihr Bruder in der Nähe von Altenhorst Pfarrer war?

Wenn doch Alfred ihr nicht gesagt hätte, wie Dahlburg über sie dachte, aber es musste alles zu ihrer Demütigung dienen, wenngleich sie nicht umhin konnte, die Äußerung etwas ungerecht zu finden. Wie ernst und kalt war sein Gruß gewesen, als ob er sie nie zuvor gesehen hätte! Nun, das letzte Mal stand sie ihm ja als Dienerin gegenüber, er mochte sie wohl ansehen als nicht in seine Kreise passend. Und nun Mariechens Äußerung! Wie weit entfernt war er von solchen Gedanken. Er würde ja jeder andern den Vorzug geben vor ihr, dem ‚überspannten Frauenzimmer'. Jedes Mal, wenn sie sich diesen Ausdruck wiederholte, fühlte sie, wie sich etwas in ihrem Innern aufbäumte. Es war gewiss nicht recht, sie wollte dagegen kämpfen und es zu vergessen suchen. Unter solchen Gedanken hatte sie das Haus schneller erreicht, als sie dachte.

„Kind“, sagte die Mutter und streichelte ihr liebevoll die Wangen, „sonst kamst du strahlend vergnügt aus dem Forsthause, war's denn nicht mehr wie sonst?“

Sie schmiegte sich an ihre Mutter mit den Worten: „Es ist manches anders geworden, wir verstehen uns nicht mehr so gut wie früher. Aber ich habe sonst einen hübschen Tag verlebt, und lieb behalten wir uns dennoch.“

24. Rikas erster Ausgang

„So, Rika, stütze dich nur fest auf meinen Arm, ich bin kräftig und stark und kann's gut aushalten“, bat Olga, während Elvira, die auf der andern Seite ging, klagend ausrief:

„Meinen Arm berührst du kaum, Rika, ich möcht dich auch gern stützen, das erste Mal, da du draußen gehst.“

„Geht beide weg, ihr Mädchen, ich stütze meine Tochter selbst“, rief Herr Stark, der gerade des Weges daherkam und bemerkte, wie die zarte Elvira gern helfen wollte und Rika ängstlich auf sie heruntersah, fürchtend, ihr beschwerlich zu sein. Er legte Rikas Arm in den seinen mit den Worten:

„Nicht wahr, mein Töchterchen, Vaters Stütze ist die beste; nun wollen wir einmal durch den Garten miteinander wandern. Die Mädchen pflücken unterdes ein hübsches Sträußchen für dich.“

Mit dankbarem Blick sah Rika zum Vater auf. Der Ton, in dem er jetzt mit ihr sprach, war ein so anderer geworden, es klang, als ob er mit seinem Liebling Elvira sprach. Wie glücklich machte es Rika! Sie fühlte, es war alles vergeben und vergessen, ein Friede erfüllte ihr Herz, den sie nie gekannt. Welch ein herrlicher Frühlingstag! Sie atmete begierig die lang entbehrte Luft ein. Elvira hatte schon ein Veilchensträußchen fertig und brachte es Rika mit den Worten:

„Die Ersten“, während Olga einige schöne Tulpen, Aurikel und andere farbenprächtige Blumen zusammenband zu einem Strauß für Rikas Zimmer.

„Ihr seid alle viel zu gut gegen mich“, sagte diese, „wie soll ich euch das vergelten?“

„Dadurch, dass wir immer Sonnenschein auf deinem Gesicht sehen von nun an“, rief der Vater, worauf sie ihn so strahlend ansah, dass er ausrief: „So ist's recht, meine Tochter, den Ausdruck halte fest für alle Zeiten.“

Als sie die Reise um den Garten vollendet hatten, sah Herr Stark, dass es genug war fürs erste Mal. Rika gestand zu, dass sie müde sei und sich ein Weilchen legen müsse.

„Dann geh' ich mit dir und lese dir vor, liebste Rika“, schmeichelte Elvira. Rika streckte ihr die Hand hin und sah sie dankbar an.

Eben wollten sie das Haus betreten, da kam ein Mädchen und meldete: Frau Stark lasse bitten, schnell zu kommen, das Brautpaar aus dem Forsthause sei da. Olga eilte ins Besuchszimmer, und der Vater folgte, nachdem er Rika nach oben geleitet hatte. Auch Elvira musste auf Rikas Bitten gehen, war sie doch auch begierig, Mariechen mit ihrem Verlobten zu sehen. Vor einigen Tagen waren die Verlobungskarten eingetroffen, man hatte sich viel darüber gewundert und besprochen, besonders, da man allseitig angenommen hatte, dass der benachbarte Förster sich das Mariechen holen würde.

Da stand das Paar in jugendlicher Schöne. Mariechen sah reizend aus in ihrem weißen Gewand und dem mit Heckenrosen umrankten Hütchen. Und Herr Schlick, ein schlanker junger Mann, mit feinen Gesichtszügen, dunkelbraunem Haupthaar und Bart, und ebensolchen Augen, die aber für einen feinen Beobachter etwas Ruheloses, nichts Klares hatten. Aber die ganze Erscheinung hatte etwas Imponierendes, Vornehmes. Er hatte einen leichten Umgangston, ein gewandtes Benehmen, man konnte sich denken, dass ein junges Mädchen gefesselt sein konnte durch die äußere Erscheinung. Doch, wer konnte das Herz ergründen? Olga, die tiefer angelegt war, würde vielleicht bald einen Mangel an innerem Gehalt wahrgenommen haben, aber das leichtlebige Mariechen war glücklich, selig im Besitz dieses Mannes, der so viel äußere Vorzüge zur Schau trug.

Herr Schlick war weit gereist, hatte ferne Weltteile und Meere kennen gelernt, konnte über Handel und Politik so interessant sprechen, dass Herr Stark ganz für ihn eingenommen war. Ebenso Frau Stark, die zu Olga äußerte: „Du siehst aus, als ob der Herr Schlick dir nicht sympathisch wäre, gefällt dir der Verlobte deiner Freundin nicht?"

„Es ist mir, als sei ich diesem Mann schon einmal begegnet", sagte Olga ernst, „aber ich kann mich nicht besinnen, wo und wann es gewesen ist."

„Du hast ihn wohl einmal im Traum gesehen, mein Kind", neckte der Vater. „Oder du kennst jemand, der ihm ähnlich sieht", fügte die Mutter hinzu.

„Ich kann's jetzt nicht sagen, aber gesehen habe ich ihn schon einmal." Dabei blieb Olga, konnte aber nicht herausbringen wo. Hatte auch jetzt, wo verschiedene Pflichten ihrer warteten, keine Zeit, darüber nachzudenken.

Am Abend konnte sie lange nicht einschlafen. Sie musste immer wieder den Verlobten ihrer Freundin in Zusammenhang bringen mit etwas, das nicht zu seinem Ruhm gereichte. Wo hatte sie ihn doch gesehen? Sie sann und sann, plötzlich ging ihr ein Licht auf. Es war bei Geheimrats gewesen. Sie erinnerte sich, dass Herr Geheimrat sehr verdrießlich zu seiner Frau geäußert hatte: „Man sollte es kaum glauben, dass es auf eine Bettelei hinausging; er wollte eine Anleihe machen, weiter nichts. Dabei tat er, als ob er über Kapitalien zu verfügen habe, die augenblicklich nicht flüssig seien."

Das war alles, was sie gehört hatte, aber dass es sich auf Herrn Schlick beziehen musste, war sicher, denn er war eben, als Herr Geheimrat diese Äußerung tat, zur Tür hinaus. Jetzt wusste sie ganz klar, dass es derselbe Herr gewesen, der heute mit ihrem Mariechen als Braut an seiner Seite erschienen war. Der Gedanke war ihr unheimlich, dass Mariechen sich an einen Mann band, der ihres Vertrauens nicht wert war. Was aber nur machen in der Sache? Sollte sie es den Eltern sagen? Sollte sie Mariechen warnen? Das würde unnütz sein, denn sie war zu sehr eingenommen von ihrem Verlobten.

Sie konnte nicht umhin, am nächsten Tage ihrer Mutter die Befürchtung mitzuteilen. Diese meinte, es sei eine gewagte Sache, sich da hineinzumischen, und als Herr Stark davon hörte, war er entschieden dagegen, dass Olga ihre Freundin warne.

„Sie hat ihren Vater, dessen Pflicht es ist, sich genau nach den Verhältnissen und der Familie des jungen Mannes zu erkundigen, und wie ich den Oberförster kenne, wird er solches tun. Du kannst, wenn du deiner Sache auch ganz gewiss zu sein scheinst, dich dennoch irren. Das Gespräch des Geheimrats mit seiner Frau kann auch, wenn der Herr ihn eben verlassen hat, sich auf jemand anderes bezogen haben, man täuscht sich da zu leicht. Du könntest dich in große Unannehmlichkeiten bringen, wenn du Äußerungen machtest, die

Herr Schlick als Beleidigung ansehen könnte. Wir wollen Mariechen Glück wünschen zu der Verbindung und hoffen, dass dem alten Vater nur Freude daraus erblüht."

So schwieg Olga, konnte aber nicht umhin, diesen Herrn mit Misstrauen zu betrachten. Da alles offen auf ihrem ehrlichen Gesicht geschrieben stand, so sagte Mariechen eines Tages: „Olga, ich glaube, du beneidest mich, es liegt etwas in deinem Gesichtsausdruck, was ich nicht verstehe."

„Nein, ich beneide dich ganz gewiss nicht", sagte Olga mit so unverhohlener Aufrichtigkeit, dass Mariechen ausrief:

„Nun, dann gefällt dir mein Verlobter nicht!"

„Der Geschmack ist verschieden", unterbrach Olga die Freundin, „aber lass doch, wir wollen nicht darüber streiten."

„Ich begreife dich nicht", versetzte Mariechen, ein wenig beleidigt. „Alle sind entzückt von Herrn Schlick, sogar Tante Minchen, die erst gar nichts von ihm wissen wollte, ist ganz eingenommen. Er ist aber auch reizend gegen Tante, so aufmerksam, so liebenswürdig, auch Vater hat ihn gern."

Es schien aber auch, als ob dem Herrn Schlick das Fräulein Stark nicht sonderlich gefiel. Es war, als ob eine gewisse Unruhe über ihn kam, wenn sie ihn mit ihren klaren Augen so ernst ansah. Und als sie einmal von der Residenz sprach und Geheimrats Namen nannte, da bemerkte sie ein leises, nervöses Zittern in seinen Händen. Es war ja nicht denkbar, dass er eine Dienerin, die ihm aufmachte, wiedererkennen sollte, zumal der Gedanke fern lag, in ihr, der Gutsbesitzertochter, dieselbe zu finden. Sie war in ihrem Innern überzeugt, dass er und der Herr dort eine Person sei, sprach aber nicht mehr darüber, da sie doch keinen Glauben fand. Die Zukunft ihrer Jugendfreundin lag ihr von da an schwer auf dem Herzen.

Der Frühling hatte sich in aller seiner Pracht entfaltet. Rika war nun täglich draußen, konnte längst allein gehen und wurde zu der Eltern Freude von Tag zu Tag kräftiger. „Nun wird es Zeit, dass ich meine Pflichten wieder aufnehme“, begann sie eines Tages. Die Mutter streichelte ihr die noch immer schmalen Wangen und erklärte, dass daran fürs Erste noch nicht zu denken sei. Im Gegenteil, sie und der Vater hätten schon davon gesprochen, sie für einige Wochen ganz fortzuschicken, vielleicht in den Harz oder nach Thüringen, damit die frische Bergluft sie völlig genesen lasse.

Da traf eines Tages ein Brief von Tante Susanne ein, die durch Olga, welche regelmäßig mit ihr korrespondierte, von allem unterrichtet war. Sie schrieb, dass sie die Absicht habe, ihrer Gesundheit wegen in die Sächsische Schweiz zu gehen, sie bäte, ihr Rika zur Begleitung zu senden, damit sie ihre schwache Gesundheit stärke. Auch habe sie den Wunsch, ihre älteste Nichte Rika näher kennen zu lernen, sie erwarte sie Ende Mai, um mit ihr zusammen die Reise anzutreten.

Die ganze Familie war hocherfreut über dies Anerbieten. Olga jubelte und freute sich für Rika. Diese wollte, als sie es hörte, sich sträuben, meinte, eine Kur sei für sie nicht nötig. Sie wurde überstimmt und das Anerbieten dankbar angenommen. Alles freute sich, dass Rika auch einmal herauskomme.

Rudolf war während Rikas Krankheit oft gekommen, er war die ganze Zeit in banger Sorge gewesen; erst, als der Arzt Hoffnung auf Genesung aussprach, wurde er getrost, und sein Herz schlug freudig in dem Gedanken, dass sich nun alles wenden und sein heißester Wunsch sich erfüllen würde. Die Eltern hatten lange einer Begegnung mit Rika gewehrt, da sie Aufregung fürchteten und der Arzt vor dieser dringend gewarnt hatte, wenn nicht ein Rückfall kommen sollte. Als sie dann so weit war, dass er sie sehen durfte, ließen die Eltern es zu unter der Bedingung, dass er ihr jetzt, wie früher, in brüderlicher Weise begegne und dass von seinem Vorhaben nicht eher wieder die Rede sei, als bis sie ihre völlige Gesundheit wiedererlangt habe.

So nahte er sich ihr unbefangen und herzlich wie in früheren Jahren. Und als sie ihn bei ihrem ersten Alleinsein angstvoll fragte, ob er alles wisse, ob die Eltern ihm gesagt, was sie getan, ob er sie nicht gründlich verachte, da hatte er ihre Hände genommen und ihr versichert, er sei von allem unterrichtet, sie solle sich nicht beunruhigen; es sei eine Sache, die sie mit den Eltern abgemacht habe. Punktum. Dann hatte er allerlei erzählt, um sie aufzuheitern, hatte die andern Schwestern herbeigeholt, um sie auf jede Weise vergessen zu lassen, was sie innerlich ihm gegenüber quälte und beunruhigte.

Von da an kam er, sooft es seine Zeit erlaubte. Es war wieder wie vordem, das alte geschwisterliche Verhältnis, so dass sich bei ihr der Gedanke festsetzte: Er hat es eingesehen, dass ich nicht wert bin, seine Gattin zu werden; er ist wieder wie sonst, mein lieber Pflegebruder, und das ist das Beste.

25. Tante Susannes Brief

Rika, Olga und Elvira saßen in Eintracht beieinander in der dem Hause gegenüberliegenden Tannengrotte. Sie sprachen von Rikas baldiger Abreise, und diese klagte, dass sie allein gehen müsse und gewiss rechtes Heimweh bekommen würde.

Elvira schmiegte sich liebevoll an sie. „Liebste Rika, die Zeit wird schneller vergehen, als du denkst, und wenn du wiederkommst, hast du frische, rote Wangen, bist wieder meine Beschützerin und verziehst mich, wie du von jeher getan hast."

„Hier sitzt das Kleeblatt", sagte Herr Stark und kam mit einem offenen Brief in der Hand auf die Schwestern zu. „Nun passt auf, was Tante Susanne schreibt." Er setzte sich und begann:

„Es scheint mir nach Rikas Brief, als ob es ihr schwer wird, allein ohne ihr Schwesterchen zu reisen, was ich ihr nicht verdenken kann. So möchte ich denn bitten, es Elvira zu gestatten, Rika zu begleiten."

Ein Freudenschrei entschlüpfte Rikas Mund, während Elvira ein verwundertes und erstauntes Gesicht zeigte, Olga aber fast wehmütig dreinschaute. Der Vater, der alle Gesichter studierte, schien sich zu amüsieren. „Hört nur, wie die Geschichte weitergeht", ließ er sich vernehmen und fuhr fort zu lesen:

„Wenn nun die beiden Schwestern, die ich noch nicht kenne, zu mir kommen, so möchte ich die dringende Bitte aussprechen, die letzte und dritte, meine kleine Freundin Olga, nicht dahinten zu lassen, sondern mir alle drei lieben Töchter auf etliche Wochen zu überlassen, damit ich ein bisschen in die Welt mit ihnen reise. Ihr Alten müsst eben sehen, wie Ihr fertig werdet."

„Ja, das glaube ich", grollte der Vater, „Tante Susanne hat gut reden."

Die drei Mädchen aber strahlten vor Vergnügen und jubelten: „Wie reizend von Tante Susanne, das ist ja wunderschön."

„Mutter, hast du je so etwas gesehen", rief Herr Stark seiner Frau zu, die sich eben der Grotte näherte, „unsere drei Mädels sind selig in dem Gedanken, ihre Eltern zu verlassen."

Sie wussten es wohl, dass der Vater scherzte, aber Olga lenkte doch ein und sagte: „Ich müsste eigentlich zu Hause bleiben und der Mutter helfen; ich bin ja schon bei Tante Susanne gewesen."

„Aber gereist bist du noch nicht mit der Tante, und da sie so gütig ist, euch das Anerbieten zu machen, so haben Vater und ich beschlossen, es anzunehmen. Es mag euch im Leben nie wieder geboten werden, alle drei miteinander in die Welt zu gehen", sagte die Mutter. „Mamsell hat sich gut eingelebt, und mit den Mädchen bin ich jetzt zufrieden, also darum macht euch keine Sorge. Ihr seid nachher desto fleißiger, wenn die Erntezeit kommt und mit ihr die Ferien, da wir die vielen Besuche erwarten."

Das gab nun ein Hin- und Herreden und vergnügte Gesichter und Beratschlagungen, denn es sollte schon nächste Woche vor sich gehen, und es galt, noch mancherlei instand zu bringen und zu ordnen bis zur Abreise. Aber Olga, die kräftige, versprach, sich zu tummeln, und half wacker.

Einige Tage vor der Abreise erschien Oberförsters

Mariechen, die sich lange nicht mehr hatte blicken lassen.

„Olga, Liebste, denke dir, unsere Hochzeit soll beschleunigt werden, wir dachten erst im Herbst daran, doch Otto will nicht länger warten, sie soll schon im Juni stattfinden. Du musst natürlich Brautjungfer sein."

„Ja", erwiderte Olga nachdenklich, „das möchte ich wohl, aber es wird sich nicht mehr einrichten lassen. Wir drei sollen mit Tante Susanne reisen, in einigen Tagen geht's fort, wir können nicht bestimmen, wann wir wiederkommen." Mariechen bedauerte es lebhaft, obwohl sie innerlich nicht so ganz unzufrieden war mit dem Zusammentreffen. Sie hatte das Gefühl, als ob ihr Verlobter und Olga sich gegenseitig nicht mochten.

Er hatte seine Braut einmal ganz harmlos gefragt, ob ihre Freundin Olga wohl in der Hauptstadt gewesen sei. Als Mariechen dies bejahte, hatte er weiter geforscht, ob sie dort in Stellung gewesen sei. Mariechen hatte geantwortet, sie habe sich, so viel sie wüsste, bei einer Tante aufgehalten. Von der Zeit an wusste er Mariechen unvermerkt gegen die Freundin einzunehmen. Er könne nicht sagen, dass das junge Mädchen ihm sonderlich gefalle, er könne nicht begreifen, dass sie und Fräulein Stark Freundinnen seien, sie seien so ganz verschieden, ihr wenigstens gebe er bei weitem den Vorzug und was der Reden mehr waren. Mariechen, die sich gern schmeicheln ließ, freute sich seines Lobes, und war nun, da es sich zufällig traf, dass Olga nicht zur Hochzeit kommen konnte, nicht so betrübt, als sie es andernfalls wohl gewesen wäre.

„Wir haben natürlich vollauf zu tun", erzählte Mariechen. „Die arme Tante Minchen war ganz ratlos, als sie hörte, dass jetzt schon Hochzeit sein sollte, aber Otto hat im Herbst größere Geschäftsreisen vor, und da es ihm jetzt besser passt, müssen wir uns fügen."

„Was sagt dein Vater dazu?", fragte Olga, als sie Mariechen begleitete.

„Vater ist es nicht recht. Es wird ihm überhaupt schwer, seine einzige Tochter wegzugeben –"

„Er hätte sie lieber irgendwo im Walde verheiratet", sagte Olga.

„Nun fängst du wieder davon an, Olga. Ich liebe nun einmal Otto über alles, und das ist doch die Hauptsache."

„Ja, gewiss eine große Hauptsache. Aber ihr kennt euch so wenig; ich glaube, ich würde mich nicht entschließen können, einen Mann zu heiraten, den ich nur einige Male in Gesellschaft oder auf dem Ball getroffen hätte."

„Das verstehst du nicht. Für mich ist er der Inbegriff aller Vollkommenheit, und nun sage mir nichts gegen ihn."

„Ich wünsche dir von Herzen dauerndes Glück", sagte Olga herzlich beim Abschied.

„Du betonst das ‚dauernd' so, Olga, es wäre ja traurig, wenn unser schönes Glück nicht dauernd wäre."

Olga sah sie traurig an. „Ohne den Herrn vermag ich an ein dauerndes Glück nicht zu glauben."

„Hältst du mich denn für eine Heidin, Olga? Doch wir wollen das Gespräch nun abbrechen, sonst erzürnen wir uns noch in der letzten Stunde. Wenn du aus M. zurück bist, dann besuchst du mich, hörst du? Und dann überzeugst du dich von unserm vollkommenen Glück."

Die beiden schieden voneinander. Wann und wie würden sie sich wiedersehen, dachte Olga und ging, mit ernsten Gedanken beschäftigt, nach Hause.

Elvira trat ihr entgegen. „Olga, Mutter lässt dir sagen, gleich ins Besuchszimmer zu kommen, Pastor Dahlburg ist da, er fragt nach dir."

Olga erschrak. Sie hatte gehofft, abreisen zu können, ohne ihn gesehen zu haben. Aber nun galt kein Zaudern. Sie betrat das Zimmer, ihr Herz klopfte vor Erregung hörbar. Pastor Dahlburg stand auf und trat ihr entgegen. „Wir sind uns nicht fremd, Fräulein Olga, wir haben uns doch schon einmal gekannt, nicht wahr?", fragte er, sie freundlich ansehend.

Sie errötete und erwiderte, dass sie sich ja bei Tante Susanne einige Male getroffen hätten. Es lag aber in dem Ton etwas Abweisendes, ungefähr so, als habe sie keine besondere Lust, die Bekanntschaft zu erneuern oder sich intimer gestalten zu lassen.

Unbeirrt fuhr er fort, indem er einen Brief aus der Tasche zog: „Sie haben sich mit meiner Schwester Margarete bei ihrem Hiersein in Deutschland näher befreundet. Diesen Brief, eine Einlage in dem meinen, soll ich Ihnen geben. Sie ist Ihnen dankbar für die reiche Spende, die Sie ihr haben zufließen lassen."

Olga dankte, noch tiefer errötend; hoffentlich fragten die Eltern in seiner Gegenwart nicht näher nach dieser Spende, es war das selbst verdiente Geld.

Pastor Dahlburg bemerkte ihre Verlegenheit und wandte sich wieder im Gespräch den Eltern zu. Sobald sie es unbemerkt tun konnte, schlüpfte Olga aus dem Zimmer.

Und doch hatte die ganze Persönlichkeit Dahlburgs

etwas Fesselndes für sie. Der Ernst seiner Gesinnung, seine reiche Begabung, seine Tüchtigkeit im Beruf, sein freundliches Wesen, das auch die Leute im Dorf rühmten, das alles zog sie an. Ja, wenn Mariechen sich den zum Gatten erkoren hätte!

Mariechen? Sie erschrak. Im innersten Herzen tauchte der Gedanke auf: Einem solchen Mann könntest du dich anvertrauen, mit einem solchen wäre ein dauerndes Glück denkbar. Aber – wohin verstiegen sich ihre Gedanken? O, wie weit war er wohl entfernt davon, sie für eine passende Lebensgefährtin zu halten. Sie wusste ja, wie er über sie dachte. Wenn das die Eltern wüssten? Aber wozu es ihnen berichten. Es brauchte das niemand zu wissen, auch die Schwestern nicht, denen sie sonst alles erzählte.

Pastor Dahlburg dachte beim Heimweg: „Wie verändert ist das junge Mädchen! Wie zutraulich kam sie mir früher entgegen, wie scheu und zurückhaltend ist sie jetzt!“ Margarete hatte so erfreut geschrieben, dass er in der Nähe von Olgas Eltern wohne. Ob sie wohl auch Hoffnungen für ihn daran knüpfte? Er wusste, dass seine Schwester Olga sehr liebte und hochhielt. Nun, vorderhand lag alles weit ab, war keine Aussicht zu einer Annäherung. Und nun gingen die Mädchen wochenlang fort, vielleicht fände Fräulein Olga, dies reizende Mädchen, auswärts einen Verehrer, dann war es mit seiner Hoffnung aus. Nun, wie Gott will, dachte er, und schritt seiner einsamen Behausung zu.

26. Alte Bekannte

„Kanaille! Warte, du kriegst doch noch einen auf den Kopf!“

„Was ist das für ein Empfang“, sagte eines der drei jungen Mädchen, die eben durch die Pforte in einen hübschen Garten eingelassen wurden, der zu einer in der Waldstraße gelegenen Villa gehörte.

Der junge Mann, der den Damen aufgemacht hatte, lachte. „Der alte Herr macht Jagd auf Maulwürfe, er ist zornig, dass sie ihm immer entwischen.“

„Dachte ich mir's doch, als ich die Stimme hörte, dass es der alte Hirsch sein müsse“, rief das zweite der jungen Mädchen, „siehst du, Elvira, nun lernst du gleich meinen ehemaligen Hausgenossen kennen, von dem ich dir viel erzählt habe.“

Der Alte kümmerte sich nicht um die Damen, die dem Hause zuschritten; er hatte Wichtigeres zu tun. Mit einem großen Stock bewaffnet, lief er wie ein Jüngling über den Rasen, jetzt schlug er zu, und „Warte, du Schelm, jetzt habe ich dich, ha, ha, ha, ha“, lachte er vergnügt, „nun kannst du mir nicht wieder die Erde aufwühlen.“ Er bückte sich und freute sich wie ein König über den Fang.

„Ganz, wie du ihn beschrieben hast, Olga. Willst du ihn nicht begrüßen?“, fragte Rika. – „Jetzt hat er keine Zeit für uns, wir besuchen ihn einmal in seiner Wohnung, wenn er sein Pfeifchen raucht. Nun kommt zur Tante, die überrascht sein wird, uns jetzt schon zu sehen.“

Die drei jungen Mädchen betraten das Haus. Beim

Klingeln der Tür erschien ein sauber gekleidetes Mädchen, das erstaunt ausrief: „Fräulein Olga, Sie sind schon hier! Hanne und der junge Herr sind an die Bahn gegangen, um Sie abzuholen, Sie haben sie nicht getroffen?"

„Wir sind mit einem Zug gekommen, der eine Stunde früher eintrifft. Wo ist Tante?"

„Frau Doktor ist im Erkerzimmer hier", sagte Minna und öffnete eine Tür links. Die Tante stand schon in der Stube und wollte herauskommen, als sie sprechen hörte.

„Die Stimme kam mir zu bekannt vor, mein liebes Kind", sagte sie und schloss Olga in ihre Arme. „Wie freue ich mich, dass ihr da seid, dass ihr der alten, einsamen Tante Gesellschaft leisten wollt. Dies ist Rika", wandte sie sich an die ältere, dunkeläugige Schwester, „und dies Elvira." Sie begrüßte sie alle mit mütterlicher Liebe und sah ernst und forschend in die Gesichter der noch fremden Nichten, von denen sie so viel gehört, deren eine sich und andern so viel Herzweh bereitet hatte durch Verheimlichung eines selbst verschuldeten Unfalls mit der jüngeren Schwester, die ihr durch die Zartheit und Lieblichkeit ihres ganzen Wesens einen sehr sympathischen Eindruck machte. Aber auch Rika gefiel ihr. Auf ihrem Gesicht, das mit seinen tiefen Augen und den regelmäßigen Zügen schön zu nennen war, lag ein großer Ernst, doch das Melancholische, Traurige, das eigentlich nicht für die jugendliche Gestalt passte, war einem friedevollen Ausdruck gewichen. Man sah es der ganzen Erscheinung an, dass sie schon etwas von den Kämpfen des Lebens erfahren hatte; etwas Reifes, innerlich Gefestigtes lag in ihrem Wesen. Und das zog die Tante an, wenn auch Olga in ihrer Frische und Natürlichkeit vorderhand der Liebling blieb.

„Aber Kinder“, rief sie, „ihr solltet doch feierlich mit der Droschke abgeholt werden. Hanne hat sich in ihren schönsten Sonntagsstaat geworfen, und Alfred hat lange seine Schlipse gemustert, um den schönsten herauszusuchen. Seinem Hund hat er tagelang eingepaukt, wie er sich bei eurem Empfang benehmen sollte, und nun?“

Sie lachten alle drei. „Nun sind wir von dem alten Hirsch mit einem Kraftausdruck empfangen worden, der uns beinahe zurückgeschreckt hätte“, rief Olga.

„Ja, der alte Hirsch hält sich jetzt hier für die wichtigste Persönlichkeit. Er versichert mir alle Tage, wenn er nicht hier wäre, ginge der ganze Garten zugrunde. Der junge Mann wäre noch zu unfertig, nicht ‚gar gebacken‘, wie er sich ausdrückt. Doch ich glaube, Minna hat den Tee fertig, ihr seid gewiss erschöpft von der Reise und bedürft der Erfrischung.“

„Wie macht sich Alfred, Tantchen?“, fragte Olga, als sie miteinander ins Esszimmer gingen.

„Immer der alte, zu dummen Streichen aufgelegt. Doch er ist fleißig und bekommt gute Noten, das ist die Hauptsache.“

„Schade, dass er nicht mitkommt, er würde viel zu unserem Vergnügen beitragen.“

„Das geht nun wegen der Schule nicht. Hanne wird ihn aufs Beste versorgen. Für die Sommerferien ist er ja von eurem Vater eingeladen, darauf freut er sich sehr.“

„Du musst aber auch mitkommen, Tante Susanne“, bat Olga, „Mutter hat dich noch gar nicht wiedergesehen, seit du aus England zurück bist.“

„Ich komme gern nach Altenhorst“, versetzte die Tante, „besonders auch, weil ich Gelegenheit haben werde, unsern lieben Dahlburg sehen und sprechen zu können. Mit eurem Hause ist er gewiss längst befreundet?“

Olga schwieg, während Rika sagte: „Mir ist er sehr viel gewesen in meiner Krankheitszeit.“

Die Tante wandte sich nun besonders an Rika und kam bald mit ihr in ein ernstes Gespräch. Der jüngeren Schwester, Elvira, die ihr gegenübersaß, nickte sie ab und zu so freundlich und mütterlich zu, dass diese sich schon in den ersten Stunden sehr zu Tante Susanne hingezogen fühlte.

Plötzlich kam Leben ins Haus, Hundegebell und eine Stimme, die energisch zur Ruhe verwies. Dann wurde die Tür hastig aufgerissen, der Teckel, Flock, stürzte herein, und kaum erblickte er Olga, sprang er ihr schwanzwedelnd auf den Schoß. Seine Freude, sie wiederzusehen, war so unverkennbar, dass Olga sich selbst, sie mochte wollen oder nicht, darüber freuen musste. Auf ein Kommandowort seines Herrn sprang er herunter, blieb aber schwanzwedelnd und vor Freuden heulend vor ihr stehen.

„Er gehorcht jetzt großartig“, sagte Alfred, nachdem er die Damen begrüßt hatte, „von Naschen ist keine Rede mehr, kurz, er ist das vollkommenste Tier, das man sich denken kann.“

Elvira schien alles sehr zu belustigen. Olga hatte ihr so viel von allen Personen im Hause der Tante erzählt, dass es ihr nun großes Vergnügen machte, alles mit eigenen Augen schauen zu dürfen.

Einige Tage verweilte man noch in der Villa. Diese Zeit benutzte Olga mit den Schwestern, Besuche in bekannten Familien zu machen und ihnen die Stadt und ihre Umgebung zu zeigen. Doch mussten beide Schwestern geschont werden; Rika fühlte beim weiten Gehen immer noch eine Schwäche in den Gliedern, auf Elviras zarte Gesundheit musste stets Rücksicht genommen werden.

Sie drängten aber beide, Olga möchte ihnen in der Stadt das Haus zeigen, in dem zuerst die Tante gewohnt, wo Olga den größten Teil ihres Aufenthaltes verbracht hatte.

„Natürlich, dahin gehen wir heute Nachmittag; ihr müsst meine Freundinnen, Annemarie und Lucie, kennen lernen, auch Fräulein Müllers und Frau Weber."

Das gab ein freudiges Wiedersehen im zweiten Stock, zumal die beiden Mädchen nichts ahnten von den Reiseplänen der Tante. Mit Olgas beiden Schwestern war bald Bekanntschaft gemacht, die Unterhaltung war rege.

„Unser Verein hebt sich mächtig", erzählte Lucie, „du würdest dich freuen, Olga, welche neue Strömung sich geltend macht. Seit du und Fräulein Siemig ein Beispiel gegeben, dass das Dienen nicht erniedrigt, sondern dass es ein guter, ehrlicher Stand ist, finden sich viel mehr Mädchen, die Stellen in Häusern suchen; es bleiben deshalb noch immer reichlich für Läden und Geschäfte übrig. Die Arbeit an den Mädchen macht uns jetzt wirklich Freude."

Olga wehrte bescheiden ab, dass sie darum Verdienste gehabt habe, doch die Mädchen blieben dabei.

„Wie geht es denn Lina Jürß?", fragte Elvira.

„O, Lina muss hereinkommen. Sie ist ein ganz vorzügliches Mädchen geworden; Mutter versteht es, sie anzulernen."

Annemarie drückte auf den elektrischen Knopf; alsobald erschien Lina auf der Bildfläche. Sie war ein stattliches Mädchen geworden, sah zufrieden und wohlgenährt aus, dabei sauber und frisch im Anzug. Ihr Gesicht strahlte, als sie die Fräuleins von Altenhorst erkannte; fast wollten ihr die Tränen kommen, als sie ihr von der Heimat erzählten und Grüße von ihren Eltern brachten. Sie versicherte aber, es ginge ihr sehr gut und sie wolle bleiben, zumal die Herrschaft ihr versprochen habe, sie dürfe, wenn sie im Herbst eine Reise machten, einige Wochen in die Heimat.

„Nun geht's zu Fräulein Müllers", sagte Olga, „wir wollen sie noch einmal zu den Sommerferien einladen."

Rika schöpfte tief Atem, als sie die dritte Treppe erstiegen, und Elvira sagte sehr ermüdet: „Diese Treppen hast du täglich erklommen, Olga."

„Gewiss, oft ein paar Mal; das wird man gewohnt. Aber, Vira, stütze dich auf meinen Arm, für dich wäre das Großstadtleben nichts, sei froh, dass du auf dem Lande bist. Bei Fräulein Müllers kannst du dich wieder ausruhen."

Fräulein Müllers standen gerade vor ihrer Tür, zum Ausgehen bereit.

„Wir wollen nicht stören", sagte Olga, „ich wollte ihnen nur meine Schwestern vorstellen und von den Eltern die Bitte aussprechen, uns in den Sommerferien zu besuchen."

Fräulein Agathe hatte schon wieder aufgeschlossen und Fräulein Ulrike bat mit freundlichen Handbewegungen näher zu treten. „Sie wollten ausgehen, es tut uns Leid, dass wir stören."

„Aber gar nicht", versicherte Fräulein Agathe. „Nur

ein wenig frische Luft wollten wir schöpfen nach den Stunden. Wir hatten schwierige Schülerinnen, ich eine Kleine, die zu Hause nie übt und große Unlust zur Musik zeigt, da macht das Einpauken viel Mühe. Alle die falschen Töne bringen mich innerlich so in Aufregung, dass ich oft nach der Stunde wie in Schweiß gebadet bin. Ja, das Musikerbrot ist ein saures Brot."

Sie seufzte und lud die Damen zum Sitzen ein.

„Mir geht es nicht besser", sagte ebenfalls mit einem Seufzer Fräulein Ulrike. „Ich habe einen Buben, der Nachhilfe im Französischen hat; der Schlingel lernt nicht und macht mir nur Flausen vor, gerade heute hat er mich recht geärgert, das macht nervös, o ganz nervös."

„Da wird Ihnen ein Landaufenthalt sehr gut tun", sagte Rika. „Wir wollen Sie alle recht pflegen; Sie sollen viel Milch trinken, im Garten sitzen oder spazieren gehen, es wird Ihnen schon gefallen."

„Sie sind zu gütig", sagte Fräulein Agathe. „Wir sind in Jahren nicht aus der Stadt herausgekommen; es ist eine große Wohltat, die Sie uns erzeigen. Sie sind alle Engel, Frau Dr. Norden auch. Wie verehren wir diese Dame! Erst, als sie hier wohnte, haben wir gespöttelt über sie –"

„Ja, gespöttelt haben wir", fiel Fräulein Ulrike ein, „wenn wir sie geistliche Lieder singen hörten; es war aber der Stachel im Gewissen, den wir fühlten. Jetzt denken wir ganz anders darüber."

„Jetzt freuen wir uns", fiel Fräulein Agathe ein, „wenn es uns vergönnt sein soll, ein paar Wochen in einem christlichen Hause zu leben –"

„Etwas auszuspannen von aller Mühe und Arbeit, die

das Stundengeben tagtäglich mit sich bringt“, seufzte Fräulein Ulrike.

„Es ist aber nicht immer so mühevoll“, begütigte Agathe. „Wir haben auch talentvolle Schüler und haben schon manche Erfolge errungen.“

„Aber Sie müssen jetzt spazieren gehen“, trieb Olga, und die jungen Mädchen brachen auf.

Es wurde verabredet, dass über Tag und Stunde ihres Kommens noch geschrieben werden sollte; unter vielen Danksagungen für die freundliche Einladung rüsteten Fräulein Müllers sich zum zweiten Mal zum Spaziergang, während unsere Mädchen sich anschickten, nach dem Gegenüber zu gehen, um Frau Weber und dem alten Hirsch einen Besuch abzustatten.

„Hier“, sagte Olga und zeigte auf eine Tür, „ist der Eingang zu Tantes früherer Wohnung, sie ist anderweitig besetzt, sonst würde ich den Wirt um den Schlüssel bitten.“ Sie klingelte an der Tür, die das Schild trug: „Gotthilf Hirsch.“

Sogleich ließen sich die bekannten Fußtritte der Frau Weber hören.

Einen Augenblick starrte sie die Damen an, dann entfuhr ihr ein Freudenschrei. „Fräulein Olga, Sie sind’s und die Fräulein Schwestern! Bitte, kommen Sie näher.“

Ihr ganzes Auftreten hatte etwas Festes, Sicheres bekommen. Sie war nicht mehr die verschüchterte Frau, die das Gnadenbrot bei dem gestrengen Herrn Hirsch aß. Nein, sie war jetzt unabhängig von ihm, das Blättchen hatte sich gewandt; jetzt mochte es ihm Bedenken gemacht haben, was aus ihm werden sollte.

„Fräulein Rika“, sagte Frau Weber, „ich habe Sie gleich

wieder erkannt, Sie kamen mitunter nach Buschtal. Wenn ich Sie sehe, Fräulein Elvirchen, muss ich immer an den seligen Herrn Edgar denken, als Sie Kinder waren, haben Sie oft miteinander gespielt. Aber kommen Sie in die Stube, der alte Herr wird sonst ungeduldig, er liebt es nicht, wenn man sich draußen unterhält."

Sie betraten die Stube, wo der Alte, wie gewöhnlich, sein Pfeifchen rauchend, in der Sofaecke saß. Er erhob sich aber heute und sagte: „Ergebenster Diener, meine Damen, wie komm ich zu der Ehre, so vielen Damenbesuch zu bekommen?"

„Meine Schwestern, Herr Hirsch. Sie wollten Sie gerne kennen lernen; ich habe ihnen erzählt, dass wir nebeneinander gewohnt haben –"

„Und uns hernach gut vertragen haben, indem dass ich gleich eine Bitte um nächtliche Ruhe habe ergehen lassen. Sind Sie bei der Tante auf Besuch, wenn ich ergebenst fragen darf?"

Der Alte war ja kolossal liebenswürdig und höflich geworden. „Freilich", sagte Olga, „wir haben Sie auch schon im Garten meiner Tante gesehen, als wir gestern Nachmittag kamen."

Er fuhr sich durch die Haare. „Ich habe niemand gesehen; ich hatte mit dem verschmitzten Viehzeug Ärger, indem es mich immer den schön angelegten Rasen der Frau Doktor aufwühlte. Das hat einen hartnäckigen Tod, aber einen hab' ich doch gekriegt, he, he, er hat büßen müssen."

Olga sah, wie Elvira sich ergötzte über des alten Mannes Ausdrucksweise. Sie fuhr fort: „Es ist gut, dass Sie den Garten mit in Ordnung halten. Tante ist Ihnen gewiss sehr dankbar dafür."

„Ja, wissen Sie, ich muss dem jungen Mann auf die Finger passen; ich helfe, indem dass ich ihm sage, wie er alles anzugreifen hat. Na, sonst ist er verständig und lässt sich raten. Madame Weber, setzen Sie mich mal die Pfeife weg, indem dass der Rauch das junge Fräulein hier in die Augen beißt."

Elvira, die in nächster Nähe saß, hatte allerdings unter dem Tabaksqualm zu leiden, doch sagte sie: „Es sollte mir Leid tun, wenn Sie sich meinetwegen das Rauchen versagen."

„Schadet mir nichts, man muss seine Gelüste zu bezwingen suchen."

„Frau Weber, wie wird es nun mit Ihnen?", begann Olga. „Hat Ihr Sohn sich schon eingerichtet?"

„Er hat sein Geschäft schon eröffnet. Anfang Juli ziehen wir zu ihm."

„Herr Hirsch geht mit?"

„Madame Webern will die Freundlichkeit haben, mich von ihrer Wohnung zwei Stuben abzuvermieten und für meine leiblichen Bedürfnisse weiterhin zu sorgen."

„Herr Hirsch hat mich damals, als ich nicht wusste wohin, in sein Haus aufgenommen; es wäre undankbar, wenn ich ihn jetzt verlassen wollte."

„Es ist brav von Madame Webern gedacht", sagte der Alte. „Sie ist an meine Grobheit gewöhnt, indem dass ich zu alt bin, um meine Ausdrucksweise zu ändern. Und der Sohn, was wirklich kein Taugenichts geworden ist, sondern ein ganz solider, sittsamer Mensch, der ist mit allem einverstanden. Ich kenne Madame Webern und sie kennt mir, so ist es am gescheitesten, wir bleiben beisammen."

„Seit er gemerkt hat, dass mein Sohn kein Taugenichts

geworden ist, nennt er mich immer Madame", flüsterte Frau Weber Olga lächelnd zu.

„Was Madame Webern zu flüstern hat, weiß ich nicht. Sie tun besser, Madame, Sie sprechen laut, indem dass Sie wissen, dass ich das leise Sprechen absolut nicht leiden kann."

„Wir müssen nun aufbrechen, Herr Hirsch. Wenn wir Sie nicht wiedersehen sollten, wünschen wir, dass es Ihnen immer recht gut geht."

„Ergebenster Diener, allesamt. Ich bin erfreut, dass Sie mir Ihre Schwestern, die Ihnen alle Ehre machen, indem dass sie ruhig und gesetzt erscheinen, vorgestellt haben."

„Jetzt seht ihr, dass ich Recht hatte", sagte Olga, nachdem sie gegangen waren, „wenn ich Herrn Hirsch ein Original nannte."

„Er ist köstlich in seinen Reden und Anschauungen", erwiderte Rika, „überhaupt danken wir dir, dass du uns mit den Insassen dieses Hauses bekannt gemacht hast."

Olga führte die Schwestern durch die schönen Anlagen der Stadt und wollte, dass sie auch die Neustadt in Augenschein nehmen sollten. Da aber erklärten beide Schwestern, müde zu sein und lieber den Heimweg antreten zu wollen.

Sie verlebten den Abend mit der Tante zusammen in ihrem schönen Garten. Tags darauf wurde gepackt, und am folgenden Morgen zeitig ging es mit dem ersten Zug nach Dresden.

27. In der Sommerfrische

Nach einigen Tagen finden wir unsere Reisenden wieder auf einem der Dampfschiffe, die im Sommer unaufhörlich von Dresden in die Sächsische Schweiz gehen.

Das Schiff war sehr besetzt mit Reisenden aller Art, viele Ausländer waren vertreten, die entweder in die Bäder oder in eine Sommerfrische zu gehen beabsichtigten und die viel gepriesene Sächsische Schweiz sich zum Ziel erkoren hatten.

Tante Susanne hatte sich mit ihren Nichten etwas abseits ans Ende des Schiffes gesetzt, um mit ihnen in Ruhe die hübschen Elbufer, an denen sie vorüberglitten, in Augenschein zu nehmen. Es war ein heißer Junitag. Die Mädchen in ihren duftigen weißen Blusen und den runden Matrosenhüten machten zwar einen einfachen, aber durchaus feinen Eindruck.

„O Tante, wie schön“, riefen sie ein über das andere Mal, dann unterhielten sie sich wieder von dem, was sie in den letzten Tagen Schönes in der sächsischen Hauptstadt gesehen und gehört hatten.

„Die jungen Mädchen waren wohl noch nicht auf Reisen“, äußerte ein alter Herr, dem die Ausrufe der Bewunderung offenbar Freude machten.

„Sie haben noch nicht viel von der Welt gesehen“, gab Tante Susanne zur Antwort, „umso mehr Vergnügen gewährt es mir, ihnen ein Stückchen davon zu zeigen.“

„Ein dankbares Geschäft“, sagte er und entfernte sich seufzend. Denn seine Gattin hatte schon zu viel gesehen und konnte nun durch nichts mehr befriedigt werden.

Nach mehrstündiger Fahrt landeten sie in Schandau, blieben aber nur eine Nacht in einem an der Elbe gelegenen Hotel. Tante Susanne liebte nicht das elegante Badeleben, das Gewirre und Geschwirre der Menschen, die sich vergnügen wollten. Sie wollte in einem etwas abseits gelegenen Dorf der Natur und der Gesundheit leben. Es war auch für Rika Zeit, dass sie zur Ruhe kam, die Reisetage hatten ihre immer noch schwache Gesundheit angegriffen; sie sollte sich in den Bergen mit Gottes Hilfe frische, rote Wangen holen. Sie fanden, was sie suchten. Nicht allzu weit von Schandau lag ein hübsches Dorf, das nette, bequeme Häuser aufzuweisen hatte für solche Reisende, die einfache Bedürfnisse hatten. Sie fanden in einem dieser Häuser, das einen freien Blick auf Fluss und Berge bot, angenehme Zimmer und, wie es schien, gute Verpflegung. Die Wirtsleute waren einfache, brave Menschen, denen es sehr am Herzen lag, ihre Gäste zufrieden zu stellen.

„Wie köstlich ist die Ruhe nach dem Geräusch der letzten Tage", sagte Rika und sah Tante Susanne mit dankbarem Blick an.

„Ja, nun sollst du ruhen und an nichts weiter denken, als an deine Gesundheit, meine Rika. Lass nun alle deine Sorgen dahinten, für Elvira sorgen Olga und ich."

„Die Sorge um sie wird nie aus meinem Herzen weichen, solange ich lebe." Ein schmerzlicher Seufzer begleitete diese Worte.

Es war die erste Andeutung, die Rika der Tante gegenüber machte. Sie wusste ja, dass Tante Susanne von allem durch die Eltern unterrichtet war, und jetzt, da

Olga und Elvira nicht zugegen waren, wollte sie mit der Tante, zu der sie unbegrenztes Vertrauen hatte, von dem sprechen, was auch jetzt, nachdem alles vergeben und vergessen war, immer noch wie eine wunde Stelle in ihrem Innern brannte.

„Mein liebes Kind, ich freue mich, dass du mit mir von dieser Sache sprichst. Du hast Unrecht getan, das wollen wir nicht beschönigen, aber du hast schwer dafür gebüßt. Nun hast du Vergebung von Gott und den Eltern, nun gilt es, das Haupt wieder zu erheben, dem lieben Schwesterlein ein frohes Gesicht zu zeigen und sie nicht ferner zu betrüben dadurch, dass du dich selbst immer wieder in eine trübe Stimmung versetzcst."

„Ich bin auch, seit die lieben Eltern mir vergeben haben und meine Elvira es so köstlich trägt, ruhiger und friedevoll. Aber wenn ich die liebe Schwester sehe unter andern Menschen, – liebe Tante, du verstehst es, dass es mich schmerzt."

„Aber sieh, wie glücklich sie ist. Es ist mir eine Erquickung, in das liebe, klare Angesicht zu schauen. Sie fühlt es nicht, was du empfindest; sie entbehrt nichts. Also, Rika, nicht mehr trauern, versprich es mir. Sieh es als deine Pflicht an, dass du allen Trübsinn fahren lässt, damit du frisch, fröhlich und gesund zurückkehrst, das muss der Zweck deines Aufenthaltes hier sein."

Rika umschlang die Tante und versprach, ihr Bestes zu tun. Da kamen die beiden Schwestern in die Tür. „Das erste Sträußchen für dich, liebe Rika", rief Elvira und legte einen reizenden Strauß Waldblumen in ihre Hand. Rika küsste sie leidenschaftlich. „Aber eigentlich muss Tante die Blumen haben."

Elvira zeigte auf Olga, die eben der Tante einen ähnlichen Strauß aushändigte. „Alles in nächster Nähe", rief Olga. „Aber klettern muss man. Überall Berge, nichts als Berge, es ist köstlich, sage ich dir, Rika. Und der Waldesduft, der uns überall umgibt. O Tante, wenn doch die Eltern hier wären!" Die Tante hatte drei vordere Zimmer des Logierhauses gemietet. Das mittlere war das Wohnzimmer mit einem großen Balkon, von dem man eine herrliche Aussicht hatte. Links davon war das Schlafzimmer der Tante, rechts schliefen die Schwestern.

Es war ein kräftiger, erquickender Schlaf in der ersten Nacht. Sie fühlten sich alle drei wunderbar gestärkt und waren fröhlich und guter Dinge, als die Sonne sie am andern Morgen weckte. Liebliches Kindergeplauder drang an ihre Ohren.

„Wenn ich mich nicht täusche, sind das die Kinder, die mit ihrer Mutter in einem Abteil mit uns fuhren." Olga sah zum Fenster hinaus. „Wirklich, da ist der kleine blondlockige Karl und sein Schwesterchen Margarete. Sie gehen Hand in Hand vor dem Hause auf und ab."

Nun sahen auch Rika und Elvira hinaus und bestätigten es, dass es dieselben Kinder seien. Die Mutter hatte ihnen sehr gefallen, doch hatten sie sich einander nicht vorgestellt.

Im Laufe des Vormittags traf man sich unten und schien gegenseitig angenehm überrascht, sich hier im Gebirge wieder zu treffen. „Mir lag es daran", sagte die Dame, „mit meinen Kindern an einem stillen Ort meiner Gesundheit zu leben. Mein Mann konnte uns leider nicht begleiten, da sein Beruf ihn in der Stadt zurückhält, aber ich habe ein Mädchen mitgebracht zur Beaufsichtigung der Kinder, weil ich viel ruhen muss."

Diese Dame, eine Frau Rechtsanwalt, wohnte im Erdgeschoss, die andern Insassen des Hauses kannte man nicht und knüpfte keine intimere Bekanntschaft mit ihnen an.

Das Wetter war auserlesen schön. Ein sonniger Tag folgte auf den andern, und wenn es auch Hitze gab, so spürte man hier, wo man rings von Wald umgeben war und vom Fluss her Kühlung kam, nicht viel davon.

Man versuchte in den ersten Tagen kleine Fußtouren, allmählich wagte man sich immer etwas weiter. Es ging durch Gründe, und Höhen wurden erklettert, überall schöner Wald, duftige Blumen, klare Bäche, die über Felsgestein plätscherten; die Mädchen jubelten, wenn sie einen neuen Aussichtspunkt entdeckten, und die Tante bemerkte mit stiller Freude, wie sich allmählich Rikas Wangen röteten, wie ihr Gemüt von Tag zu Tag freier wurde, die Sorgenfalten von der Stirn verschwanden, ja, dass sie mit den andern Schwestern fröhlich lachen und scherzen konnte.

„So wäre denn endlich der Bann gewichen von der armen, gequälten Menschenseele“, dachte Tante Susanne mit dankerfülltem Herzen.

Eines Tages wurde mit Frau Rechtsanwalt eine Partie verabredet zu einer Mühle, die leicht zu erreichen war. Der Weg, der durch einen Grund führte und allmählich bergan ging, war bequem, so dass er für die älteren Damen und die Kinder keine Schwierigkeiten bot. Tante Susanne und Frau Rechtsanwalt gingen voran; Rika und Elvira schweiften bald nach rechts, bald nach links ab, weil sie Blumen oder Pilze suchten, auch hübsche Farnkräuter pflückten, während Olga mit den Kindern schäkerte.

„Emma", sagte sie plötzlich zu dem Mädchen, das die Kinder begleitete, und sah sie prüfend an, „es ist mir, als müsste ich Sie kennen." Das Gesicht der Emma strahlte. „Ich kenne Fräulein. Ich war in M. im Verein und wollte nicht dienen. Aber durch Fräulein sind wir ja andern Sinnes geworden. Hätten Fräulein es uns nicht vorgemacht, wir wären noch so dumm wie damals. Ich hab' es bei meiner Herrschaft so gut. Und jetzt die schöne Reise. So etwas habe ich nimmer erlebt."

„Sehen Sie, dass ich Recht hatte. Das Dienen ist ein schöner Stand, und wenn man treu ist, erwirbt man sich die Liebe der Herrschaft und wird allmählich als zur Familie gehörig angesehen."

„Ja, Herr und Frau Rechtsanwalt sind beide so gut zu mir, und die Kinderchen folgen hübsch."

Bei diesen Worten schmiegten sich die Kinder an ihre Emma, und Olga spürte noch einmal den Segen ihrer damaligen Handlungsweise.

Die Gesellschaft verlebte einen herrlichen Tag in der romantisch gelegenen Mühle. Die jungen Leute unternahmen noch einen Aufstieg auf die Höhe, um dort Rundschau zu halten, während die Kinder sich mit einem von zwei Ziegenböcken gezogenen Wagen vergnügten. Er wurde in der Mühle gehalten für die vielen fremden Kinder, die dort einkehrten.

So verging ein Tag nach dem andern, eine Woche um die andere. Eh' man sich's versah, war die letzte Woche des Aufenthaltes gekommen. Mit Bedauern dachte man an den Abschied von den Bergen; Frau Rechtsanwalt, die sich ganz an die Tante und ihre Nichten angeschlossen hatte, mochte nicht an die Trennung erinnert werden.

Eines Morgens, als die drei Mädchen zum Kaffee kamen, saß Tante Susanne schon da, eifrig mit dem Lesen eines Briefes beschäftigt. Sie steckte ihn schnell weg, und als die Mädchen sie befremdet ansahen, lächelte sie und sagte:

„Das ist ein Geheimnis, ich führe seit einiger Zeit einen geheimen Briefwechsel." Nun wurden die Mädchen neugierig und baten, es doch zu sagen. „Nein, nein, jetzt noch nicht, aber übermorgen wird es vielleicht eine Überraschung geben."

Als der Tag erschien, war alles wie sonst, von Überraschung nichts zu merken. Allerdings kam nachmittags eine Überraschung, aber nicht angenehmer Art. Die Kinder, Karl und Margarete, die still vor der Haustür gespielt hatten, während die Mutter ruhte und Emma drinnen zu tun hatte, waren beide weg, als Emma herauskam. Sie war zuerst nicht ängstlich, glaubte, sie seien ins Haus gegangen, vielleicht zu den Fräuleins, die sich die Kinder oft in ihr Zimmer holten, besonders nach Tisch, wenn Emma zu tun hatte und sie draußen spielten. Als sie nicht kamen, ging Emma hinauf und klopfte bei den Damen. Da sie die Kinder dort nicht fand, wurde sie ängstlich, auch der drei Schwestern bemächtigte sich eine Unruhe, so dass sie hinunterkamen und mitsuchten. Nun fragten sie bei den andern Gästen des Hauses, niemand hatte die Kinder gesehen, niemand etwas von ihnen gehört. Als Frau Rechtsanwalt es erfuhr, erfasste sie eine große Angst; man sagte ihr, das Mädchen suche sie, sie müssten wohl in den Wald gelaufen sein.

Die drei Schwestern kamen vom Fluss herauf, in der Meinung, sie konnten sich dort verirrt haben, aber keine Spur war zu entdecken. Sie trösteten die Mutter, meinten, sie wollten in den Nachbarhäusern fragen, alle hatten die Kinder gern, man gab ihnen hier und da etwas Gutes. Aber alles Suchen war vergebens. Emma, die in den Wald gelaufen war, kam noch nicht zurück. Der Wald war groß und viele Wege gab es kreuz und quer, auch gefährliche Stellen. Die Mutter war trostlos und wollte durchaus selbst den Wald durchsuchen. Dem widersetzten sich Olga und Rika. Sie erboten sich, miteinander zu gehen, sie seien der Wege kundig durch die vielen Spaziergänge, die sie in den verflossenen Wochen gemacht hätten, und trösteten die geängstigte Frau, dass sie die Kinder bald finden würden.

Tante Susanne sah besorgt nach dem Himmel, meinte, es würde bald ein Gewitter geben, sie könne sich nicht denken, dass die Kleinen sich allein in den Wald begeben hätten, man solle doch in der Nähe alles durchsuchen.

„In der nächsten Umgebung ist alles durchstöbert“, sagte Olga ratlos, „wir wollen uns nicht aufhalten, dann kommen wir noch vor dem Ausbruch des Gewitters zurück.“

„Gerade heute“, klagte die Tante. Sie sahen sie fragend an; Tante hatte schon öfter geheimnisvolle Äußerungen getan, sie konnten aber nicht dahinterkommen, was es sein mochte. „Sorge dich nicht, Tantchen, wir kommen bald zurück.“

Mit diesen Worten eilten sie dem Walde zu und waren bald den Blicken der ihnen ängstlich nachschauenden Frauen entschwunden.

„Weit können die kleinen Beinchen sie noch nicht getragen haben“, sagte Olga. „Hier haben wir oft Blumen mit ihnen gepflückt oder sind bunten Schmetterlingen nachgejagt, lass uns zunächst alle Büsche untersuchen. Es ist möglich, sie sind bei der Schwüle des Tages müde geworden und sind irgendwo eingeschlafen." Sie hörten ein Geräusch, Tritte nahten. Es war das Mädchen, das, in Schweiß gebadet, weinend wiederkam. „Sind die Kinder da?", rief sie schon von weitem. Die beiden Damen verneinten es traurig, während Emma schluchzend sagte: „Sie sind gewiss umgekommen, meine armen Goldkinder."

Plötzlich schlug sie sich vor die Stirn und rief: „O, ich Dummkopf, daran konnte ich eher denken. Gestern haben sie immer von dem Ziegenbockswagen gesprochen und mich gefragt, wann wir wieder in die Mühle gingen. Es ist möglich, dass sie nun allein gegangen sind."

„Das wäre eine Möglichkeit", sagte Rika, „nun gut, gehen wir nach der Mühle, es ist zwar ein weiter Weg, und wir müssen alle drei gehen, denn sind sie da, so werden sie so müde sein, dass wir sie abwechselnd tragen müssen. Also voran", sagte Rika und rüstig, wenn auch bangen Herzens, schritten sie weiter, der Mühle zu.

Es war still und lauschig im Grunde. Eine drückende Schwüle herrschte. Je weiter man in den Wald hineinkam, um so erstickender wurde die Luft, das Murmeln des Bächleins klang heute nicht so fröhlich wie damals, auch das Zwitschern der ängstlich von Baum zu Baum flatternden Vögel kündete das nahe Ungewitter, es wurde den Wanderern immer beklommener zumute, als sie in der Ferne ein schwaches Donnern vernahmen.

„Wenn wir doch wüssten, ob wir auf rechter Fährte

sind“, sagte Rika, „wenn wir hinkommen und finden sie nicht, was dann?“

„Gott helfe uns in dieser Not“, sagte Olga. Plötzlich bückte sie sich und hob etwas von der Erde auf. „Hier“, jubelte sie, „gehört das nicht Margaretchen?“ Sie hielt Emma ein Püppchen hin, das diese hastig ergriff und ausrief: „Freilich, das ist Gretchens Puppe, die ich ihr zum Spielen gab. Wir sind auf rechter Fährte, Gott sei Dank.“

Sie beschleunigten nun ihre Schritte, von neuer Hoffnung getragen; jetzt hörten sie schon die Mühle klappern, und das graue Schieferdach des Hauses blinkte durch die Bäume. Als sie sich dem Hause näherten, hörten sie liebliche Kinderstimmen, dazwischen eine Frauenstimme, und als sie um die Ecke kamen, da stand der Wagen mit den Ziegenböcken vor der Haustür, und die Müllerin hob die Kleinen heraus mit den Worten: „Nun ist's genug, Kinder, es wird gleich regnen, jetzt gehen wir in die Stube, und der Peter, der euch gefahren hat, bringt die Böcklein in den Stall.“ Die Damen erblickend rief sie aus: „Gott sei Dank, dass jemand kommt, ich habe schon Angst gehabt um die Kinder, konnt' nimmer denken, dass sie allein dahergelaufen seien.“

„Ja, das sind sie, die unartigen Kinder“, rief Emma. „Wartet nur, ihr werdet eine tüchtige Strafe bekommen.“

Sie standen sehr betreten da und die Mündchen verzogen sich zum Weinen. Die Müllerin aber sagte zu den Damen:

„Nach Hause können Sie nicht mehr, sehen Sie nur die schwarzen Wolken, es wird gleich losbrechen.“

„Das schadet nicht“, rief Rika, „im Walde haben wir

Schutz. Wir müssen nach Hause, die Mutter der Kinder ist in Todesangst. Emma, nehmen Sie Karlchen auf den Arm, ich nehme Gretchen, und dann laufen wir, so schnell wir können."

Die Müllerin schüttelte den Kopf und meinte, es sei Unverstand zu gehen, aber die Mädchen ließen sich nicht abraten, dankten der Müllerin für die den Kindern erwiesene Freundlichkeit, nahmen gern zwei Tücher an, die sie schleunigst holte, und machten sich eilig auf den Weg.

„Wir wechseln ab mit dem Tragen", sagte Olga, „ich bin die Stärkere, Rika, gib sie mir."

„Wir können allein gehen", jammerte Karl auf Emmas Arm.

„Wir wollen die Kinder doch jetzt eine Strecke laufen lassen", schlug Emma vor. „Es regnet noch nicht, später können wir sie genug tragen."

Das war ein vernünftiger Rat, der befolgt wurde. Die Kleinen trippelten rüstig vorwärts, es mochte ihnen selbst daran liegen, schnell zur Mutter zu kommen, die Angst um sie hatte.

Aber nun erhob sich der Wind. Es rauschte mächtig in den hohen Bäumen, die Vögel flogen ängstlich zwitschernd in ihre Schlupfwinkel und die Kinder griffen fester nach den Händen der Mädchen. Da – ein greller Blitz und ein lang anhaltender Donner.

„Wir wollen die Kinder nehmen und fester ausschreiten", sagte Rika und griff nach Margarete, Emma nahm Karl, nun ging es, so schnell es die Kräfte erlaubten, vorwärts. Einzelne große Regentropfen fielen schon, man hing die Tücher über die Kinder, es währte nicht lange, so ergoss sich der Regen in Strömen.

„Wenn wir nur einen Unterschlupf hätten", klagte Olga, die abwechselnd mit Rika die Kleine trug.

„Ich kann nicht mehr", seufzte Emma, „der Karl ist so schwer."

„Wir tragen ihn zusammen, legen unsere Hände ineinander – so –" schlug Rika vor, und es ging besser. Aber es war ein hartes Stück Arbeit in dem strömenden Regen, dazu die grellen Blitze und der heftige Donner, der in mehrfachem Echo in den Bergen widerhallte, so dass die Kinder zu weinen begannen und die Lage immer kritischer wurde.

Doch was half's, jetzt hieß es durch, immer vorwärts. Aber endlich ermüdeten die Mädchen; sie standen still, seufzten und gestanden sich, dass ihre Kräfte erschöpft seien. Da sagte Olga aufhorchend: „Es war mir, als ob ich rufen hörte."

„Allerdings, es sind Männerstimmen", antwortete Rika. Man hörte deutliche Hallorufe, und die Mädchen riefen aus Leibeskräften: „Hier, hier!", da sie hofften, dass das Rufen ihnen gelte. Neuen Mut schöpfend, gingen sie weiter in dem strömenden Regen, der zwar etwas nachgelassen hatte, aber doch noch in ergiebiger Menge sich vom Himmel ergoss.

Da tauchten Gestalten auf, mit Schirmen bewaffnet; sie schritten rüstig vorwärts und hatten bald die Mädchen erreicht. „Gott sei Dank, dass wir euch gefunden haben", rief eine wohl bekannte Stimme, und Rudolf, denn er war es, griff nach der kleinen Margarete und sagte zu seinem Begleiter, einem kräftigen Burschen: „Nehmt Ihr den Jungen", und zu den Mädchen: „Für euch sind die Schirme, und nun vorwärts, alles andere später."

Ja, zu Aufklärungen und Begrüßungen war hier nicht der Ort. „Nur nach Hause, so schnell als möglich." Das war der Gedanke, der alle beherrschte. Endlich war das Ende des Waldes erreicht, nun gab es noch eine kurze Strecke bis nach dem Logierhause, da standen Frau Rechtsanwalt und Tante Susanne in der offenen Haustür und riefen: „Sind die Kinder gefunden?"

„Wir bringen sie", rief eine kräftige Männerstimme, und unversehrt, wenn auch weinend und zitternd vor Aufregung, wurden sie der dankerfüllten Mutter in die Arme gelegt.

„Ihr bösen Kinder", rief sie, und doch bedeckte sie die ihr aufs neue geschenkten Kleinen mit Küssen, während Olga und Rika verschwanden, um sich ihrer nassen Kleider zu entledigen. „Wie kommt nur Rudolf hierher?", sagten sie verwundert zueinander, doch es würde sich ja aufklären. Er war eine große Hilfe in der Not, sie hätten nicht gewusst, was machen, als die Kräfte drohten, sie zu verlassen.

Inzwischen war die Mutter mit ihren Kleinen gegangen, um sie mit Emmas Hilfe ins Bett zu stecken. Tante Susanne saß mit Elvira und Rudolf im Wohnzimmer, als die beiden Mädchen, die sich mit warmen Kleidern versehen hatten, eintraten.

„Rudolf, woher kommst du in aller Welt?", rief Olga, während Rika ihm gegenüber ein befangenes Wesen zeigte.

„Ich bekam Lust, mir meine Schwestern einmal in der Sommerfrische anzusehen. Tante Susanne, du hast sie gut gepflegt, sie strotzen ja von Gesundheit und die roten Backen –"

„Sind von Erhitzung und Aufregung rot", rief Olga

lachend. „Es war keine Kleinigkeit, die schweren Kinder im Gewitter fortzubringen."

„Was in aller Welt macht ihr für Geschichten", sagte Rudolf, „ich freue mich nur, dass ich gerade zu dieser unheilvollen Stunde eingetroffen bin, um euch aus der Not zu helfen."

Frau Rechtsanwalt erschien später, als die Kinder schliefen, um den beiden Schwestern ihren tief gefühlten Dank zu bringen für ihre aufopfernde Liebe. Dass die Männer ihnen auf rechtem Wege entgegengekommen waren, erklärte sich daraus, dass auch Frau Rechtsanwalt sich erinnerte, die Kinder immer von der Waldmühle und den Ziegenböcken sprechen gehört zu haben, und auch auf den Gedanken gekommen war, sie möchten sich dahin verlaufen haben.

Am andern Morgen ging die Sonne strahlend auf. Es glitzerte wie tausend Diamanten auf den Gräsern und Sträuchern, ein leichter Nebel zog über die Höhen und wich dem Sonnenlicht, alles kündete einen schönen Tag. Rika, die sich nach einem festen Schlaf gekräftigt fühlte, war die erste der Schwestern, die ins Wohnzimmer kam, Olga und Elvira schliefen noch. Rudolf stand bereits auf dem Balkon, versunken in die schöne Aussicht, die sich ihm bot.

Als Rika ihn bemerkte, ging sie leise zurück, und da von ihrem Schlafzimmer auch eine Tür nach dem Flur ging, so schlüpfte sie durch diese, eilte die Treppe hinunter und ging ins Freie, um die schöne Morgenluft zu genießen. Es war ihr beklommen zumute, sie tat einen tiefen Atemzug und sog begierig die köstliche Gebirgsluft ein, die ihr wohl tat. Sie wanderte die Häuserreihe entlang, zum Dorf hinaus. Dort an jener Höhe musste es diesen Morgen herrlich sein. Langsam stieg sie höher und höher, blieb ab und zu stehen und hielt Umschau. Jetzt war sie oben. Hinter sich hatte sie den Wald mit seinen dunklen Tannen, unter sich im Tal das Dorf, mit seinen zum Teil an den Berg gelehnten Häuschen, einige stattliche Logierhäuser ragten hervor, darunter das ihrige, in dem sie so fröhliche Wochen verlebt hatte. Was konnte nur Rudolf bewogen haben, hier zu erscheinen? Er bedurfte vielleicht auch der Erholung. Nun wusste er lange, was sie für eine war. Sie meinte, er sei gestern kühler gegen sie gewesen als sonst. Es war wohl begreiflich, dass seine Gedanken sich nicht mehr mit ihr beschäftigten.

Doch wer kam die Anhöhe herauf? Auch ein einsamer Spaziergänger, den der taufrische Morgen ins Freie gelockt hatte.

Plötzlich errötete sie tief. Sie erkannte ihn, es war Rudolf. Sie hätte ihn lieber nicht allein getroffen. Aber warum nicht? Sie konnte ihm doch, wie früher, unbefangen entgegentreten, wenn sie an ihr geschwisterliches Verhältnis dachte. Doch vielleicht nahm er einen andern Weg.

Sie ging etwas weiter, dem Walde zu. Dort war es noch ziemlich nass, vom vorigen Tage her, aber alles so erfrischt vom Regen. Sie pflückte einige von den hübschen Farnkräutern und bückte sich eben nach einigen blauen Glockenblumen, da sagte eine Stimme hinter ihr: „Nun endlich gefasst, Mädchen, du hast einen schnellen Schritt. Als ich dich zum Hause hinausgehen sah, folgte ich dir, aber so schnell komme ich den Berg nicht hinan." Er reichte ihr die Hand. „Guten Morgen, übrigens, hast du gut geschlafen nach der anstrengenden Tour, wie ist dir die Fahrt denn gestern bekommen?"

„Wie du siehst, gut." Sie konnte ihn nicht ansehen, denn sie wurde wieder rot.

„Rika", sagte er in weichem Ton, „wer hätte gedacht, dass wir uns hier einmal zusammenfinden würden!"

„Ja, wie kommt es, dass du hier bist? Hast du eine Erholung nötig?"

Er lachte. „Das gerade nicht. Kannst du dir nicht denken, weshalb ich gekommen bin?"

Sie schwieg. „Rika, ich kam nur deinetwegen."

„Meinetwegen, Rudolf? Ich denke, diese Gedanken hast du längst aufgegeben. Seit du alles weißt, wirst du nicht wünschen, mit mir in nähere Beziehungen zu treten."

„Närrisches Mädchen", sagte er unmutig. „Ist nicht das alles vergessen? Was habe ich mit der Sache zu tun, die du mit den Eltern und mit dem Schwesterchen abzumachen hattest?"

„Aber du kennst mich nun", kam es zagend von ihren Lippen.

„Ja, ich kenne dich lange als das demütigste, selbstloseste Mädchen, treu, gewissenhaft –"

„Bitte, kein Wort mehr", rief sie angstvoll. „Von allem das Gegenteil –"

„Wir wollen nicht darüber streiten, jeder kann seine Ansichten behalten. Es fragt sich nur, Schwesterchen, ob ich dir statt des Schwesternamens einen andern, köstlicheren geben darf?"

Sie errötete wieder tief und sagte: „Ich habe mir vorgesetzt, nur für Elvira zu leben, und wenn die Eltern einmal nicht mehr sind, für sie zu sorgen."

„Meinst du nicht, dass zwei es besser können als eine? Bin ich nicht auch ihr Bruder, der sie herzinnig liebt und mit dir für sie leben möchte? Es fragt sich nur, ob du mir nicht nur Schwesternliebe, sondern Brautliebe zu geben vermagst?“ Bei dieser Frage streckte er ihr beide Hände hin und sah sie bittend an.

Da leuchtete in ihren Augen ein wunderbarer Glanz, und es kam leise, aber klar von ihren Lippen: „Ich liebe dich von Herzen und habe dich lange geliebt.“ Mit diesen Worten legte sie die Hände in die seinen, und er zog sie an sich. Sie verlebten eine köstliche Stunde da oben auf der Höhe, vergaßen ganz die Außenwelt und alles, was drum und dran hing. Im Logierhause aber herrschte wieder Aufregung.

„Es sind ja zwei erwachsene Menschen“, sagte Olga. „Verlaufen können sie sich nicht haben; wir können doch unmöglich wieder auf die Suche gehen.“

„Geht nur und sucht sie“, sagte Tante Susanne, die eingeweiht war.

„Wenn man nur wüsste, wo man suchen sollte“, klagte Olga.

Emma, welche die Damen reden hörte, sagte, dass sie Fräulein Rika hätte auf die Höhe gehen sehen.

„Komm, Elvira, das Wetter ist schön, es verlohnt sich heute, wir gehen Rika entgegen.“

Dass alle vier sehr vergnügt zusammen wiederkamen, und dass es noch fröhliche Tage gab in der Sommerfrische, lässt sich denken.

28. Der Ferienbesuch

Im Altenhorster Herrenhause herrschte Freude und Frohsinn. Die Eltern waren dankbar, ihre Kinder gesund und frisch wieder daheim zu haben, und die drei Töchter wetteiferten miteinander, Vater und Mutter ihre Liebe kundzutun. Herr Stark äußerte ein über das andere Mal: „Jetzt gefallen mir meine Töchter; sie haben alle so glückliche Gesichter und am glücklichsten ist Rudolf."

Der kam natürlich, so oft es seine Zeit erlaubte; das Elternhaus hatte, seit eine liebe Braut dort seiner wartete, doppelte Anziehungskraft.

„Nun heißt's aber gerüstet!", sagte eines Tages Frau Stark, nachdem sie mehrere Briefe, welche die Post gebracht, durchgelesen hatte. „Es sind lauter bestimmte Anmeldungen für die Ferien. Da ist ein Brief von den Fräulein Müllers, einer von Tante Susanne, auch eine Karte von dem Gymnasiasten Alfred, da gilt es, drei Gastzimmer in Ordnung zu bringen. Sie kommen alle an einem Tage."

Das Haus war groß und enthielt der Zimmer viele. Die Mädchen waren sehr glücklich über den Besuch, der etwas Abwechslung in die Stille des Landlebens brachte. Mit Eifer gingen sie daran, die Zimmer behaglich und gemütlich zu machen.

Sie lüfteten und stäubten, putzten und schmückten die Räume, dass es eine Lust war, dabei sangen sie fröhliche Lieder und Olga erzählte von dem Schüler Alfred, der gewiss manchen Streich ausüben würde. Im Garten blühte alles aufs Schönste. Olga war es eine besondere

Freude, ihren Bekannten die Heimat im besten Licht zu zeigen.

So kam denn der große Tag heran. Es war Mitte Juli; die Sonne brannte ziemlich heiß und erfüllte die Abteile der Bahn mit erstickender Hitze.

„Wir wollen die Fenster öffnen, Alfred“, sagte Tante Susanne zu ihrem Begleiter, der eben das Handgepäck in die Netze befördert hatte und nun noch behutsam einen sorgsam eingewickelten Gegenstand neben sich auf den Sitz legte.

„Was ist denn das?“, fragte die Tante. „Lege es doch oben hinauf, es möchten noch mehr Passagiere kommen.“

„Oben könnte es heruntergerissen werden oder fallen, ich nehme es lieber auf den Schoß.“

„Was ist es denn?“

„Etwas, was Olga sich immer gewünscht hat. Frage nicht weiter, es soll eine Überraschung sein.“

„Ich kann meine Neugierde bezwingen“, sagte Tante Susanne lächelnd und ermahnte Alfred jetzt, da sie noch allein waren, zu allem Guten. Das Abteil füllte sich, es wollten noch zwei Damen hinein, doch der Schaffner wies ihnen ein anderes Abteil an mit den Worten: „Eine ging zur Not noch hinein, aber Sie wollen doch lieber zusammenbleiben.“

„Natürlich, Bester, trennen Sie uns nicht, wir sind Schwestern.“

„O, hier ist's luftiger, wenn wir doch die Einzigen blieben“, seufzte Fräulein Ulrike Müller, die sich den Schweiß von der Stirn wischte.

„Das wünsche ich mir auch“, sagte Fräulein Agathe. „Weißt du, Ulrike, was ich eben gesehen habe? Der

Schlingel, der Alfred, der bei Frau Dr. Norden in Pension ist, sitzt im Zuge. Er wird doch nicht auch nach Altenhorst wollen! Es würde meine Freude, die Ferien dort zu verbringen, sehr beeinträchtigen."

„Das könnte mich jetzt schon nervös machen", stimmte Agathe ihr bei. „In seiner Nähe überfällt mich immer eine gewisse Unruhe; er hat uns damals öfter geärgert, als wir auf einem Stock wohnten. Die Geschichte mit den Knallerbsen vergesse ich nie."

„Du musst denken, er ist jetzt ein junger Herr geworden, in Sekunda pflegen die Herren Schüler schon sehr ritterlich zu sein. Wir wollen uns nur das große Vergnügen, einmal Sommerferien auf dem Lande zu erleben, nicht verbittern lassen."

Damit beruhigten sich die alten Damen und sahen mit Interesse dem Verlauf ihrer Reise entgegen. Endlich landeten sie auf der Endstation, wo Christoph die Gäste mit einem Wagen erwartete. Man stieg aus und begrüßte sich mit Tante Susanne, während Alfred sich sein Rad aus dem Gepäckwagen holte. Das bewusste Paket hatte er sorgsam in seine Umhängetasche gesteckt.

Er begrüßte die Damen höflich, half ihnen ihr Handgepäck tragen und begleitete sie zum Wagen. Dann befragte er sich bei Christoph über den Weg, schwang sich auf sein Rad und jagte davon.

Die stattlichen Braunen trabten munter hinterher. Wie erfrischte die Damen diese Fahrt auf dem offenen Wagen in der erquickenden Abendluft nach den heißen Stunden im Bahnwagen!

Nun waren sie alle da im Altenhorster Herrenhause, aufs Freundlichste empfangen von Eltern und Töchtern. Während Tante Susanne von der Mutter hinauf in ihr Zimmer geführt wurde, gingen die Töchter mit Fräulein Müllers.

„Wir haben für Sie das größere Gastzimmer hier unten in Ordnung gebracht, Fräulein Agathe", sagte Olga, „es ist bequemer für Sie, da Sie keine Treppe zu steigen haben, es ist auch größer und luftige, als die Zimmer oben."

„Danke, danke, es ist alles wunderschön", äußerten die Damen. Plötzlich sah sich Fräulein Ulrike ängstlich um und sagte: „Parterre ist es – es kann doch nicht eingebrochen werden, wir wohnten noch nie unten."

„Es ist ganz sicher bei uns", lachte Olga. „Wir haben feste Läden, die werden abends alle geschlossen, überdies gibt es in unserer Gegend lauter ehrliche Menschen, ein Dieb verirrt sich nicht hierher."

Später versammelte sich die ganze Gesellschaft im geräumigen Esszimmer, dann wurde ein gemeinsamer Spaziergang durch den Garten unternommen, wobei die Fräulein Müllers ganz in Ekstase gerieten über den Blumenflor, die herrlichen Bäume und Sträucher, die hübschen Anlagen, besonders aber über die balsamische Luft, die das Atmen so viel leichter mache als die drückende Stadtluft. An diese Ausrufe knüpften sich dann wieder Danksagungen für die Einladung, welche sie, wie sie meinten, dem lieben Fräulein Olga zuzuschreiben hätten. – An der Abendandacht, die Herr Stark mit der Familie und dem ganzen Hauspersonal hielt, nahmen die alten Damen noch teil, dann aber erklärten sie, von der Reise ermüdet zu sein, und zogen sich in ihr Zimmer zurück.

Nachdem sie sich versichert hatten, dass die Läden wirklich mit eisernen Stangen geschlossen waren, begaben sie sich zur Ruhe. Es mochte wohl eine Stunde vergangen sein, im Hause herrschte bereits vollständiges Schweigen, da ertönte aus dem Bett des Fräulein Ulrike eine Stimme:

„Agathchen, schläfst du schon?"

„Ach nein, Ulrike", war die Antwort. „Es ist doch alles so anders als zu Hause. Mir däuchte, als raschelte etwas unter dem Fenster; es ist vielleicht nur ein Tier."

„Es ist eine unheimliche Stille", meinte die Schwester, „man ist zu sehr an das Getöse der Großstadt gewöhnt, daher lauscht man auf jeden Laut."

„Wir wollen nun nicht mehr sprechen, Agathchen, wir regen uns sonst gegenseitig auf und schlafen gar nicht."

Sie lagen nun ganz still, wachten noch ein Weilchen, aber bald übermannte sie doch der Schlaf.

Olga hatte, bevor sie schlafen ging, noch einmal an der Tür gehorcht; ein lautes Schnarchen überzeugte sie, dass alles in Ordnung sei, beruhigt ging sie nach oben, wo die Schwestern schon der Ruhe pflegten.

Da – es mochte um drei Uhr in der Nacht sein – erhob sich plötzlich im Zimmer der Fräulein Müllers ein entsetzliches Getöse. Es rasselte und klirrte, wie wenn jemand mit Ketten hantierte. Kerzengerade saßen die alten Damen in ihren Betten, starr vor Schreck.

„O mein Gott, was ist dies!", jammerte Agathchen.

„Wir sind verraten, wir kommen nun um", klagte Ulrikchen, „mache doch Licht, Agathe!"

„Das Licht steht bei dir, ich wage mich nicht aus dem Bett."

„Ich zittere so, dass ich kein Streichholz halten kann."

Da trat Stille ein. Das Getöse erstarb, man hörte nichts

mehr. „Jetzt höre ich etwas auf mein Bett zukommen", schrie Ulrikchen.

„Sei doch stille, ich bin es", sagte Agathe. „Eine muss jetzt Licht machen, da du zu feige bist, komme ich, das Licht steht ja bei dir."

Sie zündete an und leuchtete überall umher. „Es ist nichts Auffälliges zu sehen." Sie untersuchte die Garderobe, die Schränke, alles stand ruhig da, nichts war zu bemerken, das Besorgnis hätte einflößen können. Die Stangen an den Läden saßen fest und sicher, es war nicht zu ergründen, woher das Geräusch kam.

„Ich habe oft gehört, dass es in alten Schlössern oder Herrenhäusern nicht geheuer sein soll. Wenn es hier spuken sollte, bleibe ich keine Nacht mehr hier."

Agathe schlich schnell in ihr Bett und zog sich die Decke über den Kopf.

„Es wäre am besten, wir ständen auf und kleideten uns an. Wir können dann anständigerweise ins Haus eilen und dort Lärm machen", riet Agathe.

Ulrike war mit dem Vorschlag einverstanden, obwohl sie sich entsetzlich elend fühlte und ihr das Liegenbleiben viel dienlicher gewesen wäre.

„Wir wollen etwas Gutes lesen, Ulrikchen, das bringt uns auf andere Gedanken und hält alles Böse fern."

Die alten Damen setzten sich zusammen auf das Sofa, holten ein Andachtsbuch und lasen, beim flackernden Licht darüber gebeugt, abwechselnd daraus vor.

„Durch die Spalten der Läden schimmert ja der helle Tag", rief Agathe mit Erleichterung. Sie öffnete die Läden. Heller Tag schien ihnen entgegen. „Gott sei Dank, dass wir so weit sind", rief Ulrike, „ich bin aber wie gerädert." – „Fräulein Rika", sagte am Morgen das

Hausmädchen, „die alten Damen sind aber Frühaufsteher. Als wir um 4 Uhr durch den Garten nach der Koppel zum Melken gingen, waren die Läden schon alle auf."

„Das ist ja seltsam", meinte diese. „Sie sagten gestern Abend, sie schliefen gern etwas länger, besonders in den Ferien."

Rika sagte es Olga, diese lief besorgt an die Tür und klopfte. Sie war natürlich erstaunt, die Damen schon angezogen zu finden. Aber wer malt ihren Schreck, als sie von dem Spuk der Nacht hörte. Sie konnte sich aber durchaus nicht erklären, was es gewesen sei.

Als die ganze Familie vereinigt beim Kaffee saß, mussten die alten Damen ihr Erlebnis noch einmal vortragen, aber niemand konnte sich den Zusammenhang erklären. Da schlich Alfred, der am untern Ende des Tisches saß, still hinaus. Als er wiederkam, trug er etwas vorsichtig in der Hand, ging damit auf Olga zu und sagte leise: „Ich glaube, das Ding da ist schuld gewesen an dem ganzen Spektakel."

Olga aber rief über den ganzen Tisch: „Hier steht der Missetäter, er ist schuld an dem Spuk. Alfred, beichte!"

„Nanu!" sagte Herr Stark, und alle sahen gespannt auf Alfred, der mit etwas begossener Miene Folgendes bekannte:

„Ich wollte Olga gern eine Freude machen, und da sie mich immer um meine Weckuhr beneidete, so beschloss ich, ihr eine solche zum Geschenk mitzubringen. Von Tante gütigst mir gewährtem Taschengelde erstand ich eine solche und bin sehr vorsichtig mit ihr gereist. Als ich ankam, konnte ich sie nicht gleich übergeben, wollte sie nicht erst mit hinaufnehmen. Da die

Tür zu dem Parterrezimmer, wo die Damen schlafen, weit geöffnet stand, flüchtete ich mit der Uhr da hinein. Das Rohr des großen Kachelofens schien mir ein guter Bergungsort. Ich setzte sie hinein, nachdem ich sie in Gang gebracht hatte, schloss die Messingtür, ahnte aber nicht, dass der Wecker aufgezogen war, und zwar auf drei Uhr. Genau um drei ist er abgelaufen und hat doppelten Lärm verursacht, da er in der verschlossenen Ofenröhre war, so dass die Messingtür auch noch geklirrt hat. Ich bitte tausendmal um Entschuldigung."

„Unverbesserlicher Schlingel!", flüsterte Agathchen, worauf ihr Ulrike verständnisvoll zunickte.

Olga nahm die kleine Uhr mit Dank entgegen, lachte aber herzlich, als sie zu Alfred sagte: „Ich habe ja gleich die Schwestern vorbereitet auf etliche Streiche, die du ausführen werdest. Mit Fräulein Müllers hast du's aber verschüttet, sieh, wie du mit ihnen fertig wirst."

Ganz de- und wehmütig ging er zu den Damen und bat:

„Seien Sie mir nicht böse, ich hatte ja keine Ahnung, dass Sie da schliefen."

„Sie wissen nicht, Alfred, was wir gelitten haben", sagte Agathe, und Fräulein Ulrike fügte hinzu: „Sehen Sie sich ein andermal vor, was Sie tun."

Von da an bemühte sich der Sekundaner, ganz besonders aufmerksam und höflich gegen Fräulein Müllers zu sein, was diese lobend anerkannten. Sie schliefen die nächste und alle folgenden Nächte herrlich in dem Gastzimmer im Parterre des Herrenhauses zu Altenhorst.

Doch noch einmal sollte der Ferienaufenthalt durch den Störenfried Alfred getrübt werden. Eines Tages wurde im Hause ein Fenster geöffnet. Herr Stark rief: „Alfred, du hast doch ein Rad?“ Dieser, der an der Pumpe mit etwas beschäftigt war, kam eilfertig mit den Worten: „Jawohl, Onkel.“

„Radle einmal schnell hinüber zu Pastor Dahlburg und frage, ob er Lust hat, heute Nachmittag eine Waldpartie mitzumachen. Wir haben einen schönen Tag, Gewitter gibt’s nicht, da haben wir eben beschlossen, einen gemeinsamen Ausflug zu machen. Tante Susanne würde sich gewiss freuen, Pastor Dahlburg wiederzusehen. Aber beeile dich, damit du zu Mittag wieder hier bist.“

Das war etwas, was unserm Alfred gefiel. Er eilte ins Haus, zog sein Rad hervor, und wie der Wind eilte er davon. Er freute sich sehr, den Vetter, dem er viel verdankte, wiederzusehen; und was würde Dahlburg sagen, ihn so unvermutet bei sich eintreten zu sehen?

Er fand bald das Pfarrhaus und radelte darauf zu. Der Pastor steht am Fenster seiner Studierstube und sieht den Radler auf seinen Hof kommen. Wer ist denn das?, denkt er.

Er tritt vor die Haustür, und jetzt erkennt er den Gast. „Guten Tag, Vetter, wie geht’s?“, ruft Alfred.

„Alter Bursche“, sagte Dahlburg herzlich und streckt ihm beide Hände entgegen, „wo kommst denn du her?“

„Von Altenhorst, dem gastlichen Herrenhause; ich habe einen Auftrag auszurichten.“ Er entledigte sich dessen und erhielt die Antwort, dass Pastor Dahlburg diesen Nachmittag durch nichts gebunden sei und sich um halb vier Uhr einstellen werde.

Dann musste Alfred sich setzen; die alte Haushälterin trug das Frühstück auf und unser Reisender ließ es sich vortrefflich schmecken. Im Laufe des Gesprächs erkundigte sich Dahlburg, wer denn alles in Altenhorst zu Gaste sei. „Nun, außer Tante Susanne und meiner Wenigkeit noch zwei Fräulein Müller – –“

Kaum hatte er das Wort gesprochen, bedeckte eine glühende Röte sein Gesicht. Er stand plötzlich auf, ließ das Frühstück, das er vor sich liegen hatte, stehen und sagte:

„Ich muss nach Hause.“

„So jäh? So plötzlich?“, rief Dahlburg.

Alfred leerte das Glas Bier mit einem Zuge und stand schon an der Tür. „Ich kann nicht länger bleiben, Vetter Dahlburg, ich komme nächstens wieder, bitte, lass mich heute. Ich habe die alten Fräulein Müllers im Entenstall eingesperrt.“

Pastor Dahlburg ging lachend und kopfschüttelnd ins Haus. „Der Junge bleibt doch unverbesserlich.“

Ja, unser Alfred hatte wieder einmal eine große Dummheit begangen. Er hatte sich liebenswürdigerweise erboten, die alten Damen auf dem Wirtschaftshof umherzuführen, da sie sich für die verschiedenen Tiere interessierten. Im Entenstall angekommen, entdeckt Fräulein Ulrike, dass die Trinkschale der Tiere leer ist. Alfred erbietet sich, Wasser von der Pumpe zu holen. Da er gewarnt ist, beim Verlassen der Ställe die Türen nicht offen zu lassen, so schiebt er den Riegel vor, weil er gleich mit dem Wasser zurückzukommen gedenkt. Der Auftrag des Onkels lässt ihn alles vergessen.

Wenn nicht zufällig das Hausmädchen nach einer Weile kommt, so sitzen die armen Damen gefangen, bis er zurückkehrt. Die Aufregung und der Zorn derselben war groß. Man musste alles aufbieten, sie vom sofortigen Einpacken abzuhalten. Den vereinten Bitten aller sowie der demütigen Abbitte des Jünglings gelang es, sie einigermaßen zu versöhnen. Doch erklärten sie, sich nie wieder seiner Führung anvertrauen zu wollen.

Am Nachmittag hielt ein großer Omnibus vor dem Hause. Er konnte alle Insassen des Hauses aufnehmen. Fräulein Müllers, die immer wieder erklärten, nach dem ausgestandenen Schreck und Ärger zu angegriffen zu sein, um an der Fahrt teilzunehmen, waren überstimmt worden, und da sie Verlangen trugen, den Wald kennen zu lernen, ließen sie sich schließlich gern mitnehmen. Pastor Dahlburg stellte sich zu rechter Zeit ein, und nachdem Menschen und Lebensmittel verpackt waren, setzte sich der Omnibus in Bewegung.

Herr Stark zählte die Häupter seiner Lieben. „Eine stattliche Gesellschaft", sagte er. „Wo ist denn aber unsere Olga? Sie ist doch nicht zurückgeblieben?"

„Sie klagte über Kopfschmerzen und wollte lieber daheim bleiben", äußerte Frau Stark.

Als der Wagen davonrollte, tat es Olga fast Leid, dass sie trotz des Übelbefindens nicht mitgefahren war. Tat sie Recht, dass sie Dahlburg so mied? War es nicht übertriebene Empfindlichkeit? Durfte sie so lange nachtragen? Wäre es nicht besser, sie suchte die Sache zu vergessen, sich nicht mehr auszuschließen und seine Gegenwart zu meiden? Versuchen wollte sie es, denn wenn sie so fortmachte, würde es doch schließlich von den Eltern und Schwestern bemerkt werden, dass sie nie zu finden war, wenn Dahlburg sich zeigte.

Dann nahmen ihre Gedanken eine andere Richtung. Sie griff in die Tasche und zog einen Brief hervor. Er war von Oberförsters Mariechen, oder vielmehr jetzt Frau Schlick. Zuerst großes Bedauern, dass sie nicht hatte an der Hochzeit teilnehmen können, dann folgte ein Bericht von der Hochzeitsreise nach dem schönen Oberbayern und dann eine Beschreibung ihres eigenen reizenden Heims in der nur einige Meilen von der Oberförsterei gelegenen größeren Stadt. „Du musst selbst kommen und alles sehen, Liebste", hieß es zum Schluss.

Ob Mariechen wirklich das Glück gefunden hatte, das sie zu finden meinte? Ob es möglich war mit diesem Manne? Gut, dass der Geschmack verschieden war. Wenn sie sich einen Lebensgefährten wünschen sollte, so müsste es vor allen Dingen ein frommer Mann sein, mit dem sie gemeinsam dem Himmel zupilgern konnte.

Doch, was träumte sie? Sie wollte doch ins Dorf gehen und einem kranken Kinde eine Erquickung bringen.

Fräulein Olga war allgemein beliebt. Sie plauderte hier ein wenig, dort ein wenig, las dem kranken Kinde eine Geschichte vor und spielte mit ihm, so verging die Zeit im Fluge. Der Omnibus kehrte zurück mit vielen vergnügten Menschen, die nicht genug bedauern konnten, dass Olga nicht mit dabei gewesen war, es sei über alle Beschreibung schön gewesen.

Dahlburg hatte die Einladung zum Abend abgelehnt, indem er nötige Arbeiten zu erledigen hatte.

29. Aufklärungen

Der Pfarrer von Buschtal stand nachdenklich am Fenster seiner Studierstube. Was war es, das ihn seit einigen Tagen beschäftigte? Als Alfred zu ihm kam und ihm die Einladung überbrachte, an dem Waldvergnügen teilzunehmen, hatte er gerne zugesagt, in der Hoffnung, nun einmal Gelegenheit zu finden, mit Fräulein Olga zusammenzukommen und zwanglos mit ihr, wie früher, verkehren zu können. Und nun hatte er sie gar nicht einmal gesehen. Schon lange vorher, ehe Herr Stark gerufen: „Wo ist denn unsere Olga?“, hatte er bemerkt, dass sie nicht dabei war, hatte aber immer gehofft, sie würde im letzten Augenblick erscheinen. Er war enttäuscht worden, wie nun schon so oft bei seinen Besuchen in Altenhorst. Einmal, er wusste es genau, hatte er sie vor dem Hause bemerkt, da plötzlich – wahrscheinlich, weil sie ihn gesehen hatte, war sie verschwunden und nicht wieder erschienen. Warum machte er sich denn so viel daraus? Er hatte vom ersten Sehen an einen Eindruck empfangen und war sich seit einiger Zeit klar, dass es sie und keine andere sein sollte, die einst als seine Pfarrfrau hier einziehen müsse. Er hatte das Alleinleben satt, es war auch für die Gemeinde besser, wenn er eine Gehilfin hatte, die mit ihm Hand in Hand arbeitete. Aber bis jetzt war keine Aussicht zur Erfüllung seines Wunsches.

Heute erwartete er einen jungen Gast. Wie hübsch wäre es, wenn er nun eine Hausfrau hätte, die sich mit ihm des Besuches freute, die für die leiblichen Bedürfnisse sorgte. Er freute sich auf das Vetterchen, es war ein erfrischendes und belebendes Element. Der Besuch damals war zu kurz gewesen, er musste für sich lachen, wenn er an das Erschrecken des Jünglings dachte, als diesem zum Bewusstsein kam, die alten Damen im Entenstall eingeschlossen zu haben. „Der Junge macht doch noch immer Dummheiten“, dachte er, dann erinnerte er sich der Szene mit Lisi im elektrischen Wagen und musste wieder lachen, und zwar so herzlich, dass er einen Augenblick mit Wegereinigen innehielt und sich auf das Gartengerät stützte.

„Sie sind ja recht vergnügt bei Ihrer Arbeit, oder vielmehr du, wie ich jetzt sagen darf, Vetter Dahlburg“, rief eine Stimme, und Alfred stand hinter ihm. „Worüber lachst du denn so, Vetter?“

„Ich lachte über dich, indem ich mich deiner verschiedenen Streiche und Dummheiten erinnerte.“

„Ach, gewiss wegen der dummen Entengeschichte! Nun, die hat mir so viel Ermahnungen unter vier Augen zugezogen, dass ich ein ganzes Jahr daran genug habe. Ich glaubte, als Onkel mich herzhaft ins Ohr kniff und davonging und ich bei den Damen abgebeten hatte, nun sei die Sache abgetan. Da rief Onkel Stark mich in sein Zimmer und hielt mir privatum eine Standrede, die ich mein Lebtag nicht vergesse. Kaum bin ich erlöst, winkt Tante Susanne mir, ihr nach oben in ihr Zimmer zu folgen. Sie ist eine Art Pflegemutter, auch ihre Strafpredigt musste ich mir gefallen lassen. Als ich die Treppe herunterkomme, steht Tante Stark auf dem Hausflur und sagt: ‚Mein guter Junge, komm doch einmal mit.‘ Sie ging in die Küche, und da ich die Hoffnung hegte, sie wolle mich entschädigen für das bei dir unterbrochene Frühstück, folgte ich ihr gern, zumal es noch weiter ging, in die Speisekammer hinein. Sie schloss sorgfältig die Tür, aber statt nach dem Brot und der verlockenden Wurst zu greifen, legte sie mütterlich beide Hände auf meine Schultern und stellte mir mein Unrecht so beweglich vor, dass mir beinahe Tränen gekommen wären. Ich versprach zum dritten Mal Besserung. Als aber nun Olga mich in den Garten zog, in eine ganz entfernt liegende Laube, wo kein Mensch uns sehen und hören konnte und in ziemlich scharfem Ton sagte: ‚Alfred, das bitte ich mir aus, dass du gegen die Damen, die ich mir eingeladen habe, höflich, aufmerksam und liebenswürdig bist, es ist ganz abscheulich von dir, ihnen den Aufenthalt hier zu verbittern, wir haben Mühe und Not gehabt, sie vom Abreisen abzuhalten', da konnte ich mich nicht länger halten, ich musste lachen. ‚Du lachst noch, Mensch', rief sie zornig, ‚du bist ja – an dir ist ja Hopfen und Malz verloren.'

Ich sagte ihr von den Strafpredigten, die ich bereits aufgeladen hatte. Nun, Sie kennen ja Olga. Ein herzhaftes Lachen ertönte von ihren Lippen, und immer noch lachend sagte sie: ‚Na, dann hast du genug drüber gehört, ich glaubte, ich sei die Einzige, die dir Vorstellungen machen würde. Nun, Vetter, wir kennen uns lange, versprich mir in die Hand, dass du diese beiden Damen mit ausgesuchter Liebenswürdigkeit behandelst und den Schaden, den du ihnen zugefügt, doppelt wieder gutmachst.'

Seitdem ist mein Benehmen den Damen gegenüber tadellos. Die ersten Tage waren sie wie aus Stein gehauen, wenn ich mich zeigte. Jetzt erzähle ich, sobald sie sich sehen lassen, lustige Anekdoten, eine nach der andern, bis ich den Marmorgesichtern ein Lächeln entlocke. Vielleicht bringe ich sie noch dahin, mich wieder eines freundlichen Blickes zu würdigen."

Die Erzählungen belustigten Dahlburg sehr. Er ging mit Alfred ins Haus und ließ wieder ein Frühstück auftragen, das diesmal voll und ganz aufgezehrt wurde. Dann musste er ein Stündchen im Garten helfen, darauf nahm Dahlburg ihn mit in sein Studierzimmer und vertrieb ihm die Zeit mit Bilderzeigen und dergleichen. Nach Tisch machten sie einen Spaziergang durchs Dorf, und nachmittags musste die Alte den Kaffee in die Bohnenlaube bringen, wo die beiden in gemütlicher Ruhe eine Zigarette rauchten.

Nun kam die Frage, die Dahlburg schon lange auf dem Herzen hatte.

„Sag' einmal, Vetterchen, ist das Fräulein Olga immer in der Wirtschaft beschäftigt, man sieht sie ja fast nie, wenn man da ist?"

„Keine Spur", versicherte Alfred. „Sie haben jetzt eine tüchtige Wirtschafterin; Olga ist auch fleißig, besonders morgens hilft sie, wo es Not tut, aber sonst ist sie stets bei der Gesellschaft, sie belebt ja alles durch ihr frisches Wesen und ihre drolligen Einfälle."

„Ich habe sie eigentlich nie oder nur sehr flüchtig und vorübergehend getroffen, gesprochen fast gar nicht, denn wenn ich zum Abendbrot blieb, so war sie ja anwesend, saß aber so versteckt am untern Ende des Tisches, dass man sie kaum anreden konnte."

„I, das ist ja merkwürdig! Es liegt so gar nicht in Olgas Natur", versetzte Alfred.

„Warum ist sie nur damals nicht mitgefahren, als es in den Wald ging, es waren alle Familienmitglieder dabei, nur sie nicht –"

„Darüber habe ich mich auch gewundert, zumal sie immer von dem Waldvergnügen geschwärmt hat und wie sie Fräulein Müllers und Tante Susanne den herrlichen Wald zeigen wolle. Als es hieß, Pastor Dahlburg würde teilnehmen, da hatte sie plötzlich Kopfschmerzen –"

„Also doch meinetwegen! Ich habe ihr, soviel ich weiß, nichts getan."

Alfred besann sich. Plötzlich rief er: „Jetzt hab' ich's. Sie ist dir böse, Vetter, furchtbar böse."

„Weshalb denn? Weshalb denn in aller Welt? So rede doch, Vetter!"

„Natürlich kann sie es nicht vergessen, dass du sie damals, als sie eine Zeit lang unter fremde Leute ging, ein überspanntes Frauenzimmer genannt hast."

„Was? Ich hätte sie ein überspanntes Frauenzimmer genannt? Das ist mir ja nie im Traum eingefallen!"

„Doch, doch. Als ich dir diese Nachricht überbrachte, erinnerst du dich nicht? Da gebrauchtest du diesen Ausdruck; ich weiß noch Tag und Stunde."

Dahlburg besann sich einen Augenblick. „Jetzt erinnere ich mich, gegen dich Derartiges geäußert zu haben. Aber Mensch, da waren wir beide doch ganz allein, das kann niemand weiter gehört haben."

„Ich habe es ihr den andern Morgen wieder erzählt", versetzte er treuherzig.

„Das hattest du getan, Schlingel?" Er sprang auf, warf seine Zigarette weg und fasste ihn beim Arm. „Sag' es, gesteh' es, du hast ihr diese ganz übereilte Äußerung, die mir im ersten Augenblick herausfuhr, wieder erzählt? Unglücksmensch, du hast mir einen bösen Streich gespielt."

Er legte die Hände auf den Rücken und ging aufs Höchste erregt vor der Laube auf und ab. Alfred, der sehr verdutzt aussah, schaute immer wieder von der Seite den Vetter an, der ganz verstummt war. Wenn er nur noch ein Wort gesagt hätte! Dies gänzliche Schweigen war zu unheimlich. Endlich dauerte ihm die Sache zu lange. Er stand auf und sagte:

„Dann ist es bestimmt auch das beste, wenn ich jetzt gehe."

„Bleib!", sagte Dahlburg in strengem Ton. „Du weißt nicht, was du mir angetan hast, du hast mein ganzes Lebensglück zerstört."

Alfred sah ihn verständnislos an. Er verstand offenbar nicht die ganze Tragweite dieses Wortes.

„Vetterchen", sagte er in wehmütigem Ton, „seien Sie mir nur nicht böse." Er sagte auf einmal wieder Sie. „Es ist gewiss unrecht von mir gewesen, es gleich wieder zu erzählen."

„Ja, sehr unrecht. Alte Waschweiber erzählen sich alles wieder, aber ein Schüler –"

„Wäre ich nur schon Sekundaner gewesen, dann hätte ich es sicher nicht getan –"

„Du warst schon Sekundaner! Der Stand schützt dich auch nicht vor Torheiten."

Alfred senkte beschämt das Haupt. „Es ist am besten, ich reise ab. In dieser Gegend scheine ich kein Glück zu haben."

„Diese deine größte Dummheit liegt weit zurück, damit hat unsere Gegend nichts zu tun. Ich habe von Tante Susanne damals den ganzen Sachverhalt erfahren und habe Fräulein wegen ihrer Handlungsweise nur noch mehr schätzen gelernt, ohne auch nur ein einziges Mal an diese dumme, in der Eile hingeworfene Äußerung zu denken."

Wieder ging er auf und ab in tiefem Schweigen. Alfred wurde die Lage ungemütlich. „Ich will lieber gehen; ich danke für den angenehmen Tag." – Jetzt besann sich Dahlburg, dass Alfred sein Gast war, da galt es, Gastrecht zu üben. „Wir wollen die dumme Geschichte nur lassen", sagte er, sich bezwingend. Allein bleiben mochte er mit dem Jüngling nicht, er konnte seinen Groll gegen ihn noch nicht ganz überwinden. „Komm", sagte er, „wir wollen ins Dorf gehen, ich möchte einige Leute besuchen, du kannst mich begleiten."

Es war die beste Lösung. Die Familien, zu denen er ging, erzählten von ihren Angelegenheiten und Kümmernissen; er hatte zu raten, zu trösten, wohin er kam. Dadurch wurden seine Gedanken abgelenkt, und Alfred war froh, den übrigen Teil des Tages nicht mehr mit dem Vetter allein zu sein. Als sie aus dem Dorf kamen, behauptete er, nach Hause zu müssen. Dahlburg hielt ihn nicht länger; er sagte nur, als Alfred noch einmal bat, ihm nicht zu zürnen: „Nein, Vetter, mein Unrecht ist ja ebenso groß wie das deine, aber hüte dich künftig, alles wieder zu erzählen, was du hörst."

30. Besuch in Buschtal

„Alfred, du siehst seit gestern so nachdenklich, fast niedergedrückt aus, hat es dir im Buschtaler Pfarrhaus nicht gefallen?“, fragte Olga, die gern etwas Näheres vom gestrigen Tage gehört hätte. Alfred hatte seit gestern Abend kaum drei Worte gesprochen, er, dessen Mund fast nie still stand, war unheimlich schweigsam, sollte ihm wieder etwas passiert sein?

„Der Vetter ist mir böse, Olga, das drückt mich.“

„Pastor Dahlburg. Wie kommt denn das? Er ist doch immer gut Freund mit dir gewesen?“

„Es ist deinetwegen, Olga.“

„Meinetwegen?“, sagte diese erstaunt.

„Stille, dass es niemand hört. Können wir nicht wieder in jene Laube gehen, in der du mich neulich abgekanzelt hast? Dort kann uns niemand hören, und ich muss dir mein Herz ausschütten; du musst mir aber versprechen, es ganz für dich zu behalten.“

„Das kann ich noch nicht vorher versprechen. Aber komm nur.“ Sie gingen miteinander, Olga aufs Höchste interessiert, was sie wohl hören würde. Im tiefsten Schatten der Laube vertraute er ihr seinen Kummer an.

„Diese Geschichte ist es!“, rief Olga. „Das war allerdings keine schöne Äußerung über mich.“

„Hast du dich deshalb immer vor Pastor Dahlburg versteckt?“

„Hat er etwas Derartiges gesagt?“, fragte sie, tief errötend. „Freilich hat er es lange gemerkt. Er hat gar nicht gewusst, was du nur gegen ihn hättest. Diese Äußerung hatte er ganz vergessen; sie ist ihm entfahren, wie uns wohl auch ein Wort entfährt. Er war empört, dass ich es dir wieder gesagt habe, meinte, das sei mein dümmster Streich, denn damit hätte ich ihm sein Lebensglück zerstört."

„Das sagte er?"

„Es sind seine eigenen Worte. Und dann lobte er dich fürchterlich; ich glaube, er hält dich für den besten Menschen auf Gottes Erdboden."

„Hör auf, Alfred", rief das junge Mädchen, das wie eine Rose glühte, „das kann er nicht gesagt haben. Wenn er mich für überspannt hält –"

„Das tut er gar nicht. Nach meinem Geschwätz hat er es für merkwürdig gefunden, dass du dienen wolltest, als aber Tante Susanne ihm deine Beweggründe dargestellt hat, da, sagt er, hätte er dich erst recht geschätzt."

„Du sollst das nicht sagen", rief Olga, deren Gesicht aber bei allem, was Alfred ihr offenbarte, vor Glück strahlte. „Wenn Herr Dahlburg wüsste, dass du mir alles wieder erzählt hast."

„Das wird er sich wohl denken. Doch, halt, nein! Das letzte Wort, was er sagte, war: Hüte dich, alles wieder zu erzählen, was du hörst."

„Siehst du, und nun handelst du gleich dawider. Du bist unverbesserlich."

„Ich denke, dies, was ich dir erzählt, kann doch nicht schaden. Ich wollte dich nur bitten, wenn er einmal wieder kommt, dich zu zeigen, es macht ihn so betrübt, wenn er immer merken muss, dass du ihn fliehst. Und mich drückt es, weil ich an allem schuld bin. Dass der Vetter mit mir zürnt, tut mir entsetzlich Leid, denn ich habe ihn lieb und mag mich gar nicht mehr vor ihm sehen lassen. Es ist überhaupt am besten, ich reise wieder ab, je eher, je lieber.“

„Gefällt es dir nicht mehr bei uns?“

„Nur zu gut. Aber ich gefalle nicht mehr. Ich habe mich schon bei allen unbeliebt gemacht.“

„Was geht hier vor?“, rief eine Stimme, und Tante Susanne guckte in die Laube. „Meine beiden Pflegekinder so erhitzt? Ihr habt doch keinen Streit gehabt?“

„Nein, das nicht, Tante. Alfred“, wandte sich Olga an diesen, „wir wollen nur Tante Susanne die ganze Geschichte erzählen, es ist ja nichts dabei.“

„Nur das ist dabei, dass ich von Tante wieder eine furchtbare Strafpredigt bekomme –“

„Hat er schon wieder eine Dummheit gemacht?“

„Gemacht ist sie schon im vorigen Jahre, aber sie ist gestern erst in Buschtal an den Tag gekommen.“ Sie erzählte der Tante alles. Diese schüttelte ernst den Kopf, zuweilen lächelte sie, endlich meinte sie: „Ich hätte es dem lieben Dahlburg nicht zugetraut, eine derartige Äußerung zu machen, aber es entfährt uns allen wohl einmal eine unbedachte Bemerkung, von Alfred war es freilich sehr unrecht, es dir gleich zu berichten. Mich wundert nur, liebes Kind, dass du, die du mir alles sagtest, mir dies verschwiegen hast; ich hätte dann gleich mit Dahlburg gesprochen und die Sache wäre früher erledigt worden.“

„Das fürchtete ich eben, darum schwieg ich“, sagte Olga. „Du hast ihm aber gezürnt oder hast einen Groll gegen ihn gehabt.“

„Ja, aber das ist nun vorbei, Tante. Wenn er einmal kommt, werde ich ganz unbefangen gegen ihn sein.“

„Das ist recht“, sagte Tante Susanne. „Und wenn wieder ein Waldvergnügen kommt, bleibt mein liebes Töchterchen nicht zurück", fügte sie lächelnd hinzu. Olga errötete und nickte stumm mit dem Kopf. Nun wünschte sie selbst, der Herr Pfarrer möchte einmal kommen, aber er kam nicht, so sehr sie auch nach ihm ausschaute.

Alfreds Benehmen war von nun an tadellos, sodass sogar Fräulein Agathe und Ulrike wieder einlenkten und ihm freundliche Mienen zeigten, wenn sie auch vermieden, ihn zur Begleitung aufzufordern.

Es war ein fröhliches Leben zur Sommerzeit im Herrenhause zu Altenhorst. Zu tun gab's, denn es war Erntezeit. Die Töchter mussten, wenn die Mädchen alle draußen auf dem Felde waren, im Hause zugreifen, auch die Mutter und Tante Susanne fassten mit an, und Fräulein Müllers sah man im Garten Obst pflücken, das zum Einmachen gesammelt wurde. Am Abend saß man dann gern beieinander im Garten und ruhte von der Tagesarbeit. Der Hausherr gesellte sich zu den Damen, und sooft es seine Zeit erlaubte, kehrte Rudolf ein in die alte Heimat, die ihm jetzt, da er eine liebe Braut hier hatte, doppelt wert war. Rudolf und Rika pflegten dann oft zu verschwinden; sie gingen durch den Garten, schlüpften durch die kleine Pforte am Ende desselben und wanderten mit Vorliebe den Weg, den sie an jenem Geburtstag Rikas gegangen waren, als Rudolf zuerst um die Pflegeschwester anhielt und so traurigen Bescheid bekam. Auch heute war Rudolf erschienen mit einer wichtigen Nachricht. Er war zum Amtsrichter ernannt in der Nachbarstadt. Die Stelle hatte ein Einkommen, das ihn in den Stand setzte, seine Rika heimzuführen, so kam er mit der Bitte, die Hochzeit schon im Herbst auszurichten. Es kam allen unerwartet schnell, doch da er das Junggesellenleben satt hatte, machte man sich mit dem Gedanken vertraut, die Vorbereitungen zu treffen.

So schwanden die Ferienwochen schnell dahin. Fräulein Müllers dachten mit Schmerzen an den Abschied. „Es war ein Leben wie im Himmelreich“, sagten sie. „Nun geht's wieder in die engen Stuben, in die Stadtluft, wir werden großes Heimweh bekommen nach den lieben Leuten in Altenhorst.“

„Für morgen habe ich noch eine Ausfahrt vor“, sagte Herr Stark, „ich hoffe und wünsche, dass alle sich beteiligen. Es ist eine Einladung da vom Buschtaler Herrenhaus, es heißt ausdrücklich darin, dass alle Gäste mit eingeladen sind, also bitte ich die Damen, sich reisefertig zu machen.“

Tante Susanne freute sich besonders, nach Buschtal zu kommen, da sie Pastor Dahlburg gern noch einmal sehen und sprechen wollte. Sie waren sonntags zur Kirche wohl dagewesen, aber sie hatte noch keine Gelegenheit gehabt, sein Pfarrhaus zu sehen. „Damen“, hatte er zu ihr gesagt, „kann ich nicht gut einladen, aber wenn Sie, liebe Tante, einmal uneingeladen kommen, werde ich mich sehr freuen.“ Herr Stark gab in der Erntezeit ungern Pferde her, sonst hätte sie diesen Besuch schon früher ausgeführt, nun hoffte sie, einen kleinen Abstecher in die benachbarte Pfarrei machen zu können.

Die jungen Mädchen fuhren gern nach Buschtal, wenn auch keine Altersgenossinnen da waren. Es gab dort mancherlei Spiele im Freien, und der große Garten bot eine Fülle schöner Früchte. Herr und Frau Walsleben waren stets so gütig und liebenswürdig gewesen gegen die Altenhorster Kinder und waren es geblieben, nun da sie zu jungen Mädchen erwachsen waren. „Ich wollte, mir gehörte eine von den dreien“, hatte Frau Walsleben öfter gegen Frau Stark geäußert; sie empfand es schmerzlich, dass ihr ein Töchterchen versagt war. Besonders jetzt, da Edgar gestorben war, wurde die Einsamkeit immer größer. Der ältere Sohn Richard, der längere Zeit auf Reisen gewesen, war allerdings nun zu Hause, aber, da er das väterliche Gut später übernehmen sollte, so war er viel mit dem Vater draußen, um praktisch zu üben, was er theoretisch gelernt, und die Mutter hatte nicht viel von ihm.

Heute jedoch widmete er sich ganz der Gesellschaft; es war ihm interessant, die jungen Mädchen, die er lange nicht gesehen hatte, als erwachsene junge Damen zu begrüßen. An Olga schien er großes Wohlgefallen zu finden. Sie ergingen sich in Kindererinnerungen, eins wusste immer mehr zu erzählen als das andere.

Bald sah man die Jugend beim Tennisspiel sich vergnügen, es waren noch einige junge Herren und Damen aus der Nachbarschaft dabei, weithin hörte man das fröhliche Lachen und Plaudern. Die älteren Herrschaften saßen in der großen Veranda des Hauses. Frau Walsleben sprach mit Frau Stark von ihrem Edgar, den sie nicht vergessen konnte, während Fräulein Müllers sich mit einigen alten Damen der Nachbarschaft über Musik unterhielten und ganz in ihrem Fahrwasser waren. Tante Susanne stand unbemerkt auf und suchte sich durch das Dorf den Weg zur Pfarrei. Sie liebte es, allein zu gehen und ihre Beobachtungen in der Stille zu machen.

Sie fand Dahlburg bei der Arbeit. Er freute sich sichtlich über den Besuch, war aber, das konnte Tante Susanne sich nicht verhehlen, in einer etwas gedrückten Stimmung. Er zeigte ihr das ganze Haus und den Garten. Die Tante meinte, der letztere gefiele ihr besser als das Haus; die Zimmer seien alle so kahl und leer, machten einen unwohnlichen Eindruck.

Er stieß unwillkürlich einen Seufzer aus; sie sah ihn an. „Wissen Sie, lieber Dahlburg, was Ihnen fehlt? Eine Hausfrau. Dann wird alles anders."

„Woher die nehmen?", fragte er ernst. „Ich lebe hier in der Einsamkeit und kenne keine jungen Mädchen."

Sie sah ihn ungläubig an.

„Wenigstens keine, die mir hierher als Hausfrau folgen möchte."

„O, das wissen Sie ja gar nicht. Versuchen Sie es nur."

Ja, die Tante hatte gut reden. Wenn sie wüsste, dass der Schlingel, der Alfred, ihm sein ganzes Glück zerstört hatte. Doch wozu davon sprechen? Es war einmal vorüber und es musste durchgekämpft werden.

„Kommen Sie nur ein bisschen auf den Hof", sagte Tante Susanne, „dort ist die Jugend fröhlich. Sie gehören doch gewissermaßen auch zu den jungen Leuten."

Er meinte, er habe zwar auch eine Aufforderung erhalten, habe es aber unbestimmt gelassen, er wolle lieber daheim bleiben und studieren. Auf der Tante Zureden entschloss er sich endlich mitzugehen; er bot ihr den Arm und führte sie durch das Dorf zurück. Er erzählte ihr von seiner Amtstätigkeit, von seiner Gemeinde, die er schon recht lieb habe, von einzelnen Kranken, die er gern besuche usw.

Unterdes waren sie an das Herrenhaus gekommen. Fröhliches Jauchzen verriet den Tummelplatz der Jugend. „Wir wollen einmal sehen, was sie da treiben“, bat Tante Susanne. Er wäre lieber zu den älteren Herrschaften gegangen, aber die Tante hatte er am Arm, er musste schon ihrem Wunsche willfahren. Es wurden Kreisspiele gemacht. Er sah den Sohn des Hauses, der neben Olga stand und sie mit großem Wohlgefallen betrachtete. Wie hätte es auch anders sein können. Sie war ein auffallend hübsches Mädchen, sie waren alte Bekannte von früher her; es wäre nicht zu verwundern, wenn er, der Landmannssohn, sich die Landmannstochter holen würde. Gleich und gleich gesellt sich nun mal gern.

Die jungen Leute hatten in ihrem Eifer die Zuschauer noch gar nicht beachtet, man spielte unbeirrt weiter. Nach einer Weile wurde der Kreis gesprengt, ein anderes Spiel sollte beginnen.

Nun bemerkte man die in der Nähe Stehenden. „Ach!, der Herr Pfarrer“, rief der Sohn des Hauses und begrüßte den Gast, „haben Sie nicht Lust, sich an dem harmlosen Spiel zu beteiligen?“ Dahlburg lehnte ab, grüßte aber die anwesende Gesellschaft höflich. Er ging auf Rika zu, die ihm besonders in der Krankheitszeit nahe getreten war, auch seine kleine Freundin Elvira bekam freundliche Worte zu hören, nur die, welche er am liebsten angeredet hätte, bekam einen höflichen Gruß, der sie, wie er bemerkte, tief erröten ließ. Sollte der Schlingel schon wieder geschwatzt haben? Diese Angelegenheit wollte er doch gern selbst mit ihr erledigen, wollte keine fremde Hand dazwischen haben. Heute allerdings war es unmöglich, da sie stets von andern umgeben war und der junge Walsleben fast nie von ihrer Seite wich. Er überredete die Tante, mit ihm in die

Veranda zu kommen, da er die Dame des Hauses noch nicht begrüßt hatte.

An der Abendtafel saß Olga neben Herrn Walsleben, er weit davon. Er konnte aber beobachten, dass die Unterhaltung eine sehr lebhafte war, und dass Olga sich äußerst vergnügt zeigte. Er ahnte freilich nicht, dass Olga beständig an ihn dachte und durch ihre Heiterkeit nur die Aufregung, in der sie sich befand, zu verdecken bemüht war.

Nach Tisch, als die Gesellschaft gruppenweise zusammenstand und sich zwanglos unterhielt, stand Olga sinnend allein in einer Fensternische des Esszimmers. Sie merkte nicht, dass man sich allmählich ins Musikzimmer verzog, wo eben der sehr musikalisch veranlagte junge Herr Walsleben ein Lied vortrug, zu dem Fräulein Müllers ihn begleiteten.

Da nahte sich ihr Dahlburg. Da sie allein war und er sich unbeobachtet glaubte, sagte er ihr mit ernsten Worten, wie sehr es ihn betrübt habe, kürzlich zu erfahren, dass ihr eine Äußerung, die er unbedachterweise getan, sofort überbracht worden sei und fügte hinzu: „Sie haben hoffentlich nicht geglaubt, dass ich in Wirklichkeit Ihre damalige Handlungsweise so beurteilt habe, wie der Schlingel, der Alfred, es aufgefasst hat."

„Ja, Herr Pfarrer, das hab' ich allerdings", sagte sie offen. „Ich war etwas böse auf Sie, bin es aber gar nicht mehr."

Das sagte sie in einem so herzlichen Ton und streckte ihm die Hand mit einem so freundlichen Gesicht hin, dass er überzeugt sein musste, sie zürne jetzt nicht mehr.

„Es ist sehr edel von Ihnen, nicht mehr daran zu denken."

„Unedel war es, so lange darüber zu murren; ich hätte es mir längst aus dem Sinn schlagen müssen“, sagte sie aufrichtig und fügte gleich hinzu: „O, hören Sie, wie schön Herr Walsleben singt, wir wollen doch auch ins Musikzimmer gehen.“

Damit war die Unterhaltung abgebrochen. Dahlburg hatte sein Gewissen entlastet, indem er mit dem jungen Mädchen gesprochen hatte, und Olga war auch ein Stein vom Herzen, dass die Geschichte nun aus der Welt war. Dahlburg ging mit der Empfindung nach Hause: „Sie zürnt dir nicht mehr, aber ob sie dich je lieben wird, ist eine andere Frage.“

31. Mariechens Schicksal

Über ein Jahr war dahingegangen. Es war Spätsommer, man spürte hie und da das Nahen des Herbstes, doch am heutigen Tag schien die Sonne heiß aus wolkenlosem Himmel und spiegelte sich in dem See, der wie lauter Edelsteine glitzerte und glänzte. Wir finden Olga, in leichter Sommerkleidung, auf dem Wege zur Oberförsterei. Mariechen hatte ihr geschrieben, dass sie mit ihrem kleinen Töchterchen zum Besuch eingetroffen sei, und dass sie den dringenden Wunsch hege, Olga zu sehen. Auch diese trug Verlangen, die ehemalige Jugendfreundin wieder zu begrüßen; sie hatten in der ganzen Zeit weiter nichts voneinander gehört, als dass sie sich in langen Zwischenräumen einmal geschrieben hatten. Ihre Wege waren ziemlich auseinander gegangen.

Olga trat in den kühlen Wald. Wie wohltuend war der Waldesschatten nach dem heißen baumlosen Weg. Bald hatte sie die Oberförsterei erreicht. Wer stand an der Gartenpforte? Eine schlanke Gestalt mit einem schmalen, blassen Gesicht; konnte das ihr Mariechen sein, das frische Waldmädchen mit den vollen, rosigen Wangen? Sie war's, denn sie kam auf Olga zu, umschlang sie stürmisch und sagte mit bewegter Stimme: „O Olga, warum hast du mich nicht einmal besucht, ich habe mich so oft nach dir gesehnt."

Olga erwiderte, dass sie im vorigen Jahr viel zu schaffen gehabt habe bis zu Rikas Hochzeit; dann habe sie lange Besuch gehabt von Annemarie und Lucie, zwei Freundinnen aus der Residenz, auch habe sie der Mutter helfen müssen, zum Reisen sei immer keine Zeit gewesen.

Sie gingen miteinander ins Haus, in das große gemütliche Wohnzimmer. Hier saß das gute Tantchen mit dem reizenden Baby auf dem Schoß, das der Mutter jauchzend die Arme entgegenstreckte. Sie nahm die Kleine und zeigte sie Olga mit den Worten: „Ist sie nicht süß? Sie ist auch mein größter Schatz."

Olga sah sinnend in Mariechens Züge. Sie las darin nicht das strahlende Glück, das sie als Braut so verschönt hatte. Hatte sie nicht gefunden, was sie gehofft?

„Ist denn dein Mann auch mit hier?", fragte sie.

„Nein. Er ist wie immer mit Geschäften überhäuft, er meinte aber, ich solle mit der Kleinen einige Wochen hierher gehen zur Sommerfrische."

„Ich glaubte, ihr machtet große Badereisen –"

„Im vorigen Jahr geschah das; jetzt will mein Mann nichts davon wissen. Er sagt, die Geschäfte gehen schlecht."

Olga forschte nicht weiter, da sie sah, dass Mariechens Gesicht eine gewisse Unruhe, ja Ängstlichkeit zeigte. „Es ist ja auch hier am schönsten im Vaterhause, in dem stillen grünen Wald", fügte sie nach einer Pause hinzu.

„Wie lange wirst du bleiben?"

„Etwa drei Wochen, mein Mann wird mir darüber schreiben."

Olga verlebte einen schönen Tag mit der Freundin, doch konnte sie sich nicht verhehlen, dass in ihrem ganzen Wesen eine Veränderung vorgegangen war. Es lag etwas Gedrücktes darin, das sie durch eine angenommene Heiterkeit zu verbergen suchte, was ihr jedoch Olga gegenüber nicht gelang.

Sie kamen nun öfter zusammen. Elvira, die seit Rikas Weggang Olgas besonderer Obhut anvertraut war, begleitete diese öfter und fand so großes Wohlgefallen an der Kleinen, dass es ihr die größte Freude machte, sich mit ihr zu beschäftigen. Nach Verlauf von drei Wochen äußerte Olga, dass nun bald die Trennung bevorstände, dass die Zeit von Mariechens Urlaub demnächst abgelaufen sei. Da sagte diese, dass ihr Mann geschrieben, sie könne gern noch drei Wochen bleiben. Sie war etwas verlegen, als sie es sagte, wohl ahnend, dass Olga auf nicht allzu große Sehnsucht des Mannes nach Frau und Kind schließen würde.

Nun harrte die junge Frau von Tag zu Tag auf einen Brief ihres Mannes, zumal ihr letzter Brief Antwort auf Verschiedenes erheischte. Aber kein Lebenszeichen kam. Sie wurde immer unruhiger. Wie sollte sie sich dies Schweigen deuten?

Der Oberförster, ihr Vater, brummte etwas von Rücksichtslosigkeit und dergleichen, beruhigte aber die Tochter damit, dass ein Brief verloren sein könne oder der Mann mit Geschäften überhäuft sei. – Als aber an den folgenden Tagen noch keine Nachricht da war, ging der Vater, ohne der Tochter etwas zu sagen, nach der nächsten Telegraphenstation und telegraphierte mit Rückantwort.

Diese erfolgte von der Station aus und ließ den alten Herrn erbleichen. Er musste sich eine Weile setzen, um innerlich ein wenig zur Ruhe zu kommen. Dann stand er entschlossen auf und ging nach Hause. Unterwegs traf er Olga. Er bat sie, den folgenden Tag ganz bei seinem Mariechen zu bleiben, er müsse notwendigerweise verreisen und könne erst spät abends heimkehren. Er sagte nicht den Grund seiner plötzlichen Abreise, aber Olga merkte, dass es mit dem Schwiegersohn in einem Zusammenhang stehe. Er ließ sich seiner Tochter gegenüber nichts merken, war nur besonders liebevoll mit ihr und der Kleinen. Am andern Morgen, als alles noch schlief, war er abgereist, niemand wusste wohin. Da er aber oft geschäftlich auswärts war, fiel es nicht weiter auf, und als Olga morgens erschien, um den ganzen Tag bei Mariechen zu bleiben, so war diese dadurch so erfreut, dass sie sogar heiterer als gewöhnlich war.

Am Abend ging Olga heim, ohne die Rückkehr des Oberförsters abgewartet zu haben. Am folgenden Tage musste sie viel an ihn denken. Sollte sie hinübergehen, oder würde man es ihr als Neugierde auslegen? Sie sprach mit den Eltern darüber; diese sahen nur Teilnahme darin, zumal der Oberförster sie gebeten, gestern bei Mariechen zu bleiben.

So ging sie am Nachmittag hinüber mit bangem Herzen. Als sie sich dem Hause näherte, war alles still, die Haustür geschlossen, im Garten niemand zu sehen. Sie ging ins Haus. Dieselbe Stille. Sie klopfte, da öffnete das alte Tantchen ihr mit traurigen, verweinten Augen. „Sie sind's, liebe Olga, kommen Sie nur herein, hier sieht's traurig aus."

„Wo ist Mariechen?"

„Sie hat sich mit ihrem Kinde oben eingeschlossen, niemand kann zu ihr!"

„Soll ich es einmal versuchen?", fragte Olga.

„Heute lieber nicht. Aber kommen Sie wieder, Kind, Mariechen bedarf viel Liebe und viel Trost."

„Was ist denn passiert?"

„Ihr Mann ist verschwunden, an der Kasse fehlen

Tausende. Mein Schwager hat Trauriges erlebt. Die schönen Sachen, die Mariechen zur Aussteuer bekommen, sind vorher von dem Betrüger verkauft worden, es hat schrecklich in der Wohnung ausgesehen. Was sie behält, ist sehr wenig. Doch das weiß sie noch gar nicht einmal. Mein armer Bruder, der selbst ganz erschüttert ist, bringt der unglücklichen Frau nur alles stückweise bei. Gott gebe, dass sie den Jammer übersteht, es ist zu traurig."

Das traurige Geschick der Freundin ging Olga nahe, wie auch die alte Dame ihren Tränen freien Lauf ließ.

„Ich will jetzt gehen", sagte Olga, „komme aber wieder, sobald Mariechen nach mir verlangt." Schon nach wenigen Tagen hieß es, Olga möchte kommen, Mariechen frage nach ihr.

Von da an ging sie täglich zu der armen, unglücklichen Freundin, die nun für Trost aus Gottes Wort zugänglich war. Sie klagte sich selbst an, dass sie so wenig nach Gott gefragt, dass es ihr bei Schließung der Ehe gleichgültig gewesen, ob der Mann Glauben habe, ob er ihr ein Halt fürs Leben sein könne. Jetzt sehe sie es ein, dass eine Ehe ohne Christentum traurig sei, der Glaube an Christum müsse der Fels sein, auf den das Haus erbaut werden müsse, sollte es nicht in Trümmer zerfallen, wie es bei ihnen geschehen. Olga mit ihrem frommen, liebewarmen Gemüt wusste sie immer wieder auf die Treue und Barmherzigkeit unseres Heilandes hinzuführen, hatte auch Pastor Dahlburg, mit dem sie jetzt auf gutem, freundschaftlichem Fuß stand, gebeten, sich der Freundin seelsorgerisch anzunehmen. Er verstand es ja besser als sie zu trösten und auf die wahre Quelle alles Trostes hinzuweisen.

Pastor Dahlburg verkehrte viel in Altenhorst, aber ebenso viel auch der junge Herr Walsleben. Das bestärkte den Pfarrer in seiner damals gefassten Ansicht, dass der junge Mann Absichten auf Olga habe, und dass diese, als Landmannstochter, gern einem Gutsbesitzer die Hand zum Bunde reichen werde. Darum hatte er bis jetzt nicht gewagt, ihr näher zu treten, obwohl es ihm bisweilen scheinen wollte, als sei er Olga nicht ganz gleichgültig. Wir wissen, dass sie dem jungen Pfarrer nicht abgeneigt war, und dass das, was Alfred ihr erzählt hatte, sie sehr glücklich gemacht hatte. Und doch dachte sie jetzt mitunter, ob der Schelm nicht übertrieben habe, sonst hätte der Herr Pfarrer doch wohl einmal eine Äußerung getan, die darauf hindeuten könnte. Oder sollte er sie noch für zu jung halten? Sie hatte doch längst das achtzehnte Jahr überschritten, war sogar schon im einundzwanzigsten! Da konnte man schon an so etwas denken!

Sie kam eben von Mariechen zurück. Kaum ein Jahr verheiratet und schon so unglücklich!, dachte sie. Sie ging langsam und nachdenklich durch den Wald. Es war inzwischen Herbst geworden, gelb und rötlich hatten sich die Blätter gefärbt, die bei jedem leisen Windstoß zur Erde fielen. Heute war der Wind ziemlich heftig, es rauschte im Walde, die Vögel zwitscherten laut und flogen unruhig von Baum zu Baum. Dunkle Wolken jagten am Himmel, Olga eilte, nach Hause zu kommen, um nicht vom Regen ereilt zu werden. Da nahm plötzlich ein Windstoß ihr den Hut vom Kopf und trieb ihn in wilder Eile davon. Sie lief so schnell sie konnte hinterher. Da tauchte eine dunkle Gestalt auf, fasste den Hut und mit den Worten: „Ich habe den Flüchtling gefangen, Fräulein Olga", überreichte Dahlburg ihr den Hut.

„Danke, Herr Pfarrer", sagte Olga verwirrt, setzte den Hut auf und schickte sich an, weiterzugehen, als Dahlburg sagte: „Sie kamen von Frau Schlick, ich wollte zu ihr. Wie haben Sie sie heute gefunden? War sie etwas zugänglicher? Ich fand sie gestern besonders traurig –"

„Gestern war ihr Geburtstag", versetzte Olga. „Die Erinnerung an das vorige Jahr war ihr schmerzlich."

„Ich danke Ihnen, dass Sie mir helfen, Fräulein Olga." Er ging mit ihr eine Strecke zurück.

„Ich kann es nur in großer Schwachheit", sagte Olga bescheiden. Nach einer Pause fügte sie hinzu: „Ich hätte ihr am liebsten abgeraten, sich mit diesem Mann zu verloben, aber sie war so eingenommen oder geblendet durch sein äußeres Wesen, dass sie meinen Rat verworfen haben würde."

„Warum hätten Sie abgeraten?"

„Weil Herr Schlick ohne Glauben war, und ich denke, wenn zwei sich finden, so muss es ein gemeinsamer Pilgergang zum Himmel sein, eins das andere fördernd auf dem Wege zur Ewigkeit. Anders kann ich mir kein Glück vorstellen."

„Wie freut es mich, dass Sie so denken, Fräulein Olga", sagte er mit einem Aufleuchten seiner Augen. „Ich meine auch, dass kein wahres Glück möglich ist, wo der Herr nicht das Haus baut. Wenigstens bleibt immer nach einer Seite hin ein Unbefriedigtsein, eine Leere."

„Ich hätte auch aus einem andern Grunde abgeraten", fügte sie hinzu. Und nun erzählte sie, was sie über Herrn Schlick wusste. Er sah sie an, als ob er fragen möchte, wo sie das erfahren haben könnte.

„Es war bei Geheimrats, als ich diente“, sagte sie errötend.

„Die demütig Dienenden werden am besten einst herrschen können“, fügte Dahlburg ernst hinzu.

„Zum Herrschen wird es bei mir wohl nie kommen.“

„Wer weiß, ob Sie nicht einmal als Gutsherrin viele Leute zu regieren haben.“

Es war, als ob Olga ein Licht aufging über seine Gedanken. Plötzlich den Gang der Unterhaltung abbrechend, fragte sie: „Sie haben doch im vorigen Herbst meine Freundinnen, Annemarie und Lucie Wacker, bei uns gesehen? Sie waren mehrere Wochen bei uns zu Besuch.“

„Gewiss, es waren sehr liebenswürdige Damen.“

„Das hat der junge Herr Walsleben auch gefunden. Er hat sie im Winter, als er sich längere Zeit in der Residenz aufhielt, näher kennen gelernt, und – ich kann es Ihnen wohl verraten, die Anzeigen kommen heute oder morgen –, er wird Annemarie bald heimführen als seine Gattin. Da der alte Herr Walsleben sein Gut dem Sohne übergeben wird, so bekommen Sie, das versichere ich Ihnen, eine vortreffliche Gutsherrin; Annemarie ist ein prächtiges Mädchen und wird in Ihrer Gemeinde viel Gutes wirken, davon bin ich fest überzeugt.“

„Das ist ja herrlich, ganz köstlich“, rief Dahlburg sichtlich erfreut. Es war ihm ein großer Stein vom Herzen, zu erfahren, dass es nicht Olga war, die Herr Walsleben sich erkoren.

„Nun“, begann er nach einer Pause zögernd, „nun fehlt uns nur noch eine Pfarrfrau, die, im Verein mit der Gutsfrau, das hohe Ziel vor Augen, dem Herrn zu dienen, an der Arbeit im Reiche Gottes hier teilnimmt." Er sah Olga an, die tief errötete.

Sie gingen eine Weile schweigend nebeneinander.

„Es wird Herbst", fuhr er fort, „das Laub fällt von den Bäumen, wie lange währt's, so steht der Winter wieder vor der Tür. Zwei einsame Winter habe ich schon in meinem Pfarrhaus verlebt, mir bangt vor dem dritten –"

„Könnten Sie nicht Ihre alten Eltern zu sich nehmen und Fräulein Johanna –"

„Die Eltern werden immer schwächer und hinfälliger, ich muss sie lassen, wo sie sind. Aber", fuhr er hastig fort, „ich muss mich von Ihnen verabschieden, Frau Schlick erwartet mich, Fräulein Olga."

Er reichte ihr die Hand, blieb stehen und sagte zögernd:

„Können Sie Mitleid haben mit einem einsamen Mann, dem das Haus zu öde und weit ist ohne jemand, der die Einsamkeit mit ihm teilt?"

Sie senkte das Haupt und schwieg.

„Beantworten Sie mir vielleicht morgen diese Frage? Darf ich kommen und mir die Antwort holen?"

Sie nickte stumm. Mit einem festen Händedruck verließ er sie und ging in den Wald zurück, während sie am See entlang der elterlichen Wohnung zuschritt. Ihr Herz klopfte hörbar, alles in ihr war stürmisch bewegt, wie der See auf seiner Oberfläche Wellen zeigte, die sich an seinem Ufer brachen.

Die Mutter, die schon nach Olga ausgeschaut hatte, empfing sie mit den Worten: „Kind, du hättest heute nicht gehen sollen, ich habe mich schon gesorgt bei dem rauen Wetter."

Olga fiel der Mutter schluchzend um den Hals.

„Du darfst nicht zu oft zu Mariechen gehen“, sagte diese, „es regt dich jedes Mal auf.“

„Das ist es nicht, Mutter, ist ganz etwas anderes. Ich traf Herrn Pastor Dahlburg im Walde, ich will dir alles erzählen.“

Der Wind wurde immer heftiger; er tobte die ganze Nacht hindurch, erst gegen Morgen legte er sich. Die Sonne brach durch und leuchtete so klar und warm, dass man hätte glauben können, es wäre noch ein vergessener Sommertag erschienen. Auch in Olgas Herzen war es stille geworden. Sie hatte mit ihren lieben Eltern gesprochen, und da sie bereit waren, ihren Segen zu geben, so wusste sie, welche Antwort sie dem jungen Pfarrer auf seine Frage geben würde.

Er wandte sich, wie es rechter Brauch ist, zunächst an die Eltern. Als er mit ihnen einig war, suchte er sie auf. Sie hatte ihn nicht kommen sehen, war hinten im Garten und wollte aus den noch blühenden Herbstblumen einen Strauß für die Vase im Eckzimmer winden. Da sah sie an einem Rosenstock ein noch verspätetes Röschen. Als sie es eben brach, hörte sie feste männliche Schritte hinter sich. Erschrocken wendete sie sich um, ließ die Schürze los und alle Blumen darin fielen zur Erde. Er bückte sich, sie aufzuheben. Sie stotterte:

„Bitte, lassen Sie liegen.“

„Nun ja, einstweilen“, meinte er, „bis ich die Antwort auf meine Frage habe.“

Er bekam die Antwort. Und dass sie befriedigend war, sah man an seinem und ihrem strahlenden Gesicht, als sie vom Garten, wo sie lange im Verborgenen gestanden oder gesessen hatten, heraufkamen. Die Blumen waren weg. Die hatte das geliebte Schwesterchen gesammelt; sie stand in der Tannengrotte und wand sie zu einem Strauß. Dahlburg erbat sich das Röschen, mit dem er seine liebe Braut schmückte.

32. Frohe Aussichten

Nun gab es glückliche Tage im Altenhorster Herrenhause. Dahlburg hätte Olga am liebsten gleich entführt, um nicht noch einen Winter im einsamen Pfarrhause verleben zu müssen, aber dagegen wehrten sich die Eltern entschieden. Zum Frühling, in der schönen Maienzeit sollte die Hochzeit stattfinden. Tante Susanne musste jedenfalls dabei sein, und sie konnte im Winter nicht reisen.

Sie schrieb sehr erfreut über die Verlobung dieser beiden, ihr so lieben Menschen und fügte hinzu, da Olga eine Zeit lang ihr Töchterchen gewesen und sie ihr als solche wert geworden, so möchten die Eltern ihr gestatten, die Hauptzimmer des Pfarrhauses mit Möbeln zu versehen. Der junge Kunsttischler Hermann Weber liefere sehr hübsche Sachen, sie habe schon mit ihm gesprochen, er und seine Mutter seien sehr stolz und glücklich, dass ihm die Aussteuer für Fräulein Olga übertragen werden sollte. Natürlich wurde dies Anerbieten mit Dank angenommen.

Noch eine Überraschung stand Olga und ihrem Verlobten bevor. Pastor Dahlburg kam mit seiner Braut von einem Spaziergang, gerade als ein eleganter Wagen auf den Hof fuhr. Wer konnte es sein? Aus der Umgegend niemand, Olga kannte die verschiedenen Fuhrwerke zu gut.

Ein Ausruf der Überraschung entfuhr ihr, als die Damen ausstiegen. Es war Frau Geheimrat von Busch mit ihren jüngsten Töchtern.

„Meine Mädchen ließen mir ja keine Ruhe; wir

müssten persönlich gratulieren“, sagte die Geheimrätin. „Da wir nun noch zum Besuch auf Schloss Hohenburg weilten, einige Stunden von hier, so erbot sich mein Vetter, uns herfahren zu lassen. Ich freue mich, Ihre lieben Eltern kennen zu lernen, Fräulein Stark –“

Herr Stark stand schon an der Tür, den Besuch willkommen zu heißen, und nachdem man sich im Besuchszimmer niedergelassen hatte, kam es denn zutage, was die jungen Mädchen auf dem Herzen hatten.

„Sagt es nur heraus, Lotti und Anni, Fräulein Olga wird schon eure Bitte erfüllen, das heißt, Herr Pfarrer muss auch seine Zustimmung geben, aber ich zweifle nicht daran, dass er es tun wird –“

Lotti hatte, während die Mutter sprach, Olga schon etwas ins Ohr geflüstert, worauf diese lachte und sagte: „Nun freilich, gern sollt ihr das, wenn die Mutter es erlaubt.“

Sie wandte sich dann an ihren Verlobten mit den Worten:

„Lotti und Anni möchten gern unsere Hochzeit mitfeiern, möchten meine Brautjungfern sein!“

„Sie haben noch nie eine Hochzeit mitgemacht“, rief Frau von Busch, „denken es sich als das Schönste auf Erden, bei diesem Fest zugegen zu sein, da sie Herrn Pastor Dahlburg verehren und Fräulein Olga sehr lieben.“

Olga erzählte den jungen Mädchen, dass Lucie und Elvira auch Brautjungfern sein würden, und dass sie im Mai eine fröhliche Hochzeit zu feiern gedächten. Die jungen Mädchen, die abwechselnd Dahlburg und seine Verlobte anstrahlten, waren entzückt über diese Aussicht, freundeten sich mit Elvira an, fanden alles reizend im Hause und im Garten und bedauerten aufrichtig, als nach einigen Stunden der Wagen wieder vorfuhr, um sie zu entführen.

„Wenn ich erst meine Pfarrfrau habe“, sagte Dahlburg beim Abschied, „dann besuchen Sie uns einmal gründlich, Lotti und Anni, dann müssen Sie im Sommer ein paar Wochen zu uns kommen.“

„O!“, sagten beide Mädchen, vor Wonne erglühend, und als sie in der Kutsche saßen, malten sie es sich in den schönsten Farben aus, wie es sein würde, wenn sie bei ihrem geliebten ehemaligen Lehrer und bei Frau Olga zu Gaste sein würden!

Drei Jahre weiter. Es ist Sommer. Im Pfarrgarten zu Buschtal, dem man es jetzt ansieht, dass Geschmack und Ordnung darin herrschen, sitzen zwei junge Frauen, die eifrig miteinander plaudern. Sie haben viel Wichtiges zu bereden und merken es gar nicht, dass Herr Pfarrer schon längere Zeit mit einem offenen Brief in der Nähe steht, vom Gebüsch verdeckt.

„Siehst du, Annemarie“, sagt Frau Olga, die sich in ihrer Würde als Pfarrfrau sehr hübsch macht, „wir haben doch schon manches erreicht. Ich denke, den Buschtalern wird ihr Dorf immer lieber werden, dass sie nicht mehr, wie sonst, alle in die Stadt streben. Die jungen Mädchen kommen fleißig und gern in den Verein, die Bibliothek wird von jedermann gern gelesen, die Krankenpflege ist im besten Gange, seit wir Schwester Minna haben, die uns unterstützt und die auch die Kleinkinderschule übernommen hat.“

„Wir wollen über dem Wirken in der Gemeinde ja unsern eigenen Haushalt nicht vernachlässigen“, entgegnete Annemarie. „Das wollte ich auch meinen“, sagte lächelnd Dahlburg, der mit dem Brief aus der Laube trat. „Dass meine liebe Frau mich nicht vergisst über der Sorge für unser Dorf, das kann ich bezeugen."

Olga war aufgestanden und lehnte an seiner Schulter. „Woher ist der Brief? Von Margarete! O gib!"

Sie lasen miteinander, was die Schwester schrieb. Erst kam wieder die Freude zum Ausdruck, dass die beiden Mensehen, die sie so lieb hatte, sich gefunden, dann folgte ein Bericht über die Tätigkeit in den Mädchenschulen der Heiden und in den Frauengemächern.

„Es gab eine Zeit", sagte Frau Olga ernst, „als ich mit Margarete zusammen war, dass ich auch Lust und Sehnsucht bekam, hinauszuziehen in die Ferne und die Arbeit mit ihr zu teilen. Aber es gibt hier auch genug zu tun, wenn man nur die Augen öffnet."

„Ja", fiel der Pfarrer ein, „Arbeit im Reich Gottes gibt es in mancherlei Gestalt. Wer ihm in Treue dient, es sei draußen im Heidenlande oder hier in der Heimat, wer ihm dient mit demütigem Sinn – er sah seine Frau mit liebevollen Blicken an und sie verstand ihn – der ist ihm angenehm. Es kommt nicht darauf an, was wir tun, sondern wie wir es tun."

Während der Pfarrer sprach, kam ein kleines Mädchen gesprungen und schmiegte sich an Frau Olga an.

„Das ist auch Liebesarbeit", sagte Dahlburg zu Annemarie. „Mariechen Schlicks Mutter liegt hoffnungslos im Krankenhause zu L., der Großvater ist tot, nun hat meine Frau das Kind an ihr Herz genommen."

„Bubi weint", sagte das Kind. „Da wollen wir schnell gehen und ihn holen", rief die junge Mutter und eilte mit der Kleinen davon. „Hat man nie etwas von dem Manne gehört?", fragte die Gutsherrin.

„Nichts", war Dahlburgs Antwort. „Alles hat er durchgebracht, wenn die arme Frau nicht ihren Vater gehabt hätte, hätte sie darben müssen."

Strahlend erschien die junge Mutter mit dem kleinen Knäblein auf dem Arm. Annemarie, die verreist gewesen, lobte, wie er zugenommen habe, nun habe er den ihrigen überholt. Es war immer ein Wettstreit unter den jungen Frauen, welcher der Knaben der stärkere sei.

Plötzlich wurde ein Geräusch von Stimmen laut. Eine ganze Gesellschaft zog herauf. Da kam zuerst der Großvater mit der Großmutter, dann der Amtsrichter Rudolf mit seiner Frau. Ihr zur Seite Elvira, die ein kleines Mädchen, Amtsrichters Töchterchen, an der Hand führte. Es war Elviras Liebling, sie war die Pate, auch führte sie ihren Namen.

„Das heißt: überrumpelt", sagte Herr Stark. „Aber wir hatten alle Sehnsucht, euch zu sehen. Und nun mach uns ein Abendbrot, Olga."

„Das will ich schon", sagte diese und reichte dem Großvater den Erstgeborenen, der laut vor Freude krähte und dem Großvater mit beiden Händen in die Haare fuhr.

So war das einsame Pfarrhaus ein fröhliches, belebtes geworden. Aber nicht nur das, ein Geist des Friedens und der Freude wehte durch die Räume, in denen es jedem wohl ward, der dort einkehrte.